O reflexo perdido
e outros contos insensatos

E.T.A. Hoffmann

O reflexo perdido
e outros contos insensatos

Organização, tradução e notas
Maria Aparecida Barbosa

2ª edição

Estação Liberdade

© Editora Estação Liberdade, 2017, para esta tradução

Preparação	Luciana Lima
Revisão	Vivian Miwa Matsushita
Ilustração de capa	Natanael Longo de Oliveira
Edição de arte	Miguel Simon
Assistência editorial	Fábio Fujita, Letícia Howes e Gabriel Joppert
Coordenação de produção	Edilberto F. Verza
Editor responsável	Angel Bojadsen

A TRADUÇÃO DESTA OBRA CONTOU COM UM SUBSÍDIO DO GOETHE-INSTITUT,
QUE É FINANCIADO PELO MINISTÉRIO DAS RELAÇÕES EXTERIORES DA ALEMANHA

CIP-BRASIL. CATALOGAÇÃO NA PUBLICAÇÃO
SINDICATO NACIONAL DOS EDITORES DE LIVROS, RJ

H648r

Hoffmann, E.T.A., 1776-1822
    O reflexo perdido e outros contos insensatos / E.T.A. Hoffmann ; organização, tradução e notas Maria Aparecida Barbosa. -- 1. ed. -- São Paulo : Estação Liberdade, 2017.
    264 p. ; 21 cm.

    Coletânea de contos do autor
    ISBN: 978-85-7448-264-4

    1. Conto alemão. I. Barbosa, Maria Aparecida. II. Título.

17-40664   CDD: 833
                                                        CDU: 821.112.2-3

22/03/2017   23/03/2017

Todos os direitos reservados à Editora Estação Liberdade. Nenhuma parte da obra pode ser reproduzida, adaptada, multiplicada ou divulgada de nenhuma forma (em particular por meios de reprografia ou processos digitais) sem autorização expressa da editora, e em virtude da legislação em vigor.

Esta publicação segue as normas do Acordo Ortográfico da Língua Portuguesa, Decreto nº 6.583, de 29 de setembro de 2008.

EDITORA ESTAÇÃO LIBERDADE LTDA.
Rua Dona Elisa, 116 | Barra Funda
01155-030 São Paulo – SP | Tel.: (11) 3660 3180
www.estacaoliberdade.com.br

SUMÁRIO

PREFÁCIO — FICÇÃO ALÉM DA IMAGINAÇÃO: FILOSOFIA   9

I   DA COLETÂNEA *QUADROS FANTÁSTICOS À MANEIRA DE CALLOT* — *DO DIÁRIO DE UM VIAJANTE ENTUSIASTA*   13

    Jacques Callot   14
    Cavaleiro Gluck — Uma lembrança do ano de 1809   16
    Kreisleriana   29
    O reflexo perdido ou As aventuras da noite de
      São Silvestre   37

II   DA COLETÂNEA *CONTOS NOTURNOS*   75

    O Homem-Areia   76

III   DA COLETÂNEA *OS IRMÃOS SERAPIÃO*   117

    Apresentação   118
    O anacoreta Serapião   121
    As minas de Falun   135
    O Conselheiro Krespel ou O violino de Cremona   164
    O Quebra-Nozes e o Rei dos Camundongos   190

PREFÁCIO

Ficção além da imaginação: filosofia

O presente livro integra uma seleção de textos escritos por E.T.A. Hoffmann (1776-1822), retirados de suas diversas coletâneas — *Quadros fantásticos à maneira de Callot, Contos noturnos* e *Os irmãos Serapião*.

Primeiro devo dizer que essa seleção não poderia renunciar ao conto "O Homem-Areia". Com esse conto Hoffmann ficou conhecido no Brasil, indiretamente, através da obra do psicanalista Sigmund Freud, que escreveu o célebre ensaio "Das Unheimliche" ("O Inquietante", na tradução de Paulo César de Sousa), tratando da literatura que causa medo e horror.

Uma extensa gama da literatura de Hoffmann descortina-se com este livro, e o princípio que integra sua composição está contido numa mensagem que introduz a coletânea *Os irmãos Serapião*: a poesia deve estar imbuída de fecunda fantasia, as personagens cheias de vida devem ter feições plásticas delineadas de modo a envolver e cativar com força mágica, como os sonhos que o anacoreta Serapião narrava, vívidos, dando a entender que realmente tudo tivesse presenciado do alto de sua erma montanha.

Para efeito deste panorama literário, a relevância de "O Quebra-Nozes e o Rei dos Camundongos" se justifica não pelo exclusivo fato de ter imortalizado Hoffmann no âmbito do balé, graças à peça *O Quebra-Nozes* de Tchaikovsky, lugar-comum em festas natalinas do mundo inteiro, mas também por ser um conto de horror que explora de maneira vertiginosa a inclusão de personagens duplos. "O Conselheiro Krespel ou O violino de Cremona", ficção baseada numa personagem real, é uma alusão aos grotescos malefícios que a bem-intencionada tentativa de determinação e explicação da arte podem provocar, à medida que desarranja a musicalidade e dissipa a sutileza poética, ao esmiuçá-la.

Através de "O reflexo perdido ou As aventuras da noite de São Silvestre", Hoffmann conversa com os naturalistas viajantes do século XIX, ao mencionar indiretamente a viagem de estudos de Alexander von Humboldt ao Monte Chimborazo. Outra interlocução sucede com o viajante/escritor Adelbert von Chamisso, cujo personagem Peter Schlemihl participa da ficção com sua marca de homem marginal sem sombra, e sua presença ratifica o destino similar do protagonista desse conto. Pois o melancólico Erasmus Spikher também assina um pacto fatídico em troca de poder e riqueza, renunciando assim irremediavelmente à projeção natural de criatura humana, dentro da tradição literária do Fausto.

Trechos dos ensaios "Kreisleriana", atribuídos ao personagem Kreisler — o protagonista do romance *Reflexões do gato Murr*, publicado pela Estação Liberdade em 2013 —, contêm pensamentos a respeito de música erudita e apreciações sobre a música coral de Beethoven, às quais não se poderia renunciar nesta mostra das obras-primas do escritor Hoffmann que foi igualmente músico/compositor de bastante destaque: sua ópera *Undine* estreou com grande sucesso no Teatro de Berlim, em 1816.

O conto "As minas de Falun", que amalgama as forças elementares pelo emprego de figuras poéticas sinestésicas relativas ao mar e à montanha, está imbuído da questão fundamental do anacronismo poético, que fora sintetizada por Johann Peter Hebel, motivo que reincide em Trakl, Kandinsky e tantos outros poetas modernistas. Isso nos permite então, novamente, pensar no escritor Hoffmann destituído de rígidas amarras do século XIX, e alçá-lo à categoria de atemporal e profundamente contemporâneo.

M.A.B.

Nota dos editores

As notas explicativas são de autoria da tradutora, Maria Aparecida Barbosa, com exceção das indicadas por [N.A.], que são do próprio autor, E.T.A. Hoffmann.

I

Da coletânea *Quadros fantásticos à maneira de Callot* — *do diário de um viajante entusiasta*[1]

---

1. A edição dessa coletânea de 1814 foi um tremendo sucesso e se tornara uma referência para o nome de E.T.A. Hoffmann. Tanto que com ela Hoffmann se identificou no subtítulo de seu primeiro romance, escrito em 1814 e publicado em 1815, *Os elixires do diabo* — *documentos póstumos do capuchinho Irmão Medardo, editados pelo autor de Quadros fantásticos à maneira de Callot*. O êxito levou em 1819 o escritor a vivenciar uma segunda edição da obra, igualmente empreendida pelo editor Kunz, de Bamberg, ocorrência inédita em sua carreira literária. A formatação da segunda edição contém os textos: "Jacques Callot", "Cavaleiro Gluck", os ensaios sobre música "Kreisleriana", as novelas *Notícias recentes do cachorro Berganza*, *O pote de ouro*, *As aventuras da noite de São Silvestre* e *O magnetizador*. Nesta edição, opto por textos breves à guisa de apresentação. Na língua alemã, *Stücke* (cuja forma singular é *das Stück*) é uma acepção equivalente ao termo *Gemälde* ("quadro").

Jacques Callot

Por que nunca me canso de olhar para suas ilustrações fantásticas, Ousado Mestre? Por que suas figuras, quase sempre apenas sugeridas por alguns traços arrojados, não me saem da cabeça? Fixo o olhar em suas composições, criadas pelos elementos mais heterogêneos, e milhares e milhares de figuras adquirem vida, todas se movimentam, vindas às vezes do mais remoto pano de fundo, a princípio quase irreconhecíveis, depois se aproximam e saltam brilhando nítidas e naturais para o primeiro plano.

Nenhum mestre soube, como Callot, reunir num pequeno espaço, sem confundir nosso olhar, uma abundância de elementos distintos, um ao lado do outro, às vezes até sobrepostos, mas cada um mantendo sua singularidade e perfilando-se com o todo.

Talvez um crítico exigente lhe tenha censurado a ignorância sobre a apropriada distribuição dos elementos, bem como da luz; no entanto, sua arte extrapola também as regras intrínsecas da pintura, ou, mais que isso, seus desenhos são apenas reflexos de todas as fantásticas e mágicas visões que a magia de sua fantasia superexcitada suscita. Pois mesmo em suas representações da realidade, do teatro, das batalhas e assim por diante, há uma fisionomia cheia de vida bastante peculiar que proporciona às suas figuras, aos seus agrupamentos — eu gostaria de dizer que dá algo de insólito familiar. Mesmo a cena mais comum do cotidiano — uma dança de roceiros, para a qual músicos tocam sentados em árvores como passarinhos — aparece no brilho de uma originalidade, de forma que a índole dedicada ao fantástico é atraída de forma estranha. A ironia, que colocando o humano em conflito com o animal escarnece do homem com sua pobre azáfama, habita somente o espírito profundo.

E assim, as ridículas figuras humanas e animais de Callot revelam ao espectador sério e mais insistente todas as insinuações secretas, guardadas sob o véu do grotesco.

É bom saber que Callot foi ousado e destemido na vida, assim como nos seus desenhos sólidos e fortes. Conta-se que, quando Richelieu lhe pediu para registrar a tomada de Nancy — cidade natal do ilustrador —, ele declarou, corajoso, que lhe era preferível cortar o próprio dedo a eternizar através de seu talento a humilhação dos nobres e da pátria.

Um poeta ou escritor, a quem se apresentassem em seu espírito romântico figurações da vida comum, e que as representasse agora, esplêndidas como na fonte, num estilo estranho e raro, não poderia tal poeta ou escritor se desculpar com o mestre, dizendo que quis trabalhar à maneira de Callot?

Cavaleiro Gluck — Uma lembrança do ano de 1809

O outono tardio em Berlim ainda traz normalmente uns belos dias. O sol surge agradável de trás das nuvens e logo a umidade se evapora no ar tépido que sopra as ruas. Então, pode-se ver uma longa fila variada — elegantes, cidadão com esposa e filhos queridos em roupa domingueira, padres, judias, estagiários, prostitutas, professores, faxineiras, dançarinos, oficiais e outros pelas tílias em direção ao Tiergarten. Logo todos os lugares estão ocupados no Klaus e no Weber[2]: o cheiro de café se espalha, os elegantes acendem seus charutos, fala-se, discute-se sobre guerra e paz, sobre os sapatos da Madame Bethmann, se eram cinzentos ou verdes da última vez, sobre o *Estado Comercial Fechado*[3], o dinheiro difícil e assim por diante, até que tudo começa a fluir numa ária de "Fanchon"[4], na qual uma harpa desafinada, alguns violinos destoados, uma flauta tocada a plenos pulmões e um fagote espasmódico torturam a si mesmos e ao ouvinte.

Ao lado da amurada que separa a área do Weber da Heerstraße, há várias mesinhas redondas e cadeiras de jardim, de onde se respira ar fresco, observa-se os passantes, longe do ruído dissonante daquela orquestra amaldiçoada: sentei-me ali, abandonando-me ao leve jogo da minha fantasia que me oferecia figuras amigáveis,

---

2. Klaus e Weber são cafés localizados no bairro central de Berlim denominado Tiergarten, onde ficam também as ruas Heerstraße e Friedrichstraße, mencionadas um pouco adiante.
3. Madame Bethmann: Friederike Bethmann-Unzelmann (1760-1815) era considerada uma grande atriz romântica por causa de sua interpretação impregnada de sentimentalismo. No original, *Über den geschlossenen Handelsstaat*, referência literal a um livro do filósofo Johann Gottlieb Fichte (Alemanha, 1762-1814) e às polêmicas advindas desde sua publicação em 1800. *Estado Comercial Fechado* discute princípios de direito sobre propriedade e promoção social.
4. "Fanchon": "Fanchon oder das Leiermädchen" (1799) (Fancho ou A menina do Realejo), canção popular da época, de Friedrich Heinrich Himmel (1765-1814), com libreto de Kotzebue.

com as quais eu conversava sobre Ciência, Arte e tudo que deve ser mais caro ao homem.

Cada vez mais colorida, movimentava-se a massa dos transeuntes diante de mim, mas nada me incomodava, nada conseguia afugentar minha companhia fantástica. Só o indesejável trio de uma valsa bastante infame me tirava do mundo dos sonhos. A voz soprano desafinada de um violino, uma flauta e o ronco grave do fagote contraponto, só isso eu escutava: eles subiam e desciam bem juntos nas oitavas que feriam o ouvido e, involuntariamente, como alguém que solta um grito de dor ao se queimar, eu reclamei:

— Que música desenfreada! Que oitava horrível!

Do meu lado alguém murmurou:

— Destino indesejável! Mais um caçador de oitavas!

Eu me virei, e só então me dou conta de que à minha frente, na mesma mesa, havia se sentado um homem que então me dirigia um olhar fixo, do qual agora meus olhos não podiam mais se desgrudar.

Eu nunca vira uma cabeça, uma figura que tivesse me provocado uma impressão instantânea tão profunda. Um nariz levemente aquilino complementava uma testa larga, com pronunciadas rugas acima das sobrancelhas cinzentas e cerradas, e os olhos faiscavam com um brilho quase jovem e selvagem (o homem tinha uns cinquenta anos). O queixo de formato suave fazia um contraste estranho com a boca fechada, e um sorriso grotesco, provocado por um movimento de músculos singular nas bochechas flácidas, parecia se sublevar contra a seriedade profunda e melancólica gravada na testa. Somente alguns poucos cachos prateados pousavam atrás das grandes orelhas salientes. Um casaco moderno e bem largo encobria a alta figura esguia.

Tão logo meu olhar o atingiu, ele baixou os olhos e prosseguiu a atividade da qual eu provavelmente o retirara com minha exclamação. Com visível prazer ele estava ocupado em despejar tabaco de vários saquinhos numa lata e umedecê-lo com vinho tinto de um quarto de garrafa. A música parara; senti necessidade de me dirigir a ele:

— Que bom que pararam essa música, estava insuportável!
O velho me olhou rapidamente e esvaziou o último saquinho.
— É preferível que não toquem — tentei mais uma vez entabular uma conversa.
— O que o senhor acha?
— Não acho nada — disse ele —, o senhor é músico e especialista de profissão...
— O senhor se engana; não sou um nem outro. Antigamente eu estudava piano e baixo, como parte da boa educação, e naquela época disseram-me, entre outras coisas, que nenhum efeito pode ser pior que o do baixo que ultrapassa em oitavas o soprano. Assimilei isso como uma verdade e desde então a venho sempre confirmando.
— É mesmo? — me interrompeu, levantando-se e encaminhando-se lento e circunspecto em direção aos músicos, sempre com a mão aberta batendo na testa e os olhos virados para o alto, como alguém que força a memória. Eu o vi conversar com os músicos, que tratou com conveniente dignidade. Ele retornou ao seu lugar e mal tinha se sentado quando os músicos começaram a tocar o prelúdio de *Ifigênia em Áulis*.[5]

Com os olhos semicerrados, os braços cruzados apoiados na mesa, ele ouvia o *andante*; com um leve movimento do pé esquerdo, marcava a entrada das vozes; depois, levantou a cabeça — passou um olhar rápido pelo ambiente —, a mão esquerda espalmada pousava sobre a mesa, como se tocasse um acorde no piano; a mão direita, ele a elevou ao alto: era um maestro, que dava à orquestra os tempos de entrada de cada um — a mão direita caiu e começou o *allegro*!

Um vermelho ardente queimava-lhe as bochechas pálidas; as sobrancelhas passeavam juntas pela testa enrugada, um furor inflamou o olhar selvagem com um fogo que apagava gradativamente

---

5. *Ifigênia em Áulis*, *Ifigênia em Táuris*: óperas de Gluck, de 1774 e 1779, respectivamente.

o sorriso ainda flutuante em torno da boca semiaberta. Quando recostou-se no espaldar da cadeira, as sobrancelhas se levantaram, o tique de músculos nas bochechas recomeçou, os olhos brilhavam, uma dor profunda e íntima se libertou numa volúpia que tomou todas as fibras e vibrou em espasmos — ele respirou do fundo do peito, gotas brotavam-lhe da fronte; ele marcava a entrada dos *tutti* e de outras passagens mais importantes; sua mão direita não abandonava o compasso; com a esquerda, puxou o lenço para enxugar o rosto. Dessa maneira, vitalizou em carne e osso o esqueleto que aqueles violinos vinham apresentando.

Eu ouvia o lamento suave, melodioso, com que a flauta ascendia, quando a tempestade dos violinos e baixos amainava, e o trovão do tímbalo se calava; ouvia os baixos tons vibrantes do violoncelo, do fagote, que enchiam o coração com indizível melancolia; os *tutti*, então, retornaram; como um gigante majestoso o uníssono prosseguia, e o abafado lamento se extinguiu, esmagado sob imensos passos.

O prelúdio terminou; o homem deixou ambos os braços caírem e permaneceu sentado com olhos fechados, exausto após o enorme esforço. Sua garrafa estava vazia; enchi seu copo com Burgunda, que eu havia pedido nesse ínterim. Ele suspirou profundamente, parecendo despertar de um sonho. Eu o convidei a beber; ele o fez sem cerimônia e, ao tomar o vinho num único gole, exclamou:

— Estou satisfeito com a apresentação! A orquestra se portou bem!

— Sim, senhor — tomei a palavra —, foi feito um pálido contorno de uma obra-prima tocada com cores vivas.

— Diga-me se estou certo: o senhor não é berlinense!

— De fato, só resido aqui uma vez ou outra!

— O Burgunda está bom, mas estou sentindo um pouco de frio.

— Então podemos entrar, e lá dentro esvaziamos a garrafa.

— Boa ideia. Não o conheço, tampouco o senhor me conhece. Não queremos indagar nomes: os nomes às vezes incomodam. Eu bebo Burgunda, que não estou pagando, nós nos sentimos bem um com o outro, e isso é o que importa.

Tudo isso foi dito com uma cordialidade benévola. Adentramos o salão; ao se sentar, ele ajeitou o casaco e eu notei surpreso que, sob este, usava uma jaqueta de abas largas bordada na frente, um traje de veludo cobrindo as pernas e uma adaga prateada bem pequenina. Cuidadosamente, voltou a abotoar o casaco.

— Por que o senhor me perguntou se eu era de Berlim? — puxei conversa.

— Porque, nesse caso, eu seria obrigado a deixá-lo.

— Isso soa enigmático.

— Nem um pouco se eu lhe disser que, bem, eu sou um compositor.

— Mas, mesmo assim, eu não o compreendo.

— Então me desculpe pelo que eu disse; vejo que o senhor não entende nada de Berlim e de berlinenses.

Ele se levantou e caminhou vigoroso de um lado para o outro algumas vezes; em seguida, aproximou-se da janela e passou a solfejar, com voz quase inaudível, o canto das sacerdotisas de *Ifigênia em Táuris*, marcando aqui e acolá a entrada dos *tutti* na vidraça da janela. Com estranheza, observei que ele fazia certas alterações na melodia, surpreendentes pela força e novidade. Eu o deixei sossegado. Terminando, ele voltou ao seu lugar. Bastante impressionado pelo comportamento insólito do homem e pelas manifestações fantásticas do seu raro talento musical, me mantive em silêncio. Após algum tempo, ele perguntou:

— O senhor nunca compôs?

— Já. Durante um tempo, tentei ser artista; tudo o que eu escrevia nos momentos de entusiasmo, todavia, soava-me, mais tarde, fraco e monótono; então acabei desistindo.

— O senhor agiu errado. Algumas tentativas fracassadas não provam sua falta de talento. Começamos a aprender música na infância, instados por papai e mamãe; a partir daí, se dedilha e se comete erros; mas, imperceptivelmente, está se apurando o sentido para a melodia. Talvez uma canção semiesquecida, cantada de outra maneira, seja a primeira composição própria, e esse embrião, penosamente nutrido por forças estranhas, se torna um gigante que absorve e transforma tudo ao redor de si em tutano e sangue!

Ah, como sugerir as mil maneiras de compor! É uma larga Heerstraße, onde todos brincam alegremente, jubilam e gritam: "Nós somos sagrados! Nós estamos quase no alvo!" Por um portal de marfim se alcança o reino dos sonhos; são poucos os que chegam a vê-lo, menos ainda os que passam por ele! Assemelha-se a uma aventura. Figuras absurdas vagam de um lado para o outro, embora tenham caráter, cada uma mais forte que a outra. Não é possível vê-las pela Heerstraße, somente atrás do portal de marfim se pode encontrá-las.

É difícil retornar desse reino; como no castelo de Alcina, os monstros barram o caminho, tudo se agita, rodopia, muitos se perdem a delirar no reino dos sonhos, se diluem em sonho, eles não projetam mais sombra, se o fizessem, pela sombra tomariam consciência do raio de luz que perpassa o reino; mas apenas uns poucos, alertas pelo sonho, se elevam e caminham pelo reino dos sonhos, atingem a verdade, o momento supremo, indizível!

Olhe bem o sol, ele é o tríton do qual os acordes, como estrelas, caem, e nos envolvem com fios luminosos. Crisálidas de fogo, jazemos ali até que o espírito se eleve ao sol.

Pronunciando as últimas palavras, ele se levantou, olhou ao redor e ergueu a mão. Então voltou a se sentar e bebeu rapidamente o que lhe fora servido. Permaneci sereno, pois não queria confundir aquele homem extraordinário. Enfim, prosseguiu tranquilamente:

— Quando estive no reino dos sonhos, milhares de aflições e temores me atormentavam! Era noite, me apavoravam as larvas escarnecedoras dos monstros que se precipitavam sobre mim, ora me puxando para as profundezas, ora me erguendo bem alto no ar. Então, raios de luz cruzaram a noite, e os raios de luz eram sons que me abraçavam com doce clareza. Eu despertava do meu martírio e via um olho claro e enorme que mirava um teclado e, à medida que o fazia, sons se distinguiam, cintilavam e se enlaçavam em acordes maviosos, num arranjo que eu jamais pudera imaginar. Melodias afluíam aos cântaros e eu nadava nessa torrente e queria imergir; então o olho me mirava e me mantinha suspenso acima das ondas bramantes.

Anoitecera novamente, quando dois colossos em armaduras brilhantes se aproximaram de mim: a nota tônica e a quinta! Elas me suspenderam, mas o olho sorria: "Sei o que enche seu peito de melancolia; o suave e meigo Tércio será pisado pelos colossos; você ouvirá a voz terna do jovem, me verá novamente e a minha melodia será sua!"

Ele se deteve.

— E o senhor reviu o olho?

— Sim, o revi! Durante anos, suspirei no reino dos sonhos, lá... Ah, lá! Eu me sentava num vale magnífico e ouvia atento como as flores cantavam umas para as outras. Um único girassol se mantinha calado e virava triste seu cálice para a terra. Fios invisíveis me seduziram, conduzindo-me até o girassol, que ergueu a cabeça. O cálice da flor abriu-se e o olho brilhou de dentro dele em minha direção. Os tons, então, como raios de luz, estendiam-se da minha cabeça em direção às flores que, ávidas, os sugavam. As pétalas do girassol cresciam cada vez mais, dele escorriam lavas que me banhavam, o olho desapareceu, e eu me esvaí no cálice.

Ao pronunciar as últimas palavras, ele deu um salto e caminhou em direção à saída do salão com passos rápidos e juvenis. Depois de esperá-lo inutilmente por algum tempo, decidi retornar à cidade.

Eu já me encontrava perto do Portão de Brandemburgo quando vi na escuridão uma grande figura caminhando ao meu encontro e, logo em seguida, reconheci meu insólito conhecido. Falei-lhe:

— Por que o senhor me deixou tão rapidamente?

— Ficou muito quente, e o Elfo[6] começou a soar.

— Eu não o entendo!

— Melhor assim.

---

6. Elfo: significado incerto; refere-se à força criadora do músico, ou a uma alucinação do herói.

— Não. Não é melhor assim, pois gostaria muito de compreendê-lo bem.
— O senhor não está ouvindo?
— Não.
— Passou! Vamos caminhar um pouco. Normalmente não me agrada andar acompanhado; mas o senhor não compõe, nem é berlinense.
— Não consigo compreender as razões da sua aversão aos berlinenses. Nesta cidade, onde a arte é uma prática comum e bem valorizada, penso que um homem com sua índole artística deveria se sentir bem!
— O senhor se engana! Para minha tortura, estou condenado a errar aqui como uma alma penada num lugar ermo.
— Num lugar ermo, aqui em Berlim?
— Sim, nenhum espírito afinado se aproxima de mim. Estou só.
— Mas e os artistas? Os compositores?
— Fora com eles! Criticam e criticam, aperfeiçoam tudo até o sumo do refinamento, revolvem tudo, apenas para chegar a alguma conclusão mesquinha; em meio à tagarelice sobre arte e sentido da arte e sei lá mais o quê, não conseguem criar nada. E, se às vezes se encorajam, como se precisassem expor suas ideias à luz do dia, então a frieza medonha mostra a distância do sol: é um trabalho de lapão![7]
— Seu julgamento me parece duro demais. Espero que, pelo menos, as magníficas apresentações teatrais o agradam.
— Superei minha resistência[8] e fui, certa vez, ao teatro, a fim de ouvir a ópera do meu jovem amigo... Como é mesmo o nome da ópera? Ora, o mundo inteiro está nessa ópera! Pela multidão colorida de pessoas bem-vestidas, arrastam-se os fantasmas do

---

7. *Lappländische Arbeit*: o atributo pode ser lido na acepção de frio, como uma referência à temperatura da Lapônia, região localizada na Finlândia, ou no sentido de trivial, superficial, néscio, como a expressão *läppisch*.

8. "Superei minha resistência": nas próximas passagens, Hoffmann critica, de fato, falhas da ópera berlinense.

orco, tudo nela tem voz e som onipotente... Diabos, estou falando de *Don Juan*!⁹ No entanto, nem o prelúdio suportei, pois, com o *prestissimo* completamente sem sentido, não tinha encanto algum; e eu me preparara para a ópera com jejum e orações, porque sei que o Elfo se comove e blasfema com a agitação dessas massas!

Se, por um lado, preciso admitir que a obra-prima de Mozart é, em grande parte, negligenciada de forma inexplicável aqui em Berlim, as obras de Gluck, convenhamos, são encenadas com dignidade.

— O senhor acha? Certa vez eu quis ouvir *Ifigênia em Táuris*. Entrando no teatro, porém, percebi que tocavam o prelúdio de *Ifigênia em Áulis*. Hum, pensei, me enganei, estão tocando *essa Ifigênia*! Me surpreendi, quando então começa o *andante* que abre *Ifigênia em Táuris* e a tempestade se segue. Só se passaram vinte anos! Perdeu-se todo o efeito a bem calculada exposição da tragédia. Um mar tranquilo, uma tempestade, os gregos atirados à terra, a ópera é essa! Como? Será que o compositor rabiscou o prelúdio no meio de uma patuscada, de forma que se pode tocá-la como uma peça para trombetas, assim ou assado, ao bel-prazer?

— Talvez seja mesmo errado. Mas é que se faz de tudo para aperfeiçoar as obras de Gluck.

— Ah, sim! — respondeu brusco e depois sorriu amargo, cada vez mais amargo.

De repente, deixou-me sozinho e afastou-se caminhando rapidamente. Nada poderia detê-lo. Em instantes tinha sumido, e dias a fio eu o procurei em vão no Tiergarten.

Alguns meses se passaram. Numa tarde chuvosa e fria, eu me demorara num bairro distante da cidade e finalmente voltava a passos largos ao meu apartamento na Friedrichstraße.¹⁰ Tinha de passar

---

9. *Don Juan*: a ópera de Mozart foi encenada no segundo semestre de 1807, em Berlim, apenas duas vezes.
10. Friedrichstraße: durante sua segunda permanência em Berlim, Hoffmann morou na Friedrichstraße 179.

pela porta do teatro; a música das trombetas e tímbalos me lembrou de que justamente *Armida*[11], de Gluck, seria apresentada. Eu estava a ponto de entrar, quando atraiu minha atenção um estranho monólogo, próximo à janela de onde se ouve quase perfeitamente a orquestra.

— Agora vem o rei[12], eles tocam a marcha, tímbalo, por favor, tímbalo! Bem vivo! Isso, isso, eles precisam fazê-lo hoje onze vezes, senão a marcha não terá ímpeto suficiente... Hum, ah, *maestoso*, arrastem-se, criancinhas! Olha só, o figurante com o sapato de lacinho se perdeu... Certo, pela duodécima vez! E sempre marcado pela dominante. Ah, forças eternas, isso nunca mais acaba! Agora ele faz o cumprimento... Armida agradece, devota... Mais uma vez? Claro, faltam ainda dois soldados! Agora passam a recitar aos gritos. Que espírito maldoso agrilhoou-me aqui?

— Eu o liberto! — disse eu. — Venha comigo!

Rapidamente, saí do Tiergarten levando pelo braço meu estranho conhecido, pois era o próprio que estava ali conversando sozinho. Ele pareceu surpreso e me acompanhou em silêncio. Já estávamos na Friedrichstraße quando ele parou.

— Eu o conheço! — exclamou afinal. — O senhor estava no Tiergarten, nós conversamos bastante, eu bebi vinho, fiquei afogueado, depois soou o Elfo por dois dias, padeci muito, mas agora passou!

— Alegra-me o acaso de reencontrá-lo. Eu gostaria que nós nos conhecêssemos melhor. Moro não muito longe daqui; que tal se...

— Não posso nem devo visitar ninguém!

— Não, o senhor não vai me escapar; não vou deixá-lo.

— Nesse caso, teremos que caminhar algumas centenas de passos. Mas o senhor não tencionava ir ao teatro?

— Eu pretendia ouvir *Armida*, mas agora...

— O senhor deve ouvir *Armida agora*! Venha!

---

11. *Armida*: essa ópera, composta em 1777, foi apresentada três vezes em Berlim em 1808.
12. *Armida* I, 2.

Subimos calados a Friedrichstraße; logo ele adentrou uma perpendicular, e eu mal podia acompanhá-lo tão rápido descia a rua. Finalmente paramos em frente a uma casa pouco vistosa. Bateu durante muito tempo, até que alguém abriu a porta. Tateando na escuridão, alcançamos a escada e uma sala no andar superior, cuja porta meu anfitrião trancou com cuidado. Ouvi o barulho de uma porta se abrindo; logo depois ele entrou com uma vela acesa, e a visão do insólito revestimento do salão surpreendeu-me.

Cadeiras ricamente adornadas de maneira ultrapassada, um relógio com caixa dourada e um largo e pesado espelho, pendurados à parede, davam à atmosfera a triste aparência do luxo antigo. No centro do salão havia um pequeno piano, sobre o qual estava um grande tinteiro de porcelana e, do lado, algumas folhas de papel. Todavia, um olhar mais rigoroso por esse ambiente de trabalho me convenceu de que havia muito tempo nada tinha sido composto; pois o papel estava amarelado e havia aranhas sobre o tinteiro.

O homem parou em frente a um armário que eu ainda não percebera e, puxando a cortina, deixou à mostra uma série de belos livros encadernados com inscrições douradas: *Orfeo*, *Armida*, *Alceste*, *Ifigênia* e outros, enfim, lá estava a obra completa de Gluck.

— O senhor possui a obra completa de Gluck? — perguntei.

Não respondeu, mas a boca se crispou num ricto e o movimento muscular nas bochechas proeminentes descompôs o rosto naquele momento, mostrando uma máscara horrível. Com um olhar sombrio pregado em mim, ele retirou um dos livros, era *Armida*, e encaminhou-se solenemente ao piano. Eu o abri rapidamente e armei o púlpito dobrado; ele pareceu ver o gesto com prazer. Folheou o livro e — como descrever meu espanto? —, entrevi folhas reticuladas de música sem notas escritas.

Ele começou:

— Agora vou tocar o prelúdio! Folheie o livro de notas no tempo certo!

Prometi fazê-lo e ele então tocou de forma magnífica, como um mestre, completando bem os acordes, o majestoso *tempo di marcia*[13], com o prelúdio que se eleva, quase totalmente fiel ao original; mas o *allegro* possuía somente a ideia essencial de Gluck. Ele incluía tantas novas mudanças geniais que minha surpresa crescia sem limites. Suas modulações[14], sobretudo, eram impressionantes, sem jamais se tornarem estridentes. Ele sabia perfilar tantos melodiosos melismas[15] ao fundamento original que eles pareciam retornar sempre em uma nova, rejuvenescida roupagem. Seu rosto estava inflamado; ora as sobrancelhas se erguiam juntas e uma cólera havia muito contida queria explodir com violência, ora os olhos se banhavam em lágrimas de profunda melancolia.

Às vezes ele cantava o tema com uma agradável voz de tenor, enquanto ambas as mãos trabalhavam nos melismas artísticos; nesses momentos ele sabia imitar de uma maneira bastante especial o surdo som dos tímbalos vibrados. Seguindo o movimento dos seus olhos, eu virava as páginas zelosamente. Ele terminou o prelúdio e caiu para trás na poltrona, exausto, com os olhos fechados. Logo tornou a si e, virando rapidamente as folhas do livro, disse-me com voz indistinta:

— Tudo isso, meu senhor, escrevi ao chegar do reino dos sonhos. Mas traí o sagrado com o profano, e uma mão gelada tocou meu coração incandescente! Ele não se despedaçou; desde então, porém, sou condenado a vaguear entre os ímpios como um espírito solitário, sem forma, para que ninguém me reconheça, até que o girassol me eleve novamente ao eterno. Ah! Cantemos agora a cena de *Armida*!

Cantou então a cena final de *Armida* com uma expressão que penetrou fundo na minha alma. Aqui também ele divergia sensivelmente do original; mas ao mesmo tempo sua música transformada

---

13. *Tempo di marcia*: tempo de marcha.
14. Modulações: passagens de um tom a outro.
15. Melismas: adornos melódicos.

se igualava à alta potência da cena de Gluck. Tudo o que ódio, amor, desespero e fúria podem expressar nos registros mais fortes ele sintetizava grandioso em sons. Sua voz parecia a de um jovem, pois do mais profundo e lento andamento ela se erguia à força penetrante. Todas as minhas fibras tremiam, eu estava fora de mim. Quando ele terminou, eu me atirei em seus braços e gritei com voz embargada:
— O que é isso? Quem é o senhor?

Ele se levantou e me mediu com um olhar grave e intenso; mas quando quis voltar a perguntar, ele saiu pela porta com a luz e me deixou nas trevas. Foram quase quinze minutos; eu me desesperava por revê-lo e procurava abrir as portas, orientando-me pela posição do piano, quando, de súbito, ele retornou com a vela na mão, vestindo um traje de gala bordado, roupas valiosas, a adaga do lado.

Eu estava paralisado; solene, aproximou-se de mim, tocou minha mão com suavidade e disse sorrindo estranhamente:
— *Eu sou o cavaleiro Gluck.*

Kreisleriana

Sofrimento musical do compositor Johannes Kreisler

Todos se foram. Eu percebia pelos cochichos, remexidos, pigarros, resmungos de todos os tons; um autêntico enxame de abelhas saindo da colmeia para vaguear.

Gottlieb trouxe-me mais luz e colocou uma garrafa de Burgunda sobre o piano. Tocar não posso mais, pois estou completamente apagado; a culpa é do meu velho e magnífico amigo aqui no púlpito de notas, que mais uma vez, como Mefistófeles, carregou Fausto pelos ares sobre seu manto, e tão alto que eu não via nem notava as pessoinhas lá embaixo, embora possam ter feito bastante barulho. Noite indigna, inútil! Enquanto tocava, tirei meu lápis e registrei algumas boas digressões em notas, ao passo que, com a mão esquerda, prosseguia no caudal dos tons. Atrás, nas páginas em branco, continuei escrevendo.

Abandonei notas e tons e, com verdadeiro prazer, como um doente restabelecido que agora não pode parar de contar o que padeceu, escrevo aqui em detalhes os tormentos infernais do serão dessa noite. Não só para mim, mas para todos que de vez em quando se deleitam e se edificam com o meu exemplar das variações bachianas para piano, publicadas por Nägeli em Zurique, e, no final da 30ª variação, encontram minhas notas e as leem. Esses adivinham logo o contexto; sabem que o Conselheiro Röderlein tem aqui uma casa cheia de charme e duas filhas, sobre as quais todo o mundo elegante comenta com entusiasmo que dançam como deusas, falam francês como anjos e tocam, cantam e pintam como musas.

O conselheiro é um homem rico; nos seus jantares trimestrais, serve os vinhos mais nobres, as iguarias mais finas. Tudo é disposto de forma muito elegante, e quem não se diverte divinamente nos saraus da família não tem estilo, nem espírito, nem sensibilidade para a arte.

Naturalmente a arte também está prevista; além do chá, ponche, vinho, gelado, etc., sempre apresentam um pouco de música que, no maior aconchego, é consumida pelo belo mundo como tudo o mais. O programa é o seguinte: primeiramente os convidados têm tempo suficiente para beber chá à vontade e, então, após serem servidas duas rodadas de ponche e de gelado, os empregados arrastam e dispõem as mesas de jogo para os membros mais velhos e sólidos do grupo, que preferem o jogo de cartas à música, onde de fato não há barulho inútil e só o dinheiro soa. A esse sinal, os mais jovens juntam-se ao redor das senhoritas Röderlein; forma-se um tumulto, no qual é possível distinguir as palavras: bela senhorita, não nos negue o prazer do seu divino talento; cante alguma coisa, minha querida; não posso, estou gripada desde o último baile, não ensaiei. Por favor, por favor, suplicamos, etc.

Nesse ínterim, Gottlieb abriu o piano e colocou sobre ele o conhecido livro de notas. Da mesa de jogo a mamãe diz:

— *Chantez donc mes enfants!*

Essa é a deixa para o meu papel; eu me aproximo do piano e as moças são conduzidas até o instrumento, em triunfo. Agora surge novamente uma questão: nenhuma delas quer ser a primeira a cantar.

— Você sabe, querida Nanete, como estou terrivelmente rouca.

— Mas, querida Maria, eu também.

— Eu canto tão mal...

— Ah, querida, comece logo, etc.

Minha ideia (eu a tenho todas as vezes!) de que as duas deveriam iniciar com um dueto é aplaudida unanimemente, o livro é folheado, enfim a folha acertada com cuidado é encontrada, e começa:

— *Dolce dell'anima*, etc.

A Senhorita Röderlein realmente não tem o mínimo talento. Já estou aqui há cinco anos, e há quatro e meio dou aulas na casa dos Röderlein; e, nesse curto período, a Senhorita Nanete chegou ao ponto de cantarolar uma melodia que ela ouviu apenas dez vezes no teatro e praticou no máximo umas dez vezes ao piano, de tal maneira que dá para perceber logo do que se trata.

A Senhorita Maria já assimila na oitava vez, mesmo quando se mantém um quarto de tom abaixo do piano. No final das contas, sua voz é suportável, considerando-se o doce rostinho e seus lábios de rosa.

Após o dueto, o coro de aplausos! Então, trocam ariazinhas e duetinhos, e eu martelo mil vezes a mesma melodia para acompanhar. Durante a apresentação, a Senhora Conselheiro Eberstein, ao cantar junto, baixinho, já deu a entender:

— Eu também canto.

A Senhorita Nanete então diz:

— Nós queremos ouvir sua voz divina voz, Senhora Eberstein!

Forma-se um novo tumulto. Ela está gripada, não sabe nada de cor! Gottlieb chega com os braços carregados de músicas: folheia-se, folheia-se. Ela, a princípio, quis cantar "A vingança do inferno, etc.", depois "Erga, olho, etc.", depois "Ah, eu o amo, etc.".

Já amedrontado, sugeri "Uma violeta no campo, etc.". Mas ela é adepta do gênero nobre, quer se mostrar, ficamos na mesma. Ah, grite, guinche, mie, gargareje, gema, chie, trema, resmungue cheia de entusiasmo: eu perdi o *fortissimo* e prossigo surdo tocando. Oh, Satã, Satã! Que espírito do inferno enfiou-se nessa garganta, que belisca, aperta e arrasta todos os tons? Quatro cordas já pularam e um martelo está inválido. Meus ouvidos zunem, minha cabeça retumba, meus nervos estão à flor da pele. Será que todos os tons dissonantes de trombetas charlatãs estão atrelados a esse pequeno pescoço? Isso me afetou, bebi uma taça de Burgunda!

Seguem-se aplausos eufóricos, e alguém comenta que a cantora e Mozart me puseram de fogo. Eu sorri com os olhos baixos, abobalhado, como percebi. Agora todos os talentos se alvoroçam, até então dissimulados, afloram e se atropelam precipitadamente. Surgem espontâneos excessos musicais: *ensembles*, coros são apresentados. (...)

(Mais tarde) fiquei sozinho com o meu Sebastian Bach e sendo servido por Gottlieb como por um espírito familiar. Eu bebo! Como podem torturar o músico autêntico com música, como me torturaram hoje e me torturam com tanta frequência? Incrível como com nenhuma outra arte se faz tanto mau uso como com a maravilhosa e sagrada música, cuja essência suave se deixa profanar tão facilmente! Se alguém tem talento e verdadeira sensibilidade musical, bom, então estude música: dignifique-a, dedique seu talento à consagração da arte. Se alguém, entretanto, quiser apenas cantarolar: pois faça-o para si e entre si e não torture o compositor Kreisler e outros.

Eu já poderia ir para casa e concluir minha sonata ao piano; mas ainda é bem cedo nesta bela noite de verão. Aposto que na casa do meu vizinho, o caçador, as moças estão sentadas perto da janela aberta e, voltadas para a rua, gritam vinte vezes com vozes estridentes e penetrantes: "Quando seus olhos me fitam...", sempre e somente a primeira estrofe. Em frente, um sujeito martiriza a flauta com pulmões fortes como os do sobrinho de Rameau, e o cornetista faz experiências acústicas em longos e insistentes tons. Os inúmeros cachorros da região se inquietam e o gato do meu locatário, agitado com aquele dueto suave, gemendo escala cromática acima, faz confissões ternas à gata vizinha pela qual está apaixonado desde março. Tudo isso bem do lado da minha janela (devo dizer que meu laboratório músico-poético é uma água-furtada). Depois das onze, tudo se tranquiliza; é até quando permaneço sentado, tendo à frente papel em branco e Burgunda, que já vou saboreando.

Existe, segundo me disseram, uma antiga lei que proíbe operários barulhentos de morarem próximos a eruditos: será que os pobres e aflitos compositores, que ainda precisam construir algo a partir do próprio entusiasmo, a fim de continuar urdindo o fio da vida, não poderiam recorrer à essa lei para espantar do bairro gritadores e sanfoneiros? O que diria o pintor a quem fossem mostradas somente caretas heterogêneas quando ele busca pintar o ideal! Fechando os olhos, pelo menos ele pode acompanhar a imagem da fantasia. Algodão nos ouvidos não resolve, continuo a ouvir o espetáculo fatal. A ideia se desenvolve: agora elas cantam, agora vem a corneta, etc., o diabo.

A partitura está completa; nas linhas brancas, ao lado do título, ainda procuro apenas observar a razão pela qual eu me proponho cem vezes a não me deixar mais torturar na casa do conselheiro e cem vezes não levo adiante o meu propósito. O que me prende a essa casa com grilhões é naturalmente a encantadora sobrinha dos Röderlein. Quem porventura teve um dia a felicidade de ouvir a Senhorita Amália cantando a cena final da *Armida* de Gluck ou a grandiosa cena de Donna Anna em *Don Giovanni* compreenderá que uma hora com ela ao piano é como um bálsamo celeste capaz de curar as feridas de um dia inteiro de dissonâncias.

A senhorita Amália considera-se totalmente inútil para a existência mais elevada das reuniões sociais, pois ela não quer cantar nessas ocasiões. Contudo se esforça para cantar ante pessoas comuns, como por exemplo simples músicos, que não estão à altura dela. Seus longos e maviosos tons de harmônica me elevam ao céu. Sua falta de consideração, porém, é tão gritante que ela às vezes se deixa acompanhar até mesmo por Gottlieb ao violino, enquanto toca ao piano sonatas de Beethoven ou de Mozart, que sinceramente não fariam sucesso nos salões.

Lá se foi o último Burgunda. Gottlieb limpa a lamparina e parece surpreso com minha zelosa escrevinhação. Tem razão quem estima que ele só tem dezesseis anos. Um rapaz com um talento esplêndido e profundo. Pena que o pai tenha morrido tão cedo; mas o tutor precisava mesmo encerrá-lo num *libré*? (...)

Entre outras coisas, presenteei-lhe certa vez com as sonatas de Corelli; sentou-se a partir de então ao velho piano Oesterlein, no sótão, entre os camundongos, e tocou até morrerem todos, e com a permissão de Röderlein transferiu o instrumento para seu quartinho.

Jogue fora seu odioso avental de garçom, querido Gottlieb, e deixe-me, depois de alguns anos, abraçá-lo ao meu peito como um verdadeiro artista que você pode se tornar com seu talento e sua sensibilidade. Gottlieb estava atrás de mim e enxugou uma lágrima ao ouvir-me dizer alto essas palavras. Apertei-lhe a mão e, em silêncio, subimos e tocamos as sonatas de Corelli.

Ombra Adoratta!

Como a música é altamente maravilhosa, quão pouco o homem penetra seus profundos segredos! Mas não é verdade que a música habita o próprio coração do homem e preenche seu íntimo de tal maneira com suas manifestações encantadoras que todo o sentido se volta a elas, e uma vida nova e transfigurada arranca do homem aqui mesmo a pressão, a tormenta opressiva da existência terrena? Sim. Uma força divina surge dentro dele e, entregando-se com o espírito infantil e devoto àquilo que comove a alma, ele pode falar a língua do reino espiritual desconhecido e romântico e, inconsciente, assim como o aprendiz que lê em voz alta o livro mágico do mestre, ele chama todas as esplêndidas imagens do seu íntimo e elas correm atrás da vida em danças ritmadas e radiantes, e todo aquele que é capaz de contemplá-las é tomado por um desejo infinito e indescritível.

Como o meu peito estava oprimido quando eu entrei na sala de concertos. Como eu estava curvado pelo peso de todas as mesquinharias indignas que, como bichos picantes e peçonhentos, perseguem e afligem nesta vida miserável o homem, principalmente o artista. A essa dor insistente o artista preferiria com frequência um golpe violento que o livrasse para sempre desse e de outros padecimentos terrenos. Você compreendeu o olhar melancólico que lhe dirigi, meu fiel amigo, e muitíssimo lhe agradeço por você ter tomado meu lugar ao piano, enquanto eu procurava esconder-me no canto mais discreto da sala. Que pretexto você encontrou, como você conseguiu apresentar uma *ouverture* breve e insignificante de um compositor que ainda não conquistou a maestria, ao invés da prevista sinfonia em C-mol de Beethoven? Por isso também eu lhe sou grato do fundo do meu coração. O que teria sido de mim, quase esmagado por toda a miséria terrena que me assola ultimamente, se o violento espírito de Beethoven ainda se dirigisse a mim, me atraísse e me arrebatasse com seus braços metálicos e ardentes para o reino do colossal e do incomensurável que seus tons trovejantes abrem. Quando a *ouverture* terminou em todo o seu júbilo infantil de timbales e trombetas, seguiu-se um intervalo silencioso, como se as pessoas esperassem algo realmente importante. Aquilo me fez bem, fechei os olhos e, ao procurar no meu íntimo imagens mais agradáveis do que as que me cercavam, esqueci o concerto e com ele naturalmente também todo o cenário que me era familiar, pois era eu que deveria estar ao piano.

O intervalo pode ter sido bastante longo, quando finalmente o *ritornell* iniciou uma ária. (...)

A música instrumental de Beethoven

(...) Somente Mozart e Haydn, os criadores da música instrumental contemporânea, nos mostraram a arte em sua glória plena. Quem, contudo, a contempla cheio de amor e penetra em sua essência mais profunda é Beethoven. As composições dos três mestres respiram o mesmo espírito romântico que se encontra na comoção da essência singular da arte; porém, o caráter de suas composições diferenciam--se nitidamente.

A expressão da alma infantil e alegre reina nas composições de Haydn. Suas sinfonias nos conduzem a um bosque verde imenso, a uma multidão divertida e variegada de pessoas felizes. Moços e moças flutuam em movimentos coreográficos; crianças risonhas, espreitando atrás de árvores e arbustos de rosas, correm e brincam entre si, com flores. Uma vida cheia de amor, bem-aventurança, como antes do pecado em eterna juventude; sem dor, só um desejo melancólico voltado para a imagem amada suspensa ao longe, no brilho do entardecer que se espalha sobre a colina e o vale.

Ao âmago do reino espiritual nos leva Mozart. O temor nos envolve, mas sem martírio algum, ele é apenas uma noção do infinito. Amor e melancolia soam em encantadoras vozes espirituais; a noite vem caindo em cintilações claras de púrpura. Com um desejo indizível nos aproximamos das imagens que, voando entre as nuvens, nos saúdam, uma a uma, cordiais em suas danças esféricas (a sinfonia de Mozart em Es-dur, conhecida como *O canto dos cisnes*).

Assim, a música instrumental de Beethoven também nos abre o imenso reino do incomensurável. Raios ardentes lançam a noite profunda por esse reino, e percebemos sombras gigantescas que se movem para cima e para baixo, nos envolvendo cada vez mais, e nos destroem, mas nunca a dor da saudade infinda, na qual todo desejo que se eleva em rápidos e jubilosos tons se desvanece. E só em meio a essa dor que consome em si, sem destruir, amor, esperança e alegria, onde nosso coração quer explodir na mais completa harmonia de todas as paixões, só em meio a essa dor, nós continuamos vivendo e somos videntes arrebatados.

O gosto romântico é raro, mais raro ainda o talento romântico, razão pela qual existem tão poucos que podem tocar aquela lira, cujo tom desvenda o maravilhoso reino romântico.

Haydn concebe o caráter humano da vida de forma romântica; ele é comensurável, compreensível para a maioria. Mozart reivindica o sobre-humano, a magia que reside no espírito. A música de Beethoven descerra a cortina do medo, do horror, do terror, da dor e desperta justamente aquela melancolia infinita que é a essência romântica. Assim, ele é um compositor genuinamente romântico. Talvez por isso ele não seja tão bem-sucedido na composição da música vocal, que não admite o caráter indefinido da saudade, mas representa, através das palavras, apenas alguns afetos sentidos no reino do infinito.

O reflexo perdido
ou
As aventuras da noite de São Silvestre[16]

Prefácio do editor

O viajante entusiasta, de cujo diário novamente extraímos um quadro de fantasia à maneira de Callot, separa tão pouco a vida imaginária da real, que mal podemos distinguir o limbo entre ambas. Mas, estimado leitor, como tampouco em seu próprio espírito é evidente esse limite, você talvez se sinta seduzido a ir além, ao reino mágico e desconhecido, onde milhares de figuras estranhas querem de repente emergir em sua vida real e tratá-lo com a intimidade de velhos camaradas. Queira, portanto, acolhê-las como se apresentam e, resignando-se aos seus modos bizarros, tolerar-lhes a falta de cerimônia sem se exasperar: isso lhe peço encarecidamente, caro leitor. O que eu não faria pelo viajante entusiasta, a quem sucederam sempre, inclusive na noite de São Silvestre, tantas aventuras loucas e singulares?

1. A amada

Eu tinha a morte, a morte glacial no coração. Sentia no bojo do peito minhas veias se ferindo como se trespassadas por pedaços de gelo pontiagudos. Saí como um doido rua afora, apesar da noite escura e da tempestade, sem me importar com chapéu e casaco!

---

16. São Silvestre encontra-se associado à noite do final de ano, ao réveillon, como chamamos a passagem, pelo fato de sua morte ter ocorrido no último dia do ano. O pontificado do papa Silvestre I (de 31 de janeiro de 314 a 31 de dezembro de 315) foi eclipsado pela autoridade do imperador romano Constantino. Nesse período, contudo, foram construídos monumentos cristãos importantes como a Igreja do Santo Sepulcro em Jerusalém e a Igreja Primitiva de São Pedro (atual Igreja do Vaticano). Atribui-se ainda a Silvestre a "Ordenação das datas" (321), que torna o domingo um dia feriado.

As bandeirolas rangiam plangentes, dando a impressão de que se fazia audível a terrível engrenagem eterna que perpetua o tempo. Logo o ano velho rolaria como um peso imenso rumo ao abismo fundo e sombrio do passado.

Ora, você sabe bem, essa época de Natal e ano-novo, que lhes inspira em geral tanta alegria e júbilo, arrasta-me invariavelmente de meu retiro e me lança à mercê das vagas de um mar tempestuoso e bramante. Natal! É o dia festivo que com longa antecedência vislumbro em seu brilho suave. Mal posso esperá-lo! Torno-me melhor, mais ingênuo que durante todo o restante do ano, meu coração, suscetível às sinceras bem-aventuranças celestes, não nutre pensamentos funestos ou maldosos. Sou então, mais uma vez, um menino ansioso pelo prazer. Os encantadores semblantes de anjos me sorriem das vitrines repletas de figuras coloridas e douradas nas lojas enfeitadas, e pelo rebuliço ruidoso das ruas se espalham, vindos de longe, sons de um órgão sagrado: "Pois a Criança nasceu por nós!"

Depois da festa, entretanto, tudo se silencia, se apaga o brilho na triste escuridão. Todos os anos as flores murchas se acumulam aos nossos pés, o germe morto até a eternidade, nenhum sol primaveril virá insuflar vida nova aos ramos ressequidos. Estou certo disso, mas o espírito maligno parece ter um gozo secreto em me sussurrar sem cessar quando o ano declina: — Veja — diz-me ao ouvido. — Veja como os dias alegres do seu ano se esvaem para jamais retornarem; em compensação você se tornou mais sensato, e não faz caso dos deleites vãos do mundo; ao contrário, é um homem cada vez mais sério, insosso, alheio à felicidade.

E mais, na noite de São Silvestre o diabo sempre vem me toldar e turvar a alegria. Pois ele sabe avançar no instante preciso, com pérfida ironia, e cravar as garras afiadas em meu peito, regalando-se e saciando-se com o sangue do meu coração.

Parceiros nessa empreitada ele encontra sem a menor dificuldade, ainda ontem o desembargador lhe deu uma mão. Em sua casa (quero dizer, do desembargador) há sempre uma grande festa na noite de réveillon e, para saudar o novo ano, o anfitrião procura propiciar a cada hóspede uma agradável surpresa. Mas se comporta de uma maneira tão desajeitada e imbecil que todo seu ensejo de agradar e ser engraçado vai por água abaixo em meio a uma torrente de gafes embaraçosas.

Assim que entrei no vestíbulo, ele veio serelepe ao meu encontro, me barrou a entrada ao santuário, donde emanava um vapor perfumado de chá e tabaco de qualidade. Tinha um ar malicioso de satisfação, me sorria cheio de mistérios, dizendo:

— Meu amigo, meu amigo! Algo maravilhoso o aguarda no salão, uma surpresa digna desta bela noite de São Silvestre. Mas não se assuste.

Aquilo me deixou com a pulga atrás da orelha, com maus pressentimentos, fiquei inquieto e sobressaltado. As portas se abriram, dei alguns passos adiante, entrei. No meio das damas acomodadas no sofá a visão logo atraiu meu olhar: era ela! Ela, em pessoa, que há anos eu não via. A lembrança dos dias mais felizes de minha vida invadiu meu coração como uma flama incendiária, destruiu todo e qualquer resquício da separação — fim do abandono cruel! Que acaso maravilhoso a trouxera ali? Por que razão estaria participando da festa do desembargador, de quem eu jamais soubera que se conheciam? Nada disso me ocorria: sua presença me bastava!

Paralisado, como se tivesse sido atingido por um raio, devo ter permanecido no caminho; o desembargador me tocou suavemente:

— E aí, meu amigo? Meu amigo?

Dei algumas passadas como um autômato, mas só tinha olhos para ela, e do peito oprimido brotaram prementes as seguintes palavras:

— Meu Deus! Meu Deus! Julia por aqui?

Somente quando cheguei ao lado da mesa de chá Julia se deu conta de minha presença. Levantou-se e falou com formalidade:

— Muito prazer em vê-lo. O senhor está com uma ótima aparência!

Com isso, voltou a juntar-se mais uma vez à roda reunida no sofá, perguntando às damas vizinhas:

— Teremos algum espetáculo de teatro interessante na próxima semana?

Você se aproxima de uma flor magnífica, cujo aroma o atrai com perfumes sutis e inebriantes, mas tão logo se debruça, a fim de admirar de perto suas cores vivas, um *basilisco* viscoso e gelado se arroja das pétalas brilhantes e o ameaça com olhares hostis! Foi o que me aconteceu.

Inclinei-me desengonçado ante as damas, e para que à decepção se somasse o ridículo, ao retroceder, trombei com o desembargador que estava atrás de mim, e ele acabou derramando a chávena de chá fumegante sobre seu gibão impecavelmente engomado. Todos riram do azar do desembargador e mais ainda da minha falta de destreza.

Tudo, como se vê, conspirava para meu vexame, mas me contive num desespero resignado. Julia não rira, meu olhar perdido encontrou o dela, tive a nítida sensação de encontrar vestígios da felicidade passada, da vida plena de amor e poesia.

Alguém começou então a improvisar ao piano na sala ao lado, e isso pôs toda a sociedade em movimento, pois dizia-se que se tratava de um célebre virtuoso estrangeiro, chamado Berger[17], que tocava magistralmente e era imperdível ouvi-lo apresentar:

— Não faça esse ruído insuportável com a colher de chá, Mienchen — repreendeu o desembargador, e mostrando a porta com um gesto e um suave "por gentileza!", convidou as damas a se achegarem.

Julia também se levantou e dirigiu-se lentamente em direção à peça contígua. Toda a sua figura adquirira contornos extravagantes, ela parecia mais alta, cheia de curvas e seduções que outrora. O corte singular em abundantes pregas de seu vestido branco, deixando semidescobertos os seios, os ombros e as costas, com mangas bufantes e amplas até os cotovelos, os cabelos divididos com simetria a partir da testa e escondidos num coque bizarro de trancinhas

---

17. Ludwig Berger (1777-1839) foi um pianista e compositor, mestre de Mendelssohn. Era conhecido de Hoffmann.

entrelaçadas, tudo isso lhe conferia algo de antigo, me lembrava as madonas dos quadros de Miéris.[18] E, no entanto, era como se eu já tivesse visto com meus próprios olhos aquele ser no qual Julia se metamorfoseara. Ela descalçara as luvas e os braceletes preciosos que lhe enfeitavam os punhos, tudo por sua vez em perfeita conformidade contribuía para, pela semelhança dos traços, despertar em mim uma pálida reminiscência, cada vez mais viva e colorida.

Julia virou-se antes de adentrar o salão, e pensei ver seu rosto jovem e angelical crispado numa ironia maliciosa: a comoção aterradora provocou em mim algo como uma cãibra nervosa e frenética.

— Oh, ele toca divinamente! — se deslumbra uma senhorita miúda, exaltada pelo chá adoçado.

Não sei como sucedeu que seu braço apoiou-se sobre o meu e eu a conduzi, ou melhor, ela me conduziu ao salão de música. Berger, nesse ínterim, fazia retumbar o furacão mais furioso, seus acordes possantes se alçavam e baixavam como as ondas bramantes do mar, aquilo me agradou! Julia estava a meu lado, e falou com voz cálida e sensual como nunca:

— Quisera que você fosse ao piano e cantasse com ternura a canção de esperança e felicidade dos anos dourados!

O bruto foi extirpado de mim e com o mero nome "Julia!" eu desejava exprimir toda a bem-aventurança que me invadia. Mas algumas pessoas intervieram e nos separaram. Notei então como ela manifestamente me evitava, mas logrei ora tocar seu vestido, ora bem de perto inspirar seu hálito, e julguei ver renascer, em milhares de cores fulgurantes, a época afortunada de minha primavera.

Berger fizera cessar a tempestade, o céu clareava e as melodias doces e harmoniosas elevavam-se como nuvenzinhas rutilantes da aurora, e se dissipavam enfim num *pianissimo* quase inaudível. O artista recebeu os aplausos efusivos merecidos, o público deambulava, e assim aconteceu de involuntariamente me encontrar a um passo

---

18. Franz van Miéris, o Velho (1635-1681), pintor holandês que representava sobretudo cenas de costumes domésticos.

de Julia. Percebi o espírito se agitando em mim, queria abraçá-la no doloroso padecimento de meu amor insensato, mas a careta pernóstica de um garçom se interpôs entre nós carregando uma grande bandeja e ofereceu com voz desagradável:

— O senhor aceita?

Entre os copos servidos com ponche borbulhante havia um cálice habilmente bisotado nas faces e, segundo parecia, cheio da mesma bebida. Como esse cálice foi parar no meio dos outros, sabe *ele* melhor que ninguém, *aquele* a quem eu paulatinamente fico conhecendo melhor. Como Clemens em *Oktavian*[19], ele faz ao andar um volteio gracioso com um dos pés e ama acima de tudo tanto os casacos vermelhos como as penas vermelhas. Esse cálice, uma taça talhada com filigranas e muito brilhante, Julia retirou cuidadosamente da bandeja e ma ofereceu, dizendo:

— Você ainda aceita com gosto a bebida de minha mão, como em outros tempos?

— Julia, Julia! — exclamei com um suspiro profundo.

Ao pegar a taça, toquei seus dedos finos, mil faíscas elétricas circularam por pulsos e veias. Bebi até a última gota, parecia-me que pequenas flamas azuladas crepitavam e chispavam em torno do copo e dos lábios. O cálice vazio, e eu mesmo não sei como sobreveio, me encontrava sentado no divã, à meia-luz, Julia, Julia a meu lado, contemplando-me como antigamente com seu meigo olhar infantil.

Berger retornara ao piano, tocava o *andante* da sublime sinfonia em mi-bemol de Mozart. Enlevado nas asas de cisnes da melodia maviosa, minha vida viu ressurgir o sol de seus mais claros dias. Sim! Era Julia! Julia em pessoa com sua beleza angelical e suave. Nossa conversa: expressões langorosas de amor, mais olhares que palavras apaixonadas, suas mãos pousavam sobre as minhas.

---

19. Na segunda parte do quarto ato da peça teatral *Imperador Octavianus* (Ludwig Tieck, 1804), o personagem Clemens se disfarça de peregrino e assume o passo aqui descrito.

— Nunca mais a deixarei! Seu amor é a chama que aquece meu coração e ilumina a vida mais elevada em arte e poesia. Sem você, sem esse amor, tudo é pálido e fosco. Mas você voltou para ficar, e não partirá jamais.

Nesse instante, uma figura grotesca com pernas de aranha e olhos protuberantes de sapo veio se aproximando com um sorriso de imbecil e gritou com uma voz estridente:

— Pelos diabos, onde se meteu minha mulher?

Julia levantou-se e falou sem calor algum:

— Vamos nos juntar aos outros convidados? Meu marido me procura. Você continua muito divertido, meu querido! Como sempre, bem-humorado. Mas precisa se cuidar com relação à bebida.

E o patife esquálido agarrou-a pela mão; ela o seguiu sorrindo pelo salão.

— Eternamente perdido! — gritei.

— Sem dúvida, *codille*, meu querido! — blefou um animal que jogava *hombre*.[20]

Fui embora correndo pela noite tempestuosa afora.

2. A sociedade da adega

Pode ser bem agradável passear pela Unter den Linden[21], mas certamente não numa noite de réveillon congelada e durante uma borrasca de neve. Assim pensei, a cabeça descoberta e desagasalhado como estava, e percebi a corrente glacial me descoroçoando, apesar da febre ardente que me consumia.

Atravessei a ponte da Ópera, ao longo do castelo, depois a das eclusas, após virar na altura da *Münze*.[22] Cheguei à rua Jäger, perto da

---

20. *Hombre* é um jogo de baralho de origem espanhola. Entre suas evoluções atuais contam-se o bridge, o skat e o tarô. *Codille* é um termo empregado no *hombre*, quando um participante bate sem dar chance de jogo ao adversário.
21. "Unter den Linden" (sob as Tílias): alameda central em Berlim.
22. *Münze* é "moeda"; nesse caso, a Casa da Moeda.

Loja Thiermann. Luzes sedutoras cintilavam no interior; eu me dispunha a entrar a fim de me aquecer e beber algo reconfortante quando saiu do local um grupo em conversa animada, enaltecendo as ostras deliciosas e o bom vinho Eilfer.[23] Um deles, que à luz das lanternas reconheci como um oficial Ulanen[24] de alta patente, contava:

— Acho que tinha toda a razão aquele sujeito, em 1794, na cidade de Mainz, ao se indispor com os garçons incompetentes que se recusavam a servir-lhe da safra de 1811.

Todos saíram dando gargalhadas. Involuntariamente, avancei ainda alguns passos e parei ante uma adega, de onde provinha a luz trêmula de uma lâmpada solitária. O Henrique V de Shakespeare não se sentia certa vez tão melancólico e humilhado, que lhe passou pela cabeça recorrer à pobre categoria conhecida como Dünnbier?[25] Na verdade, o mesmo se passava comigo na ocasião, minha língua estava sedenta por mergulhar numa boa cerveja inglesa. Apressei-me a entrar no recinto de teto rebaixado:

— O que o senhor deseja? — perguntou-me o taberneiro amigavelmente, empurrando o boné para trás.

---

23. A safra de vinho Eilfer de 1811 tornou-se lendária. É considerada por especialistas não apenas como a melhor do século 19, como uma das melhores dos últimos trezentos anos. Na coletânea de poemas *West-östlicher Divan* (Divã Ocidento-Oriental), Goethe consagrou versos ao vinho dessa qualidade, dos quais, como ilustração, apresento um breve trecho:
"Gostaria imensamente
De beber um Eilfer
do antigo, pois atualmente
Por demais sápido e leve, o jovem Eilfer.
Tão suave e bem encorpado
É *anno onze*. Por isso *elf* chamado."
24. Os Ulanen configuravam originalmente uma divisão da cavalaria polonesa que usava lanças. Mais tarde, integravam também o exército de outros países como o do Império Austro-Húngaro.
25. Dünnbier (cerveja fraca, em geral com 2% de teor alcoólico) se refere a um tipo de cerveja tradicionalmente fabricada para o consumo caseiro nas famílias pobres. Antigamente era consumida por todos os membros dessas famílias, inclusive pelas crianças, acompanhando as refeições, muitas vezes devido à falta de água potável. Atualmente é um atributo para cerveja de má qualidade. Nesse trecho, a literatura de Hoffmann enaltece a cerveja em vez do vinho, o que é mais comum.

Mandei vir uma garrafa de boa cerveja inglesa, além de um cachimbo com tabaco de qualidade, e assim me transportei logo a um estado de beatismo sublime, inspirando respeito ao próprio diabo, que aliás deixou de me atormentar.

— Ah, desembargador! Se o senhor tivesse me visto, como saí do salão de chá resplendente e me acomodei nesta adega sombria, preferindo a humilde cerveja a seu nobre chá, com que ar orgulhoso de desprezo o senhor teria me olhado e comentado: "Não é surpreendente como esse homem está arruinando seu gibão mais elegante num lugar tão simples?"

Com os meus trajes, sem chapéu ou casaco, causei com certeza sensação extraordinária entre os presentes. A pergunta pairava nos lábios do taberneiro, eis porém que alguém bateu à janela e uma voz chamou do lado de fora:

— Abram a porta! Sou eu!

O taberneiro acorreu imediatamente, reentrando em seguida mais uma vez com as duas velas que trazia nas mãos e acompanhado por um homem bastante alto e magro. Ao atravessar a porta baixa, o recém-chegado esqueceu de curvar-se e bateu com força a cabeça na soleira, todavia um capuz preto que ele usava em forma de barrete amorteceu o choque.

O homem se esgueirou de um jeito bem esquisito, rente à parede, e se sentou defronte a mim, ao mesmo tempo que as duas luzes eram dispostas sobre a mesa. Poder-se-ia dizer que ele tinha uma aparência distinta aliada a um quê de insatisfação. Enfadado, pediu cerveja e cachimbo, depois de poucas baforadas produziu tanta fumaça que logo estávamos cobertos por uma névoa espessa. De resto, seu rosto possuía algo tão singular e fascinante que eu, apesar de seu aspecto soturno, me senti cativado. Seus abundantes cabelos negros eram partidos no meio da testa e tombavam dos dois lados em numerosos cachinhos pendentes, penteado que o levava a assemelhar-se aos retratos de Rubens.[26] Quando tirou

---

26. Rubens (1577-1640) foi um pintor flamengo, representante do estilo barroco.

o grande casaco, percebi que estava vestindo uma jaqueta kurtka preta guarnecida com uma quantidade de cadarços; mas realmente curioso era o fato de calçar pantufas por cima das botas. Reparei nesse pormenor no instante em que bateu seu cachimbo, o qual ele terminara de fumar após cinco minutos.

Nossa comunicação não vingava, o desconhecido parecia muito ocupado com toda a espécie de plantas raras que retirara de um estojo e observava com satisfação. Exprimi então minha admiração pelas belas plantas e indaguei se ele talvez estivera no jardim botânico ou no Boucher.[27] O homem sorriu estranhamente:

— Botânica aparentemente não é seu forte, caso contrário o senhor não faria uma pergunta tão... — hesitou ele.

Eu balbuciei "boba" em voz baixa, e ele completou com cordialidade:

— O senhor teria logo à primeira vista reconhecido plantas andinas, mais especificamente as nativas do Tschimborasso.[28]

As últimas palavras o desconhecido pronunciou à meia-voz para si mesmo, mas você pode calcular o efeito de surpresa que aquela resposta surtiu em mim. Mil perguntas curiosas morriam em meus lábios; apesar disso, veio-me à cabeça de chofre uma suspeita, era como se eu já tivesse visto aquele indivíduo ou, pelo menos, sonhado com ele.

Bateram novamente na janela, o taberneiro foi abrir e uma voz pediu:

— Faça a gentileza de cobrir o espelho!

— Ah! — exclamou o taberneiro jogando logo um véu sobre o espelho. — O General Suwarow[29] está chegando bem tarde.

Com efeito, vi lançar-se para o interior da loja com uma celeridade atropelada, eu diria pesado e veloz, um homenzinho seco e

---

27. Boucher era uma casa de jardinagem situada no subúrbio Strahlau, em Berlim.
28. Cimborazo é o ponto mais elevado da Cordilheira dos Andes. Fica no Equador e tem 6.310 metros de altitude.
29. General Suwarow (1730-1700) foi um aristocrata e militar russo.

saltitante. Um casaco de cor marrom incomum voluteava em torno de seu corpo formando pregas grandes e pequenas num modelo extravagante, de maneira que ao brilho da luz proporcionava a ilusão de muitas figuras superpostas se movimentando umas sobre as outras, como as imagens da lanterna mágica de Ensler.[30] Ao mesmo tempo, esfregava uma na outra as mãos escondidas sob as mangas amplas e exclamava:

— Que frio! Que frio! Na Itália é bem diferente, completamente diferente!

Ele se acomodou, enfim, entre mim e o sujeito alto, comentando:

— Que névoa pavorosa, tabaco *versus* tabaco, se eu tivesse pelo menos uma pitada!

Eu trazia comigo a tabaqueira que você outrora me presenteara, tirei-a pois do bolso e fiz menção de oferecer-lhe tabaco. Mal a viu, cobriu-a de imediato com ambas as mãos, devolvendo-a aos gritos:

— Fora, fora com esse espelho repugnante!

Em sua voz havia qualquer coisa de horrível, e quando tornei a olhá-lo com espanto, ele se transformava radicalmente numa outra pessoa. O homenzinho entrara com uma fisionomia jovem, mas naquele momento me encaravam dois olhos cavernosos de um semblante velho com traços enrugados, pálido como a morte. Tomado de assombro, voltei-me para o vizinho alto e queria dizer "pelo amor de Deus! Veja só!", mas ele estava alheio a tudo, completamente absorto por suas plantas do Tschimborasso, e naquele instante o baixinho se dirigiu ao taberneiro:

— Vinho do norte! — ordenou num tom pretensioso.

Aos poucos entabulamos uma conversa animada. O homenzinho me pareceu bem suspeito, mas o alto era capaz de contar curiosidades fascinantes a respeito de coisas aparentemente insignificantes, embora às vezes lutasse contra a dificuldade de se exprimir, servindo-se de expressões inadequadas, o que no entanto conferia um toque de

---

30. Karl Georg Ensler (1792-1866) era um artista berlinense que desenvolvia e apresentava ilusões ópticas conhecidas como "*Laterna magica*", no Jardim Botânico.

originalidade muito engraçado a seu discurso, e assim amenizava gradativamente, na medida em que despertava minha simpatia, a impressão desagradável que o baixinho a princípio me causara.

Esse último se movia rodopiando em torno de um centro, como se impulsionado por molas internas, se agitava sobre a cadeira em todos os sentidos e não cessava de gesticular com as mãos. Um suor frio eriçou meus cabelos sobre os ombros quando atinei cheio de medo que ele me observava ora com um rosto, ora com outro. Era sobretudo o rosto de velho que olhava o desconhecido alto, cujo ar calmo e sereno contrastava singularmente com a excessiva agitação do baixinho, mas não de modo tão assustador como me encarara antes.

No jogo de máscaras da vida humana, o espírito sagaz penetra vez ou outra com olhar aguçado através das feições, reconhecendo uma natureza afinada consigo e, assim sendo, naquela adega, nós três, seres extravagantes, nos identificamos e reconhecemos sem dúvida uma afinidade recíproca. Nossa conversa adquiriu então aquele tom de humor inspirado pelos padecimentos mortais da alma torturada.

— Mas isso traz consigo seus espinhos — dizia o alto.

— Ah, Santo Deus! — intervim. — Quantos espinhos o diabo não semeou por todos os lados a fim de nos prejudicar: nos bosques, em arbustos e roseirais, ou ganchos pelas paredes, nos quais de passagem sempre nos engarranchamos e vamos deixando presas partes preciosas de nossa personalidade. Acho, meus caros, que todos nós fomos pilhados pelo destino; quanto a mim, nesta noite, deploro principalmente a falta de chapéu e agasalho. Ambos permaneceram embaraçados em um gancho no vestíbulo da residência do desembargador, como vocês sabem!

Às minhas palavras o pequeno e o alto reagiram com admiração, estáticos. Em seguida, o homenzinho me lançou um furioso olhar de esguelha com o rosto decrépito, saltou incontinenti sobre uma cadeira e endireitou a cortina que velava o espelho, enquanto o alto cautelosamente diminuía a luz dos candelabros.

O assunto se arrastava penosamente. Alguém lembrou a história de um jovem pintor de renome denominado Philipp[31] e sua obra-prima, o retrato de uma princesa, concebido pelo espírito dedicado de amor e inspirado pelos sentimentos elevados que a donzela nele inflamara.

— Só falta falar, a verossimilhança é extraordinária! — completou o alto.

— De fato — retorqui —, pode-se dizer que se trata não de um retrato, porém de uma imagem roubada do espelho.

Inquieto, o baixinho rodopiou no ar me fitando com a cara de velho e os olhos injetados:

— Isso é ridículo, um absurdo! Quem iria afanar a imagem do espelho? Quem seria capaz de fazer uma coisa dessas? Quem? Talvez você esteja pensando no diabo? Ora essa, meu amigo! Convenhamos, ele quebraria o espelho com as garras selvagens e deixaria ver sangrando as mãos delicadas e finas da princesa refletida. É um disparate cogitar tal ideia, espertalhão. Se for assim, quero ver você me mostrar, vamos lá, mostre-me um reflexo especular roubado: aí sim darei um salto mortal de mil polegadas de altura!

O alto se levantou, aproximou-se do baixinho e lhe disse:

— Não se faça de atrevido, meu caro! Senão ele surge de supetão do alto da escada. E olhe que o aspecto dele deve ser medonho duplicado em frente ao espelho.

— Ha, ha, ha! — zombou o baixinho soltando relinchos cínicos. — Eu, pelo menos, tenho minha preciosa sombra à mão, entendeu, pobre miserável? Tenho minha sombra!

Assim dizendo saiu pulando, e enquanto se afastava ainda o ouvíamos rindo e repetindo provocativo "ainda projeto sombra!". O alto estava aniquilado, desabou abatido na cadeira, apoiou o rosto pálido como um defunto sobre as mãos e soltou um suspiro desolador.

---

31. Trata-se certamente do pintor Philipp Veit (1793-1877), autor do retrato da Princesa Maria Anna von Hessen-Homburg, de 1814.

— O que o senhor tem? — perguntei preocupado.

— Oh, caro senhor! — respondeu o grandalhão. — Esse homenzinho perverso que acaba de sair perseguiu-me até aqui em minha taberna mais discreta, onde antes me refestelava solitário, e no máximo subia de vez em quando um gnomo sob a mesa para abocanhar as migalhas de pão. O malvado me reconduziu às raias do desespero. Perdi, perdi irrevogavelmente minha... Até a vista, senhor!

Levantou-se, caminhou em direção à saída. Tudo se mantinha claro em torno dele, o homem não projetava sombra. Emocionado, corri ao seu encalço:

— Peter Schlemihl! Peter Schlemihl![32] — chamei amistoso, mas ele descalçara as pantufas. Vi como corria embalado ao longo da caserna e desaparecia nas trevas.

Quando eu quis retornar à adega, o taberneiro do Thiermann bateu-me a porta na cara dizendo:

— Que o bom Deus me livre de clientes dessa laia!

3. Aparições

O senhor Mathieu é meu bom amigo; seu porteiro, um homem vigilante. Abriu-me de imediato a porta quando puxei a sineta do Goldener Adler.[33] Contei como fugira da residência do desembargador sem chapéu ou agasalho, em cujo bolso guardara a chave de meu apartamento; seria praticamente impossível acordar minha governanta surda no meio da noite. O simpático homem (me refiro ao porteiro) destrancou um quarto, colocou duas velas acesas sobre a mesa e desejou-me boa-noite. O aposento estava decorado com um imenso

---

32. Este conto sobre o reflexo perdido (escrito às pressas na primeira semana de 1815) se reporta manifestamente à novela de Adelbert von Chamisso sobre o homem que vendeu a própria sombra ao diabo: *A história maravilhosa de Peter Schlemihl* (1814), cuja tradução para o português (de Marcus Vinicius Mazzari) foi publicada pela Estação Liberdade em 2003.
33. Águia de Ouro: nome de uma hospedaria de propriedade do senhor Mathieu, ficava em Berlim, à praça Dönhoff.

espelho de cristal recoberto, não sei por que razão tive a ideia de descobri-lo e depositar as velas sobre a penteadeira à frente dele. Ao olhar-me detidamente, achei-me descaído e desfigurado, mal pude reconhecer a mim mesmo. Depois, era como se resvalasse vindo do mais remoto pano de fundo uma silhueta irreconhecível e ela se adiantasse; quanto mais eu apurava a vista e concentrava meus sentido a fim de decifrá-la, revelavam-se em meio a uma espessa bruma encantada os distintos traços de uma imagem feminina no primeiro plano — era Julia!

Enlevado pelo amor e a nostalgia ardentes, ansiei exclamando alto:

— Julia! Julia!

De súbito, percebi um suspiro e um gemido doloroso atrás do reposteiro, no canto mais afastado do aposento. Espreitei de orelha em pé, os gemidos tornavam-se cada vez mais ameaçadores. A imagem de Julia sumiu, resoluto ergui o candelabro e, arriando o reposteiro, espiei lá dentro. Não sei como poderia lhe descrever a estupefação que tomou conta de mim ao deparar-me ali com o homenzinho da adega, que dormia com seu rosto jovem, embora contrafeito numa expressão de dor, sussurrando durante o sono com suspiros de lamento:

— Giulietta! Ó Giulietta!

O nome incidiu como uma faísca incendiando meu peito. Refeito do medo, toquei o sujeito e o sacudi rudemente aos gritos:

— Ei, amigo! O que o senhor está fazendo no meu quarto? Acorde! Tenha a bondade de ir para o diabo que o carregue!

Ele abriu os olhos, fitou-me com um olhar sombrio:

— Tive um pesadelo assustador! Felizmente o senhor me despertou.

Essas palavras ressoaram suaves como um brando suspiro. Não sei como, mas esse fato alterou radicalmente minha atitude em relação ao homenzinho, e a dor que o afetava contagiou meu coração e toda minha raiva deu lugar a uma profunda tristeza.

Uma breve explicação foi suficiente para me persuadir de que o porteiro por distração abrira equivocadamente o quarto ocupado pelo pequeno e, por conseguinte, eu era o inconveniente que perturbara seu sono.

— Meu senhor, devo ter lhe parecido bem extravagante e maluco esta noite na adega. Atribuo minha conduta a uma influência maléfica que às vezes me acomete e me desvia das convenções do bom senso e da polidez. Isso também lhe sucede com frequência?

Timidamente, concordei:

— Ah, claro! Ainda esta noite, ao rever Julia.

— Julia? — gemeu o pequeno com voz fanhosa.

Seu rosto se crispou de modo convulsivo e, de repente, apresentou-se novamente velho.

— Oh, me deixe dormir em paz! — pediu-me. — Faça-me a gentileza de cobrir o espelho, meu prezado!

As últimas palavras ele pronunciou cansado, desejoso de afundar a cabeça no travesseiro.

— Caro senhor — eu lhe disse —, ao que tudo indica, o nome de minha amada para sempre perdida evoca em sua memória lembranças insólitas. De mais a mais, os traços de seu rosto variam de um instante ao outro em estranhas metamorfoses. Contudo, espero poder passar consigo uma noite sossegada. Vou cobrir agora mesmo o espelho e irei para a cama.

O homenzinho aprumou o rosto juvenil, voltou para mim os olhos cheios de doçura, tocou-me a mão e apertando-a com ternura falou:

— Durma tranquilo, meu senhor, compreendi que somos companheiros no infortúnio! Não é verdade? Julia, Giulietta. Seja lá como for, o senhor exerce sobre minha pessoa uma influência incisiva. Nada me resta senão confidenciar-lhe um segredo bem íntimo. O senhor me odiará, além disso sentirá por mim um imenso desprezo.

Enquanto falava, levantou-se lentamente, enrolou-se com um amplo *peignoir* branco e, como um fantasma, deslizou em silêncio até o espelho ante o qual se deteve. Inacreditável! A brilhante superfície continuava refletindo nitidamente ambas as velas do candelabro, os objetos do quarto, inclusive minha imagem. A figura do pequeno não era visível, nenhum reflexo de seu rosto ali grudado. Ele virou-se para mim, a tristeza profunda estampada no rosto, tomou minhas mãos e me disse:

— Agora o senhor conhece a dimensão de minha desgraça. Schlemihl, essa alma pura e virtuosa, é digno de inveja em comparação a mim, o pobre coitado! Num gesto leviano, vendeu sua sombra, mas eu... Eu dei meu reflexo... a ele! Oh, não, oh, não!

Chorando convulsivamente e com as mãos cruzadas sobre os olhos, o homenzinho retornou oscilante ao leito e lá se atirou sem demora. Fiquei estupefato: receio, desprezo, horror, compaixão e piedade, nem sei ao certo como sentimentos tão contraditórios me comoviam simultaneamente a alma a favor e contra o pequeno. Logo em seguida, ele pôs-se a roncar com muita graça e melodia, e eu não resisti ao contágio narcótico daquele canto. Cobri prontamente o espelho, soprei as velas, atirei-me ao leito às instâncias do homenzinho e peguei no sono profundo.

Devia ser de manhãzinha quando fui acordado por uma luz ofuscante. Abri instantaneamente os olhos e vi meu companheiro de quarto assentado à mesa, enrolado no *peignoir* branco, a cabeça envolta na touca de dormir. De costas para mim, ele escrevia com diligência à luz das duas velas acesas. Tinha uma aparência realmente idêntica à de um espectro e me inspirou medo. Subitamente, vi-me transportado ao império dos sonhos, mais uma vez estava no salão do desembargador, sentado no divã ao lado de Julia. No momento seguinte, tive a vaga noção de que o conjunto daquele sarau não passava de uma exposição de Natal no Fuchs, no Weide, no Schoch[34] ou outra loja, e o desembargador era um boneco de açúcar-cande envolvido com roupinha de papel de seda. Cada vez mais cresciam os roseirais ao redor. Julia levantou-se e me deu o cálice de cristal de onde chamuscavam e chispavam flamejantes chamas azuis. Foi então que alguém tocou

---

34. Nomes de confeitarias berlinenses à época de Hoffmann famosas devido às cenas que expunham com figuras de doces e confeitos.

meu braço. Virei-me. Deparei-me com o pequeno atrás de mim com o rosto decrépito, e ele suplicava:

— Não beba! Não beba! Preste atenção. Você ainda se lembra das advertências nos quadros pintados por Bruegel, por Callot ou Rembrandt?

Eu estava arrepiado e temeroso reparando Julia de alto a baixo, pois sinceramente com o vestido plissado de mangas bufantes e aquele penteado antiquado ela passava por uma das belas virgens representadas por esses mestres em seus quadros, rodeadas de monstros diabólicos.

— Por que você está com medo? — ela me perguntou. — Você não é todo meu, tanto você como seu reflexo no espelho?

Recebi o cálice em minhas mãos, mas o homenzinho trespassava saltitante sobre meus ombros como um esquilo arisco, a longa cauda movendo-se em meio às flamas azuladas, e grunhia:

— Não beba! Não beba!

Nesse ínterim todas as figuras de confeito daquela representação tinham adquirido vida e movimentavam mãozinhas e pezinhos, cômicas e estabanadas. O desembargador vinha caminhando em minha direção com passinhos desengonçados, e perguntou com voz débil:

— Por que todo esse alvoroço, meu prezado amigo?... Esse alvoroço todo? Ora, apoie seus bonitos pés no chão com firmeza, há muito tempo venho notando que o senhor está plainando acima das mesas e cadeiras!

O pequeno sumira, Julia não trazia mais a taça em suas mãos:

— Por que você se recusava a beber? — perguntou. — Pois a magnífica chama crepitante exalando-se do cálice aos seus lábios não era um beijo, como os que outrora recebeu de mim?

Quis abraçá-la com ardor, Schlemihl se interpôs entre nós e apresentou:

— Eis Mina, que desposou Rascal.[35]

---

35. Rascal era o rival, e Mina, a amada do personagem Schlemihl citado anteriormente.

Mas, ao aproximar-se, ele viera pisando sobre umas figuras da composição, e elas se queixavam dos estragos exprimindo gemidos plangentes. Num piscar de olhos, porém, haviam se multiplicado vertiginosamente em centenas, milhares de outras e pisoteavam em torno de mim, subindo em meu corpo num escarcéu desmedido vinham zumbir em meus ouvidos como um enxame de abelhas. O desembargador de açúcar-cande conseguira escalar-me até o pescoço e apertava minha gravata com muita força.

— Maldito desembargador de doce! — bradei alto e com o grito me despertei.

Era um dia claro, onze horas da manhã! "Esse caso do homenzinho não passou de um sonho fantástico", pensei me convencendo, quando o garçom entrou trazendo a bandeja do café da manhã e me informou que o sujeito desconhecido que dividira o quarto comigo viajara de madrugada e me mandara lembrança. Sobre a mesa, à qual o pequeno fantasmagórico estivera sentado, encontrei algumas páginas recentemente escritas, ainda úmidas, cujo teor comunico-lhe a seguir, porque sem dúvida contêm a extraordinária história daquele personagem insólito.

4. A história do reflexo perdido

É enfim chegada a hora em que Erasmus Spikher concretizará o sonho mais dileto acalentado em seu coração. Cheio de alegria, e a trouxa bem guarnecida, ele sentou-se no coche em vias de sair de sua terra natal no frio norte e dirigir-se à ensolarada Itália. A terna esposa derramava torrentes de lágrimas e ergueu o filho Rasmus, após esfregar-lhe cuidadosamente nariz e boca, depondo-o no coche a fim de que o pai pudesse dar-lhe beijos de adeus. Aos soluços a mulher se despediu do marido:

— Vá com Deus, meu caro Erasmus Spikher. Velarei pela casa com carinho. Lembre-se de mim, seja fiel! E não perca pelo caminho como sempre o elegante chapéu de viagem pendendo a cabeça para fora do carro quando adormecer.

Spikher prometeu tomar tento.

Na maravilhosa Florença, Erasmus encontrou alguns conterrâneos plenos de juventude e entusiasmo, desfrutando os prazeres abundantes daquelas paragens. Ele demonstrou ser um camarada brincalhão. Seu bom humor, que aliava à picardia maliciosa a espirituosidade e a extravagância, conferiam um atrativo bem particular às divertidas festas que organizavam.

Assim aconteceu numa ocasião que esses jovens (Erasmus Spikher contava então vinte e sete anos de idade e portanto fazia jus ao atributo) encaminharam-se a um jardim perfumado e bem situado num bosque florido e iluminado, para comemorar uma alegre noitada. Cada um deles, com exceção de Erasmus, viera acompanhado por uma dama animada. Os homens usavam trajes da antiga tradição alemã, as moças, por sua vez, vestiam em cores vistosas e exuberantes modelos talhados com muita originalidade, que as tornavam iguais a flores oscilantes ao vento. Enquanto um deles entoava uma canção de amor italiana e tocava acordes do mandolim, os convivas respondiam ao som do gracioso tilintar dos copos cheios de vinho siracusa com um vigoroso estribilho em alemão.

A Itália é considerada a terra abençoada do romance. A brisa vespertina sibila em langorosos suspiros nos bosques que emanam aromas de jasmins e laranjas, mesclando-se às brincadeiras mimosas e bem exclusivas das mulheres italianas.

A festa se desenrolava ruidosa e tornava-se cada vez mais exaltada. Friedrich, o mais entusiasmado do grupo, levantou-se, com um braço envolvia sua dama e, erguendo a outra mão que segurava o copo dourado do siracusa, brindou esfuziante:

— Onde se poderia encontrar tanta alegria e prazer divinos senão ao lado de vocês, encantadoras mulheres italianas? Vocês são a personificação do amor!

E voltando-se para o amigo Erasmus:

— Mas você, meu caro, não parece muito convencido do que eu digo. Veio desacompanhado, contrariamente às nossas convenções, e além disso está hoje muito triste e ensimesmado. Se tampouco tivesse bebido e cantarolado conosco, eu o imaginaria abalado por fastidiosa melancolia.

Erasmus respondeu:

— Tenho que admitir, Friedrich: as farras desse gênero não me satisfazem. Você sabe como deixei em casa minha esposa terna a quem amo de coração, e cometeria evidentemente uma traição com ela se, seguindo seu exemplo, convidasse uma moça para acompanhar-me nesta festa, mesmo que fosse somente por uma noite. A condição de vocês, rapazes solteiros, é diferente, mas eu, na qualidade de pai de família...

Os companheiros soltaram estrepitosas gargalhadas, porque Erasmus, ao dizer "pai de família", empenhou-se em imprimir ao seu rosto saudável e juvenil uma expressão contraída de gravidade, não logrando todavia mais que uma careta pouco convincente.

A acompanhante de Friedrich pediu a tradução das palavras de Erasmus e, em seguida, dirigiu-se a ele com ar sério e o dedo em riste:

— Cuidado, alemão frio! Você não foi posto à prova, pois nem viu Giulietta!

Nesse momento, ouviu-se um farfalhar de arbustos à entrada da clareira, e uma jovem formosa veio das trevas da mata em direção à luz esplendorosa das velas. Seu vestido branco pregueado deixava um pouco à mostra os seios, os ombros e as costas, com mangas bufantes e amplas até os cotovelos. Os cabelos estavam divididos com simetria a partir da testa e escondidos num coque bizarro de trancinhas entrelaçadas. Uma corrente dourada ao pescoço e ricos braceletes nos braços complementavam a *toilete* antiga e incomum da jovem, que parecia uma imagem retirada de um quadro de Rubens ou do talentoso Miéris.

— Giulietta! — saudaram as amigas admiradas.

E ela, cuja beleza angelical ofuscava todas as outras, respondeu com voz macia:

— Permitam-me compartilhar com vocês esta bonita festa, caros alemães! Eu me sentarei junto daquele moço, o único que tem uma aparência desanimada e o coração vazio de amor.

Ao mesmo tempo, avançou com graça e se instalou na cadeira vazia ao lado de Erasmus, porque de fato haviam suposto que ele, como os amigos, traria uma acompanhante. As moças cochichavam entre si:

— Vejam só como Giulietta está maravilhosa hoje, como sempre!

À primeira vista, no entanto, Erasmus não soube decifrar o tumulto das emoções que palpitaram em seu peito com violência. Quando ela se aproximou, uma força desconhecida o sufocava, afligia-lhe o peito a ponto de dificultar sua respiração. Com o olhar imperturbável fixo nela, os lábios entreabertos, permanecia incapaz de proferir qualquer comentário, enquanto todos elogiavam com sinceridade a elegância e a formosura de Giulietta.

Ela então tomou um cálice em suas mãos e, levantando-se, ofereceu-o com cortesia a Erasmus, que o recebeu tocando suavemente os delicados dedos da jovem.

Bebeu. Era como se fogo circulasse em suas veias.

Depois de observá-lo, Giulietta perguntou em tom de pilhéria:

— Permita-me ser sua acompanhante?

Em resposta, ele precipitou-se prostrando a seus pés com as mãos sobrepostas no peito, e declarou:

— Sim, claro! É você que amo, criatura angelical! Eu a vi em sonhos! Minha vida, minha bem-aventurança, minha esperança!

Todos imaginaram que o vinho tivesse subido à cabeça do pobre coitado, nunca o tinham visto assim, era como se fosse outra pessoa.

— Você é minha alma, uma chama que me consome. Consinta-me perder-me nesse amor, somente você me interessa!

Erasmus estava arrebatado e teria continuado a divagar, mas ela o acalmou pegando-lhe sutilmente pelo braço e sentando-se a seu lado. Em breve, os jovens retomaram a galante cantoria da noite cheia de farra e alegria, que fora interrompida pela cena entre Erasmus e Giulietta. Sempre quando ela cantava era como se saíssem do fundo de seu peito tons celestiais de uma vivacidade jamais conhecida, somente intuída. A voz cristalina, vibrante e clara possuía um ardor prodigioso que envolvia e acalentava corações.

Os cavaleiros enlaçavam mais estreitamente suas acompanhantes e os olhares tornavam-se cheios de promessa.

Um halo avermelhado prenunciava a chegada da aurora, quando Giulietta sugeriu encerrarem a festa, e todos concordaram. Erasmus apressou-se a oferecer companhia, ela contudo declinou e deu-lhe indicações sobre a casa onde poderia ser encontrada no dia seguinte. Durante a canção alemã que os rapazes sugeriram à guisa de despedida, Giulietta desapareceu da roda. Alguém a vira atravessando uma espessa aleia, precedida por dois serviçais que iluminavam o caminho munidos de tochas. Erasmus não ousou segui-la. Cada um dos moços abraçado com seu par, todos se espalharam e se afastaram dali em meio a risadas.

Bastante perturbado e o coração cativo de nostalgia e tormentos de amor, Erasmus finalmente os seguiu com seu ajudante alumiando a trilha. Em dado momento, após separar-se dos amigos, ele chegou a uma rua erma que conduzia à sua morada. A escuridão dera lugar à luz da aurora ainda enevoada, e o valete deitou fora na calçada a tocha. Mas entre as faíscas cintilantes ergueu-se, por incrível que pareça, uma figura oscilante que se pôs diante de Erasmus. Um homem comprido e ressequido com nariz afilado de abutre e olhos incandescentes, a boca crispada num sorriso sardônico, estava ali com um gibão escarlate decorado com botões metálicos. A visão dava risadas e perguntou em tom desagradável e feroz:

— Ei, o senhor aí! Sem dúvida saiu de um antigo livro ilustrado, com esse manto, esse casaco talhado tão justo e o barrete de plumas. O resultado é bastante cômico, senhor Erasmus. O senhor não pretende ser motivo de chacota aos passantes, não é mesmo? Volte a usar seu velho traje de algodão!

— O meu modo de vestir não lhe diz absolutamente respeito — gritou Erasmus aborrecido, e já prosseguia, atropelando o sujeito vermelho, mas o interlocutor insistiu:

— Ora, ora! Não adianta se apressar. A essa hora o senhor não pode visitar Giulietta!

Erasmus estacou de chofre e encarou-o fixamente:
— Que história é essa sobre Giulietta? — indagou colérico ao mesmo tempo que o atracava, partindo para a briga.

Rápido como uma flecha, o homem se esquivou e fugiu antes que o aturdido adversário se desse conta.

Erasmus permaneceu imóvel ainda sem entender, segurando na mão um dos botões metálicos que arrancara do gibão vermelho.
— Era o doutor milagreiro, o Dr. Dapertutto — explicou o valete. — O que ele quer do senhor?

Sem responder, porém, apressou o passo amedrontado, refletindo em silêncio que o melhor seria chegar em casa quanto antes.

Giulietta o acolheu com a amabilidade a que era propensa. À frenética paixão que inflamava o moço ela correspondia com uma atitude de doçura e indiferença. De vez em quando, todavia, seus olhos resplandeciam mais claros, tão logo o contemplava com uma expressão intensa e enigmática, e nessas ocasiões um frêmito de desconfiança dominava Erasmus completamente.

Ela nunca confessava seu amor, mas toda sua conduta e seu procedimento quando estavam juntos dava a entender que correspondia. Desse modo, era natural que Erasmus se sentisse cada vez mais cativo. Levava uma vida prazerosa da qual, no entanto, estavam excluídos os velhos amigos. Raramente os via, porque Giulietta o introduzira numa sociedade diferente.

Um dia, ele reencontrou Friedrich e esse o reteve demoradamente. Após enternecê-lo com evocações concernentes à esposa, ao filho e à terra longínqua, Friedrich advertiu:
— Você sabia, Spikher, que está se envolvendo com companhias bem perigosas? Provavelmente já atinou por exemplo para o fato de que sua bela Giulietta é uma das cortesãs mais espertas de quem se tem notícia. Contam dela histórias escabrosas que a envolvem com um manto de mistério. É capaz de exercer um fascínio irresistível sobre os homens, seduzindo-os com laços indissolúveis. Você, meu caro, é a prova cabal disso, na medida em que se encontra enfeitiçado a ponto de ter esquecido sua fiel esposa.

Ouvindo o amigo, Erasmus levou ambas as mãos ao rosto e chorou amargamente, enquanto clamava alto o nome da mulher.

Friedrich respeitou aquele pranto e compreendeu como o amigo estava desesperadamente cindido numa atroz luta interior. Continuou:

— Spikher, partamos juntos!

Erasmus concordou veemente:

— Você tem razão, Friedrich. Não sei por que razão estou com pressentimentos lúgubres. É mister partirmos hoje sem falta.

Os dois amigos apressaram as passadas, mas ao atravessarem a rua cruzaram com o Dr. Dapertutto, que vinha em direção contrária. Com um sorriso insolente ele abordou Erasmus e o encarou, dizendo:

— Apresse-se, avie-se, Giulietta o espera, o coração cheio de saudade, os olhos banhados de lágrimas. Eia, pois!

Erasmus se assustou com a intromissão, e Friedrich comentou:

— É um homem que me dá calafrios. O embusteiro está sempre às voltas com Giulietta negociando drogas aromáticas.

— O quê? — perguntou Erasmus. — Esse miserável, às voltas com Giulietta, com a minha Giulietta?

— Por onde você andou? Estou esperando há horas. Será que se esqueceu de mim? — perguntou uma voz impaciente vinda do alto de uma sacada.

Assim falava justamente a namorada, cheia de cuidados, debruçada ao balcão de sua casa, ante à qual os dois amigos sem perceberem tinham parado para conversar. Num pulo, Erasmus já tinha alcançado a porta e sumira para dentro.

— Nosso amigo está perdido! É um caso sem recurso! — concluiu resignado Friedrich e se afastou meneando a cabeça.

Giulietta nunca estivera tão amorosa como naquela tarde. Vestia a roupa branca da festa no bosque, e irradiava juventude e graça. Erasmus nem se lembrava das advertências de Friedrich, e mais que nunca se deixou abandonar ao irresistível delírio de sua paixão, talvez porque Giulietta pela primeira vez lhe testemunhava um amor sem reservas. Parecia nada mais ver senão ele, somente ele; não existir nem respirar que por ele!

Numa casa de campo que ela alugara para o verão teria lugar uma festa imponente. Lá foram eles. Entre os convivas, havia um jovem italiano de aparência repulsiva e modos inconvenientes que assediava Giulietta com muito atrevimento. Enciumado e preso de cólera naquela circunstância desagradável, Erasmus preferiu sair a passear por uma aleia isolada do jardim, distanciando-se do burburinho. A namorada, porém, o procurou:

— O que está acontecendo? Você não é todo meu?

Assim voluptuosa, ela o abraçou com muito carinho e depôs um beijo sobre seus lábios.

Incendiado por um desejo ardente, ele puxou a amada contra seu peito:

— Não, nunca a abandonarei. Mesmo que isso signifique minha ruína num abismo de desonra e desolação!

Feliz com a jura de amor, Giulietta sorriu de maneira sombria, e lançou sobre Erasmus o olhar estranho que vez ou outra o perturbava.

Retornaram juntos ao salão. O jovem italiano agora desempenhava o papel de Erasmus, como um rival levado pelo ciúme expressava ofensas contra os alemães em geral, mas visando evidentemente ao pobre Spikher. Este não tolerou o ultraje muito tempo. Partiu bruscamente para cima do outro e o ameaçou:

— Pare de uma vez por todas com as difamações indignas sobre meus compatriotas e que me atingem pessoalmente, ou serei forçado a jogá-lo no lago e o senhor será obrigado a praticar natação.

Nisso brilhou uma adaga na mão do italiano. Mas Erasmus foi mais rápido e o atacou antes com um golpe forte na goela, derrubando-o, depois chutou fatalmente a nuca do adversário que instantaneamente exalou o último suspiro. Todos saltaram sobre Erasmus. Exangue, ele caiu sem consciência, embora continuasse emocionado, arrebatado.

Quando despertou do profundo atordoamento, encontrava-se estendido num pequeno gabinete, velado pela pressurosa Giulietta, que se inclinava sobre seu corpo e o mantinha enlaçado com ambos os braços.

— Oh, alemão malvado! — repreendeu ela com suavidade e meiguice infindas. — Você me amedrontou! Eu o livrei do perigo mais iminente, mas você não está seguro em Florença, na Itália. Urge que parta, me abandone, a mim que o amo de todo o coração!

A ideia da separação dilacerava o pobre Erasmus num sofrimento indizível.

— Deixe-me ficar! — pedia inconformado. — Prefiro a morte! Viver sem seu amor é o fim!

Nisso ele pareceu ouvir uma voz suave e distante chamando seu nome. Imagine! Era a voz de sua honesta e fiel esposa alemã, por isso Erasmus se manteve quieto e pensativo. Giulietta perguntou com ciúme sombrio:

— Está pensando em sua mulher? Ah, Erasmus, aposto como em breve me esquecerá.

— Ah! Eu desejaria pertencer exclusivamente a você, para sempre, até a eternidade!

Os dois amantes estavam diante do belo e largo espelho emoldurado que decorava a parede do gabinete. Ela comprimiu Erasmus contra o coração com um ardor ainda mais apaixonado e pediu com brandura:

— Deixe-me seu reflexo no espelho, meu bem-amado! Ele ficará comigo quando você partir e será um bem precioso até a eternidade!

— Giulietta! O que você quer dizer com isso? — indagou confuso. — Meu reflexo?

Ao mesmo tempo, ele tornou os olhos em direção ao espelho que refletia sua imagem e a de Giulietta estreitados num abraço cálido.

— Como você poderia guardar meu reflexo? — insistiu. — Ele é inseparável de minha pessoa, me acompanha por toda água clara, por qualquer superfície polida...

— Nem ao menos essa ilusão de seu eu, uma mera aparência que repousa dentro do espelho, você concorda em ofertar-me? Você, que ainda há pouco desejava pertencer-me de corpo e alma! Nem ao menos essa fugidia imagem me daria como um presente de consolo na triste existência doravante privada de sua companhia, sem calor e sem amor?

Lágrimas abundantes jorravam dos olhos negros de Giulietta. No delírio de seu desesperado amor, Erasmus gritou:

— Tenho realmente de abandoná-la? Se é de fato necessário, que meu reflexo seja seu até a eternidade! Nenhuma força, tampouco o diabo, poderá lhe tomar meu reflexo até o instante em que eu próprio volte a ser seu de corpo e alma!

O beijo de Giulietta queimou seus lábios como fogo tão logo ele pronunciou a promessa insensata. Então ela se soltou e estendeu avidamente os braços em direção ao espelho. Erasmus viu seu reflexo avançar, independente dos movimentos de seu próprio corpo, o viu deslizar pelos braços da amada e, em meio a um vapor de perfume enigmático, desaparecer.

Toda a sorte de vozes melífluas zombaram e gargalharam num sarcasmo infernal! Preso no labirinto mortal do terror, Erasmus tombou desmaiado no chão, mas o pavor implacável, o horror o despertou da inconsciência e, na mais completa escuridão, ele tateou e saiu acelerado escada abaixo. Em frente a casa, foi agarrado e erguido a um coche que imediatamente partiu a toda velocidade.

— As circunstâncias se alteraram sobremaneira de uma hora para a outra, meu caro! — exclamou em alemão a voz de um homem que acomodou-se a seu lado. — Daqui por diante, se o senhor confiar em mim tudo transcorrerá bem. A pequena Giulietta tomou todas as precauções, recomendou-o a meus cuidados. Admito que é um homem charmoso, inclinado ao gênero de brincadeiras e trotes adoráveis que nos agradam acima de tudo, à pequena Giulietta e a mim. O chute na nuca foi sensacional! E o modo como o amoroso estendeu a língua pendente e azulada para fora da boca. Foi engraçado ver como gemia sem se decidir a passar logo para a outra. Ha, ha!

O homem proferia essas maldades de um modo tão detestável, o palavrório era tão ferino que as palavras se fincavam no peito do pobre Erasmus como punhaladas.

— Seja lá quem for o senhor — pediu o infeliz —, cale-se a respeito desse episódio do qual me arrependo tremendamente.

— O senhor fala de arrependimento? — riu o grotesco. — Nesse caso se arrepende certamente do fato de ter conhecido Giulietta e conquistado seu amor?

— Ah, minha querida Giulietta! — suspirou Erasmus.

— O senhor comporta-se de maneira infantil. Deseja e quer tudo, mas se esquece de que tudo tem um preço. É na verdade uma pena vê-lo contrariado, deixando sua amante, mas eu poderia encontrar um meio de desarmar todos os seus inimigos e livrá-lo inclusive das garras da justiça.

A ideia de permanecer ao lado da amada encheu seu coração de esperança.

— Como seria possível? — quis saber.

— Conheço uma poção que provocará a cegueira em seus perseguidores, isto é, fará com que o senhor aparente sempre um rosto diferente e, portanto, jamais seja reconhecido. Logo que amanhecer o senhor estará bem e em condições de mirar-se longa e atentamente frente a um espelho qualquer; seu reflexo especular, eu o submeterei a certas operações, naturalmente sem danificá-lo o mínimo que seja. Em seguida o senhor estará livre de todos os perigos, poderá viver ao lado de Giulietta sem o menor risco, por inteiro entregue às delícias desse amor.

— Sinto muito! Que horrível! — respondeu Erasmus.

— O que há de horrível nisso, meu caro? — repreendeu irônico o homem.

Erasmus gaguejou:

— É que eu... eu...

— Perdeu o reflexo especular em algum lugar! Não diga! Talvez com Giulietta! — completou o estranho. — Ai, ai! Era só o que faltava! O senhor agora pode correr por campos, florestas, cidades e vilas até achar sua esposa acompanhada do pequeno Rasmus e voltar a ser o honrado pai de família. A privação do reflexo não causará maiores preocupações à sua mulher, pois ela o possuirá em pessoa, enquanto à Giulietta caberá simplesmente uma imagem ilusória.

— Cale-se, criatura abominável! — respondeu Erasmus.

Nesse momento, veio se aproximando uma rapaziada alegre e animada portando tochas cujo clarão alumiou dentro do coche. Erasmus virou-se e reconheceu no homem cruel que o acompanhava o arcano chamado Dr. Dapertutto. Com um único salto, saiu em disparada do carro e foi ao encontro da turma de cantores, porque distinguira nitidamente a voz de barítono de Friedrich. Retornavam de uma patuscada no campo. Erasmus pôs brevemente o amigo a par de tudo que lhe sucedera, omitindo a circunstância do reflexo perdido. Juntos, apressaram-se em pegar a dianteira rumo a cidade, e o amigo tomou ligeiro todas as providências imprescindíveis para a viagem de Erasmus, de modo que, ao romper da aurora, ele cavalgava um bom cavalo a milhas de distância de Florença.

Spikher relatou por escrito as aventuras mais pitorescas da viagem. A mais comovente é sem dúvida aquela que o fez perceber pela primeira vez, de um modo bem doloroso, as inconveniências da ausência de seu reflexo.

Acabara de entrar numa cidade grande, porque seu cavalo fatigado carecia de repouso, e sentou-se sem a menor cerimônia à mesa de refeições da estalagem, repleta de fregueses. Não atentou, entretanto, para o belo e claro espelho dependurado bem à sua frente. Um maldito garçom que se encontrava atrás de Erasmus reparou que do outro lado no espelho a cadeira permanecia vazia e não havia reflexo do homem que a ocupara. O impertinente logo comunicou a observação ao vizinho de Erasmus, esse por sua vez ao freguês seguinte, e assim por diante toda a freguesia cochichava olhando ora Erasmus, ora o espelho.

O pobre ainda não se dera conta de que o cochicho lhe dizia respeito quando um senhor idoso e sério se levantou, veio ter com ele, o levou para perto do espelho e constatou o rumor. Virou-se então para a assembleia e gritou com voz bem inteligível:

— De fato, pessoal, o sujeito não possui um reflexo no espelho!
— Não possui um reflexo no espelho!
— Não possui...
— ... Homem malvado, um homem nefasto...
— ... Melhor atirá-lo à rua! — repetia a turba em desvario pela sala.

Erasmus, coberto de raiva e vergonha, correu a refugiar-se no quarto, mas mal chegara ali foi procurado por um agente da polícia com a notificação de que deveria por bem comparecer em uma hora ante as autoridades locais, munido de um reflexo similar completo, ou teria de deixar a cidade sem demora.

Ele precipitou-se embalado para a estrada, escorraçado pela cambada ociosa e os moleques de rua que não cessavam de lhe gritar desaforos:

— Lá vai a galope aquele que vendeu o reflexo ao diabo!

Na floresta, finalmente se safou.

A partir daí, aonde quer que fosse, sob o pretexto de uma antipatia nata contra reflexos solicitava que se cobrissem cautelosamente os espelhos. Por essa razão atribuíram-lhe o apelido de General Suwarow, que tinha mania semelhante.

Ao chegar à sua terra natal, a meiga esposa aguardava-o com o pequeno Rasmus. No aconchego e na paz da vida doméstica, ele acreditou então que poderia encontrar consolação pela perda da imagem especular.

Spikher parecia ter esquecido completamente a bonita Giulietta. Certo dia, porém, quando brincava com Rasmus, o pequeno sujou as mãozinhas de carvão e as levou ao rosto do pai:

— Ah, papai! Olhe só como eu o pintei de preto, ficou bem gozado!

Assim exclamou o menino e, antes que o pai pudesse impedi-lo, buscou ligeiro um espelhinho que segurou em frente ao rosto do pai, mirando-se também. Mas, de súbito, deixou cair o espelhinho e em prantos fugiu correndo do quarto.

Não tardou a entrar a mulher com uma expressão de surpresa e estupefação estampada no rosto:

— Que história é essa que o Rasmus está me contando?

— Ah, minha querida, talvez tenha dito que não tenho reflexo.

— respondeu com um sorriso forçado.

E passou a desfiar um discurso esfarrapado na tentativa de provar que era uma bobagem supor que alguém perderia o próprio reflexo, e isso definitivamente nem tinha importância nenhuma, pois reflexo, no final das contas, era uma ilusão, além disso a contemplação de si mesmo induzia ao pecado da vaidade e, enfim, essa espécie de imagem contribuía apenas para cindir o eu em realidade e sonho.

Enquanto ele argumentava, a esposa descobrira rapidamente o espelho dependurado na sala de visitas. Mal o olhara e caiu imediatamente sem sentidos estirada no assoalho, como se atingida por uma verdade fatal. Spikher ajudou-a a erguer-se, mas mal voltou a si ela o afastou com repulsa:

— Solte-me, homem amaldiçoado! Não é você mesmo! Não é meu marido tão amado! É um espírito infernal tentando levar-me à perdição. Suma, desapareça da minha vida, você não tem poder algum sobre mim, maldito!

A estridência da gritaria retumbou pela sala, pela casa inteira, atraiu a criadagem que acorreu horrorizada; a Erasmus, inconformado e aflito, não restou alternativa a não ser fugir daquele ambiente na carreira. Impelido por sentimentos contraditórios, pôs-se a vagar entre as aleias mais desertas do parque que se situava ao lado da cidade.

A imagem de Giulietta surgiu-lhe de repente, em todo seu encanto e magia, e ele lhe falou:

— Eis portanto sua vingança, Giulietta, por eu tê-la abandonado e lhe dado no lugar de minha pessoa apenas meu reflexo especular! Ah, Giulietta, quero ser seu, sem reservas, de corpo e alma! Ela me expulsou, ela, por quem sacrifiquei nosso amor. Giulietta! Giulietta! Sou todo seu!

— Nada mais fácil, meu caro — agora era o Dr. Dapertutto que falava, surgido como quem vem do nada ali ao lado, vestindo um gibão escarlate com botões metálicos. Essas palavras ressoaram para o pobre infeliz como um augúrio benfazejo, por isso por isso nem se importou com a fisionomia contraída e enviesada de Dapertutto, e muito ingênuo choramingou:

— Como eu poderia reavê-la? A ela, que julguei para sempre perdida?

— Que nada! — replicou a visão. — Ela não está longe daqui e anseia tremendamente pelo senhor em pessoa, principalmente por ter concluído que uma imagem não é mais que uma ilusão vã e desprezível! Aliás, tão logo se assegure de possuir sua preciosa pessoa de fato, em corpo e alma, pretende muito agradecida devolver-lhe límpido e intacto o reflexo.

— Conduza-me até ela, sem demora! — pediu Erasmus, eufórico. — Onde está?

— Antes de revê-la e entregar-se a ela de vez, o senhor precisa cumprir uma pequena formalidade em troca do reflexo do espelho. Convenhamos que ela não pode ainda dispor livremente de sua amável pessoa, pois o senhor encontra-se cativo emaranhado num intrincado compromisso que deve ser rompido antes de tudo. Refiro-me aos laços familiares com a esposa e o adorável menino...

— O que o senhor quer dizer com isso, Dr. Dapertutto?

— Que a ruptura irrevogável desses laços — prosseguiu o charlatão — pode ser efetuada sem riscos, de um modo fácil e bem humano. Durante sua estada em Florença, o senhor provavelmente se inteirou de minhas habilidades no preparo de substâncias prodigiosas, e por acaso tenho em mãos justamente uma dose do remédio caseiro que prescrevo para casos de família. Algumas poucas gotas da sutil poção devem ser ministradas às pessoas que barram o caminho entre o senhor e a doce Giulietta: essas pessoas cairão sem um pio e sem caretas de dor. Chamam o fenômeno de morte, e a morte talvez seja amarga. Mas não é delicioso o sabor da amêndoa amarga? Pois bem, é precisamente esse o gosto da morte contida neste frasco. Instantaneamente após o ditoso falecimento, os entes queridos passam a exalar uma perfumada fragrância de amêndoa amarga. Fique com isso, meu caro! — e estendeu a Erasmus o frasco delicado.

— Infame! Está me persuadindo a envenenar minha esposa e meu filhinho?

— Quem falou em veneno? — estranhou o vermelho. — Trata-se, isso sim, de uma fórmula caseira preparada à base de ingredientes saborosos! Eu teria à minha disposição outros expedientes eficazes para conceder-lhe a autonomia, mas prefiro vê-lo agir por si mesmo: um recurso humano para obter um efeito assim mais natural. Tolos caprichos, o senhor me entende? Pegue logo!

Erasmus segurava de repente o frasco em suas mãos, sem saber como. Maquinalmente, voltou para casa e entrou no quarto. A mulher atravessara a noite inteira atormentada, angustiada, e choramingava ainda sem trégua que o homem que voltara de viagem não era o marido, e sim o demônio do inferno, possuído da aparência de Spikher com a intenção de ludibriá-la.

Nem bem o viram foram logo retrocedendo e abrindo passagem, somente o pequeno Rasmus ousou abordá-lo a fim de perguntar com a pureza natural de criança por que não trouxera de volta o reflexo, e explicou que aquilo vinha causando à mãe um sofrimento muito grande. Erasmus, com o frasco ainda em mãos, lançou um olhar selvagem sobre o pequeno. O garoto trazia ao braço a pomba de estimação e, assim, aconteceu que a ave inclinou o bico em direção ao frasco e bebericou uma gota. O efeito foi imediato, letal!

— Embusteiro de uma figa! Não me tente a cometer um crime abominável!

E lançou pela janela o frasco que se espatifou no chão do pátio em mil pedaços. Um agradável olor de amêndoa se espalhou pelos ares até o quarto. O filho fugira assustado e cheio de medo.

Spikher passou dias torturando o espírito. À meia-noite, então, a figura de Giulietta se apresentava em sua imaginação sob cores vivas e sedutoras. Numa dessas ocasiões, o colar de mirtilos vermelhos que ela trazia ao pescoço como fazem as moças na Itália arrebentou. Recolhendo as contas de mirtilos, Erasmus não resistiu em conservar devoto uma delas consigo, como um trunfo precioso que tocara a pele da amante.

Agora mesmo, tinha na mão o mirtilo e o admirava, sonhando com a amante perdida. Teve a impressão de sentir se desprendendo da fruta exatamente o mesmo perfume mágico que o inebriava na presença de Giulietta.

— Ah, querida! Vê-la uma última vez e depois deixar-me consumir pela ruína e a ignomínia.

Mal expressara o desejo, ouviu um leve roçar e ranger ante a porta, no corredor. Com a respiração suspensa, Erasmus tremia de temor e esperança. Bateram. Ele abriu. Ela entrou com requintes de beleza e graça. Arrebatado pelo amor e a alegria, Erasmus a prendeu ternamente em seus braços.

— Cá estou, meu querido! — disse com voz suave e branda. — Veja como guardo fielmente seu reflexo.

Ela puxou o véu que cobria o espelho e Erasmus viu a própria imagem refletida enlaçada à de Giulietta, independente de seu corpo, ela não correspondia aos seus movimentos. Sentiu um arrepio de pavor!

— Giulietta, se você não quer ver-me louco, devolva-me o reflexo, tome a mim, em corpo e alma!

— Mas ainda há uma pendência entre nós dois, Erasmus. Você sabe muito bem. Dr. Dapertutto não lhe disse?

— Deus do céu! Se posso ser seu somente sob a condição proposta por ele, prefiro morrer.

— Dapertutto não irá forçá-lo a tomar qualquer atitude. Naturalmente é uma pena, pois o noivado e a bênção do padre via de regra ajudam bastante. De um modo ou de outro, tem de se libertar dos laços que o vinculam à família, se não nunca será todinho meu, e para esse fim existe um recurso alternativo, até melhor que aquele proposto por Dapertutto.

— Em que consiste? — perguntou Erasmus, determinado.

Ela o envolveu com os braços e pousou docemente a cabeça em seu peito, antes de explicar à meia-voz, com muita meiguice:

— Você assina numa folha de papel o seu nome: Erasmus Spikher, sob as breves palavras: "Cedo ao amigo Dapertutto todo o poder sobre minha esposa e meu filho, sobre os quais ele passa a dispor conforme seu arbítrio. Dessa maneira se romperá o laço que me mantém cativo, e a partir de então desejo pertencer de coração e alma imortal à Giulietta, que escolhi como minha esposa e a quem me unirei à eternidade numa cerimônia especial."

Erasmus sentia o sangue fluir gelado por suas veias tensas. Beijos de fogo queimavam-lhe os lábios, ele tinha nas mãos a folha entregue pela amante.

Um prodígio colossal, surgiu de súbito Dapertutto por detrás da moça e lhe estendeu uma pena de metal. Simultaneamente uma veia de sua mão esquerda se rompeu e o sangue jorrou.

— Escreva, escreva! Assine, ande, vamos! — comandava o homem vermelho.

— Assine, assine, meu único e perpétuo amor! — incitava a moça.

Ele enchera a pena com seu próprio sangue e já se assentara para escrever quando a porta se abriu, uma alva figura aproximou-se com olhos vazios de espectro e lamentou com voz rouca e plangente:

— Erasmus, Erasmus! Que faz você? Em nome do Redentor, renuncie a esse pacto medonho!

Erasmus, reconhecendo no espectro que lhe dava bons conselhos a esposa, atirou para bem longe de si papel e pena.

Os olhos de Giulietta lançaram faíscas, os traços de seu rosto se crisparam num ricto atroz e repugnante, o corpo ardia, como chamas.

— Para trás, anjo do inferno! Você não terá direito sobre minha alma. Em nome do Salvador, deixe-me em paz, serpente! Que o fogo do inferno a consuma!

Assim praguejou Spikher, e com braço vigoroso se desvencilhava da mulher que ainda buscava uma maneira de abraçá-lo. Subitamente, soaram ruídos lancinantes de pranto e chiados, Erasmus acreditou distinguir asas de um corvo que se debatia alvoroçado. Giulietta, Dapertutto se esvaíram em meio a um vapor fétido e sufocante que brotava das paredes extinguindo gradualmente a luz. Finalmente eram só trevas.

Os claros raios do sol da manhã penetravam pelas frestas da janela. Erasmus procurou a mulher e a encontrou afável e gentil, como antigamente. O filho Rasmus já despertara e estava sentado ao lado da mãe. Ela estendeu os braços ao pobre esposo, tão exausto, e disse:

— Agora estou a par da aventura fatídica que lhe sucedeu na Itália, e a lamento de todo o coração. O poder do inimigo é imenso. O diabo, enfronhado em todos os vícios, não resiste à tentação de roubar o que seja, não vacilou ante o gosto fugaz de possuir por meios escusos seu reflexo, tão belo e similar a você. Mire-se naquele espelho ali, querido!

Spikher obedeceu ao pedido da esposa, seu corpo todo tremia e sua expressão assustada conferia-lhe um aspecto deplorável. O espelho continuou vazio, limpo: nenhum Erasmus Spikher retribuiu o olhar.

A mulher prosseguiu:

— Nesse caso é até bom que o espelho não mostre seu reflexo, porque você está com uma aparência miserável, meu caro! Mas há de convir que sem esse reflexo você é motivo de piada de toda a gente e não será um pai de família íntegro, capaz de inspirar respeito junto à esposa e aos filhos. O pequeno Rasmus já começa a zombar do próprio pai, e na primeira oportunidade vai querer sujar as mãos para borrar seu rosto de carvão e se divertir porque você não pode se ver.

Saia, portanto, vagando a esmo pelo mundo, procure recuperar seu reflexo junto ao diabo. Se conseguir reavê-lo, aí sim, eu o acolherei cordialmente. Dê-me um beijo de adeus [Spikher deu o beijo] e agora: boa viagem! Envie a Rasmus vez ou outra uma calça nova, pois ele se arrasta sobre os joelhos e isso estraga muito as roupas.

E se algum dia passar por Nürnberg, então, como qualquer pai amoroso, não deixe de lhe comprar também um bonito soldadinho de chumbo e algum confeito temperado com especiarias. Vá em paz, Erasmus!

A mulher virou para o canto e adormeceu. Spikher pegou o pequeno Rasmus no colo e o abraçou com ardor; mas o garoto reclamou. O pai o depôs no chão e saiu a percorrer o vasto mundo.

Certo dia ele encontrou um tal Peter Schlemihl que vendera a própria sombra ao diabo. Chegaram a cogitar uma viagem a dois, Erasmus Spikher faria a sombra e Peter Schlemihl refletiria a imagem no espelho; mas ficou por isso mesmo.

Fim da história do reflexo perdido.

Pós-escrito do viajante entusiasta

— De quem é, pois, o reflexo espiando do fundo do espelho? Sou eu mesmo? Ó Julia! Giulietta! Imagem celeste, espírito infernal! Encanto e angústia, saudade e desespero.

Você vê, meu caro Theodor Amadeus Hoffmann, como frequentemente uma força sombria se introduz em minha vida e, iludindo meus doces sonhos e minhas noites, coloca em meu caminho as visões mais inquietantes.

Ainda assediado pelas aparições da noite de São Silvestre, quase chego a crer que o desembargador era na verdade uma figura de açúcar-cande, sua elegante recepção, uma exposição de Natal ou de réveillon, e a charmosa Julia uma mera personagem feminina de Rembrandt ou Callot, como aquela que ludibriou o infeliz Erasmus Spikher por causa do reflexo belo e semelhante. Queira me perdoar!

II

Da coletânea *Contos noturnos*

O Homem-Areia

Nathanael a Lothar

Vocês todos estão decerto cheios de inquietação por eu não ter escrito há tanto — tanto tempo. Mamãe deve estar bem zangada, e Clara talvez pense que levo uma vida boa, esquecendo completamente minha imagem de anjo, gravada tão fundo no peito e na mente. Esse não é, porém, o caso; penso em vocês todos os dias a toda hora, e em doces sonhos me surge fugaz a amada figura de Clarinha, e seus olhos límpidos me sorriem com a graça habitual de quando eu retornava à casa de vocês. Ah, como poderia eu, pois, lhes escrever na disposição alterada de espírito que todos os meus pensamentos no momento perturba! Algo terrível adentrou minha vida! Sombrios e ameaçadores pressentimentos de um destino cruel me envolvem como sombras de nuvens espessas, impenetráveis a qualquer luminoso raio de sol. Enfim, devo lhe contar o que me sucedeu. Sei que preciso, reconheço, mas só de pensar nisso escapa-me uma risada insensata. Ah, meu bom amigo Lothar!, como hei de fazê-lo compreender que isso, o que aconteceu comigo há alguns dias, teve de fato o poder de destruir minha vida de maneira funesta! Se pelo menos você estivesse aqui, poderia ver com seus próprios olhos; mas assim me toma certamente por um supersticioso maluco. Em suma, a coisa apavorante que me passou, cuja impressão fatal em vão me esforço por atenuar, consiste simplesmente no fato de, dias atrás, era 30 de outubro, ao meio-dia, um vendedor de barômetros adentrar meu quarto, oferecendo-me sua mercadoria. Nada comprei e ameacei atirá-lo escada abaixo, ao que ele então saiu por conta própria.

Você está adivinhando que somente relações bem singulares e profundamente marcantes em minha vida poderiam dar a esse incidente um significado, e, mais, que aquele mascate infeliz pudesse exercer sobre mim uma influência perniciosa. Mas de fato foi assim. Com todas as minhas forças tento me conter calmo e sereno, a fim de tanto lhe contar de minha infância, que em seu ativo espírito tudo há de aparecer em imagens claras e nítidas. Antes mesmo de começar, eu o ouço entre risos dizer à Clara "são infantilidades!" Escarneçam, lhes peço, escarneçam à vontade! Como queiram! Mas Deus do céu! Os cabelos me arrepiam, e é como se eu lhes suplicasse para zombar de mim num desespero insano, como Franz Moor dirigiu-se a Daniel.[36] Enfim, vamos aos fatos!

Com exceção da hora do jantar, minhas irmãs e eu víamos pouco nosso pai durante o dia. Talvez ele estivesse muito ocupado com seu trabalho. Após o jantar, que conforme a tradição era servido logo às sete horas, íamos todos nós, mamãe conosco, ao gabinete do pai e nos sentávamos a uma mesa redonda. O pai fumava tabaco e bebia um grande copo de cerveja. Ora ele nos contava muitas histórias maravilhosas, e nisso se entusiasmava de tal maneira que seu cachimbo sempre apagava e, segurando para ele um papel em chama, eu precisava reacendê-lo, o que me divertia imensamente. Ora, porém, ele nos passava livros ilustrados, se sentava mudo e carrancudo em sua poltrona e soprava nuvens de fumaça que todos nós nos inundávamos em névoa. Nessas noites mamãe se entristecia muito, e mal soavam nove horas ela dizia:

— Para a cama! Para a cama! O Homem-Areia está chegando, já estou ouvindo.

De fato eu então, todas as vezes, ouvia as fortes passadas ressoando escadaria acima; devia ser o Homem-Areia. Certa vez aquelas

---

36. No drama *Os bandidos*, de Schiller (1781), o execrável Franz, que tantas intrigas tramara e com isso malefícios causara ao pai e ao irmão, tem um pesadelo premonitório com o juízo final e o conta ao fiel criado doméstico Daniel: "Então eu ouvi uma voz soando das névoas do rochedo: Piedade, piedade para com todos os pecadores do mundo e das profundezas! Somente você é abjeto! [*pausa profunda*]. E aí, por que você não ri? *Daniel:* Posso rir, quando estou arrepiado? Sonhos vêm de Deus.

Franz: Ora essa, os sonhos não têm o menor sentido! Não diga isso! Me chame de tolo, de insensato! Faça isso, eu lhe peço, escarneça desbragado de mim, caro Daniel! *Daniel:* Sonhos vêm de Deus. Quero rezar por você." "Die Räuber." In: *Schillers Werke,* Frankfurt am Main, Insel, 1966, v. I, p. 114.

passadas e pisadas abafadas me pareceram especialmente assustadoras; eu perguntei à mamãe, quando nos acompanhava:

— Mamãe! Quem é esse Homem-Areia malvado que sempre nos separa do papai? Como ele é afinal?

— Não existe Homem-Areia, filho querido — respondeu mamãe.

— Quando digo que o Homem-Areia está vindo, quero somente dizer que vocês estão sonolentos e não conseguem mais manter os olhos abertos, como se alguém tivesse lhes salpicado areia.

A resposta de mamãe não me satisfez, mesmo porque em meu ânimo infantil germinava nitidamente a convicção de que mamãe negava o Homem-Areia para evitar que nós o temêssemos, pois eu o ouvia sempre subindo a escada. Cheio de curiosidade para saber mais detalhes a respeito do Homem-Areia e de sua relação conosco, crianças, perguntei finalmente à velha senhora pajem de minha irmã caçula, que sujeito pois seria esse, o Homem-Areia.

— Tanaelzinho — respondeu ela —, pois você ainda não sabe? Ele é um homem malvado, que vem até as crianças quando elas não querem ir para a cama e lhes atira aos olhos uma mão cheia de areia, de modo que estes saltam ensanguentados cabeça afora. Ele então os atira num saco e os carrega à meia-lua para alimentar os filhotes; eles se sentam lá no ninho e têm bicos curvados como as corujas, com os quais eles picam os olhos das crianças custosas.

Um apavorante quadro do terrível Homem-Areia eu pintei então em meu íntimo; tão logo à noitinha soavam as passadas na escada, eu tremia de medo e horror. Nada mais que o nome gaguejado entre lágrimas, "o Homem-Areia, o Homem-Areia", minha mãe conseguia arrancar de mim. Eu corria ao quarto de dormir e a noite inteira me martirizava a visão assustadora do Homem-Areia. Eu já crescera o bastante para compreender que a história da pajem, do Homem--Areia e seu ninho de filhotes na meia-lua, não podia mesmo ser fundada; e todavia o Homem-Areia permanecia para mim um fantasma aterrorizante, e horror — o terror me invadia, quando o ouvia não somente subir sozinho escada acima, mas também abrir com um golpe a porta do gabinete de papai e entrar. De vez em quando ele desaparecia por muito tempo, depois suas visitas se sucediam frequente e seguidamente.

Anos a fio isso durou, e eu não era capaz de me acostumar com o sinistro fantasma, não se esvaía em meu espírito a imagem do apavorante Homem-Areia. Seu relacionamento com o meu pai começou a instigar cada vez mais minha imaginação, uma timidez insuperável me retinha de questionar papai sobre o assunto, mas o desejo de investigar a essência do segredo, de ver o fabuloso Homem-Areia, esse desejo crescia em meu íntimo com o decorrer dos anos. Ele me despertou à esfera do maravilhoso, do prodigioso, que de qualquer maneira fecunda facilmente na alma das crianças. Nada me agradava mais que ouvir ou ler histórias arrepiantes de duendes, bruxas, anões; acima de tudo, porém, dominava sempre o Homem-Areia, que eu desenhava com giz ou carvão sobre mesas, armários e paredes, por todo o lado, sob as figuras mais singulares e horríveis.

Ao completar dez anos de idade, minha mãe me retirou do quarto de crianças e me instalou num aposento pequeno que dava para um corredor, não longe do gabinete de meu pai. Nós ainda precisávamos nos recolher prontamente quando ao som das nove horas se percebia a presença daquele desconhecido em nossa casa. Em meu quarto eu ouvia como ele entrava no gabinete do pai, e logo depois então sentia se espalhando pela casa um vapor sutil de odor singular. Com a curiosidade, crescia também a coragem de conhecer de uma maneira ou de outra o Homem-Areia. Amiúde eu me esgueirava do quarto ao corredor tão logo minha mãe se afastava, mas nada conseguia apurar, pois o Homem-Areia já entrara pela porta quando eu atingia o lugar de onde podia vê-lo de passagem. Finalmente, impelido por um impulso irresistível, resolvi me esconder dentro do próprio gabinete do pai e esperar a chegada do Homem-Areia.

No silêncio do papai e na tristeza da mamãe pressenti certa noite que o Homem-Areia viria; assim, alegando muito cansaço eu me retirei do aposento pouco antes das nove horas e me enfiei num esconderijo ao lado da porta. A porta da frente rangeu. Um passo moroso, pesado, sonoro, atravessava o vestíbulo em direção à escada. Minha mãe passou apressada por mim, acompanhando minhas irmãs. Suave, suavemente, abri a porta do gabinete. O pai, como de hábito, sentava-se mudo e taciturno de costas para a porta; nem notou minha presença. Lépido entrei, me enfiei em um armário porta-casacos de meu pai, que se projetava logo ao lado da porta, fechado apenas por uma cortina. Perto, cada vez mais perto, ressoavam os passos; alguém tossiu, pigarreou, resmungou lá fora, estranhamente. Meu coração palpitava angustiado e ansioso. Rente, rente à porta, soou um passo, um violento golpe sobre a maçaneta, e a porta se abriu barulhenta! À força me encorajando, espiei com cautela para fora. O Homem-Areia estava no meio do gabinete, em frente a meu pai, o clarão das chamas reluzindo em seu rosto. O Homem-Areia é o velho advogado Coppelius, que de vez em quando janta em nossa casa!

Mas a figura mais abominável não teria provocado em mim horror mais visceral que o tal Coppelius. Imagine você um homem alto, de ombros largos, com uma cabeça disforme e imensa, um rosto amarelo terroso, bastas sobrancelhas cinzentas sob as quais um par de olhos felinos, argutos, emitiam faíscas, um nariz volumoso, largo, proeminente do lábio superior. A boca torta se contrai com frequência num riso sardônico, deixando então visíveis sobre as bochechas um par de manchas vermelho-escuras, e um tom silvante lhe soa por entre os dentes cerrados. Coppelius trajava constantemente o mesmo casaco cinzento de corte antiquado e um colete e pantalonas semelhantes, em conjunto com meias pretas e sapatos ornados com miúdas fivelas de pedraria. A mirrada peruca mal lhe cobria as entradas, os cachos armados pendiam sem alcançar as grandes orelhas avermelhadas, uma larga touca cosida de cabelos postiços se destacava da nuca, deixando à mostra o fecho de prata que sujeitava a gravata franzida. Toda a sua figura era em suma repulsiva e repugnante; mas a nós, crianças, sobretudo causavam asco suas mãos ossudas e cabeludas, de maneira que não nos apetecia nada que ele tivesse tocado. Ele se dera conta disso, por conseguinte tinha satisfação em tocar sob qualquer pretexto uma fatia de bolo ou um fruto confeitado que a bondosa mamãe eventualmente depositara sobre nosso prato, e assim nós, com olhos marejados de lágrimas, não podíamos saborear as guloseimas que deveriam nos deleitar, por nojo e asco. Igualmente ele procedia quando em dias especiais o papai nos servia um cálice de vinho doce. Nessas ocasiões ele roçava a borda levemente com a mão, ou chegava a erguer o cálice aos lábios azulados e ria com ar diabólico constatando nosso desgosto que somente podia manifestar-se em soluços abafados. Costumava nos apelidar de "bestinhas"; em sua presença, nós não devíamos em hipótese alguma proferir uma única palavra, e amaldiçoávamos o homem vil e hostil que desmanchava os mínimos prazeres de fato e de fito.

Como nós, mamãe parecia detestar o abominável Coppelius, pois tão logo ele surgia sua alegria, sua disposição descontraída e serena se transmudava em gravidade triste e sombria. Nosso pai se comportava perante ele como se se tratasse de um ente superior, cujos modos grosseiros nós devíamos suportar, e a quem a todo custo era necessário manter de bom humor. Ao mínimo sinal, seus pratos preferidos eram imediatamente preparados e vinhos raros, servidos.

Quando vi Coppelius, portanto, me ocorreu o tenebroso e terrível pensamento de que o Homem-Areia não poderia ser ninguém doutro senão ele. Mas o Homem-Areia não era para mim mais um espantalho dos contos da carochinha, que levava olhos de criança como alimento às corujas no ninho da meia-lua. Não! Um monstro pavoroso e fantástico, grassando, por onde passasse, lamento, miséria e perene, eterna perdição.

Eu estava inteiramente enfeitiçado. Arriscando-me a ser descoberto e, supunha, punido com rigor, mantive-me de pé, a cabeça esticada espreitando por entre a cortina. Meu pai recebeu Coppelius com cerimônia.

— Então, mãos à obra! — gritou aquele com voz roufenha e rouca, e retirou o casaco.

Taciturno e soturno, nosso pai pôs de lado o robe de chambre, e ambos vestiram longos jalecos pretos. De onde eles os pegaram, não consegui ver. Papai abriu em par as portinholas de um armarinho embutido, mas constatei que o que eu sempre tomara por isso era na verdade o buraco negro de um forno. Coppelius se adiantou, e uma flama azulada crepitava do forno ao alto. Toda a sorte de utensílios singulares estava dispersa por ali. Ah, Deus! Inclinado agora em direção ao fogo, meu pai tinha uma expressão de rosto completamente diferente! Um sofrimento desvairado e furioso parecia ter lhe contraído a fisionomia suave e honesta a um tipo demoníaco, asqueroso. Ele se assemelhava a Coppelius. Este brandia tenazes incandescentes com as quais retirava do espesso vapor pedaços de uma matéria brilhante, que depois martelava zeloso. Tive a impressão de ter entrevisto rostos humanos, mas desprovidos de olhos, em seu lugar cavidades[37] pavorosas, negras, fundas.

— Dê cá os olhos, cá os olhos! — exclamava Coppelius com voz surda e estrondosa.

Tomado de súbito medo eu berrei e caí para fora do meu esconderijo ao solo. Foi quando Coppelius me agarrou:

— Bestinha! Bestinha! — resmungou ele entredentes, me ergueu e empurrou-me em direção ao forno, de modo que o fogo chegou a chamuscar meus cabelos.

— Agora nós temos olhos, olhos, um belo par de olhos infantis.

Dessa maneira me sussurrava Coppelius, e do meio das chamas ele tirava com as mãos fragmentos de brasas incandescentes, que queria me atirar aos olhos. Meu pai elevou as mãos em súplica, pedindo:

---

37. No dicionário *Hoepli.it* consta para o termo *coppo: Cavità oculare, orbita*, cavidade ocular, órbita. Outra curiosidade etimológica que fortalece peculiaridades semânticas do antropônimo é *coppella*, tanto um crisol, recipiente empregado para experiências alquímicas, como uma cavidade arqueológica de poucos centímetros encavada pelo homem numa superfície rochosa, acepções respectivamente afinadas com as atividades de Coppelius.

— Mestre, mestre! Deixe os olhos de meu Nathanael, deixe-os com ele!

Coppelius, rindo com estridência, respondeu:

— Que o menino mantenha, pois, os olhos para chorar sua sina neste mundo, mas vamos ao menos observar direito o mecanismo das mãos e dos pés.

A essas palavras, torcia-me tão rudemente as mãos e os pés que minhas juntas estalavam, e virava-os ora para um lado, ora para o outro.

— Tá tudo desengonçado! Tava bom como estava! O velho o entendeu!

Assim silvava e ciciava Coppelius; mas tudo em torno de mim se tornava obscuro e sombrio, uma súbita convulsão agitou meus nervos e ossos, depois não senti mais nada. Um alento cálido e suave acariciou minha face, eu despertei como de um sono mortal, mamãe se inclinava sobre mim:

— O Homem-Areia ainda está aí? — balbuciei.

— Não, minha amada criança, ele se foi há muito tempo, não vai lhe fazer mal!

Foi o que disse minha mãe, e beijou e enlaçou o bem-amado reconquistado.

Por que devo cansá-lo, meu caro Lothar! Por que devo lhe impingir tantos detalhes quando tenho ainda tantas coisas a lhe dizer? Basta! Fui flagrado à espreita e maltratado por Coppelius. Medo e horror[38] me causaram uma febre ardente, o que me arrastou ao leito.

---

38. A partir da narrativa de Nathanael, o psicanalista Sigmund Freud empreende em 1919 o estudo voltado à questão da literatura que provoca medo e horror, detendo-se no cerne desse âmbito estético que ele denomina "Das Unheimliche" (a polêmica tradução ao português foi "O Estranho"). Com base na etimologia dessa palavra, ele constata que o significado do adjetivo *unheimlich* advém justamente da ambivalência, da maneira como acaba coincidindo com seu contrário, *heimlich* (familiar). Fundamentado por um sólido estudo linguístico sobre os problemas semânticos que o adjetivo suscita, Freud desconstrói a premissa de que o *unheimlich* seria uma sensação relacionada a algo desconhecido e, ao contrário, afirma que ele teria sobretudo causas originárias da infância.

— O Homem-Areia ainda está aí? — foram minhas primeiras palavras sensatas e o sintoma de restabelecimento da minha saúde.

Somente ainda o mais fatídico momento de minha juventude eu devo lhe contar; então você se convencerá de que, não um embaçamento dos olhos quando tudo se mostra sem cor, mas sim uma misteriosa fatalidade realmente estendeu um véu de nuvens sombrias sobre minha vida, que eu talvez somente com a morte consiga romper!

Coppelius não se deixou mais ver, diz-se que ele abandonou a cidade.

Talvez tenha se passado um ano, quando, segundo o antigo hábito imutável, sentávamos à mesa redonda. Papai estava bastante alegre e contava muitos episódios divertidos das viagens que empreendera em sua juventude. Às nove badaladas, nós ouvimos a porta da frente ranger sobre os gonzos, e passadas morosas e penosas como férreas retumbaram pelo vestíbulo adentro, escadaria acima.

— É o Coppelius — disse mamãe, empalidecendo.

— Sim! É o Coppelius — repetiu papai com voz surda, sussurrada.

As lágrimas rolaram dos olhos de minha mãe.

— Mas pai, pai! — perguntou ela. — Precisa mesmo ser assim?

— É a última vez! — respondeu nosso pai. — É a última vez que ele vem aqui, eu prometo. Agora vá, vá com as crianças! Vá, vá para a cama! Boa noite!

Para mim foi como se eu estivesse moldado em pedra fria e massiva, minha respiração estava suspensa! Mamãe puxou-me pelo braço quando me retive imobilizado.

— Venha, Nathanael, venha logo!

Eu me deixei arrastar, entrei em meu quarto.

— Fique tranquilo, fique tranquilo, deite-se na cama! Durma, durma! — recomendou ela, se afastando.

Mas, atormentado por uma angústia e uma ansiedade indescritíveis, eu não podia pregar os olhos. O odioso, abominável Coppelius estava ante mim com os olhos cintilantes e me sorria com ar zombeteiro, em vão me esforçava para livrar-me dessa visão.

Devia ser meia-noite quando se fez ouvir um barulho seco semelhante a um disparo de arma de fogo. A casa inteira vibrou. Alguém fez ruídos, rumores de passagem pela minha porta; a porta da frente foi fechada com estrondo.

— É o Coppelius! — gritei com horror e pulei da cama.

Ouvi gritos lancinantes de desespero, corri ao gabinete de meu pai, a porta estava aberta, uma névoa de fumaça me sufocando, a criada doméstica lamentava:

— Ah, meu senhor! Meu senhor!

Diante do forno fumegante, sobre o solo jazia meu pai morto com o rosto preto queimado e os traços horrivelmente descompostos; a seu lado, choravam e se queixavam minhas irmãs — mamãe desmaiada ao pé delas!

— Coppelius, infame satã! Você matou meu pai! — gritei bem alto, e perdi os sentidos.

Quando depositaram o corpo de meu falecido pai no caixão, dois dias depois, a fisionomia voltara a ter os traços afáveis e amenos de toda a sua vida.

Minha alma consoladora assegurava-me que seu vínculo com o vil Coppelius não poderia conduzi-lo à danação eterna.

A explosão acordara a vizinhança, o caso se tornara público. A autoridade interveio, queria intimá-lo, mas ele sumira da cidade sem deixar vestígios.

Se eu lhe disser, meu caro amigo, que aquele vendedor de barômetros era precisamente o criminoso Coppelius, você não me reprovará por interpretar esse malfadado reencontro como um presságio de tristes desgraças. Ele se vestia de outro modo, mas o aspecto e os traços fisionômicos de Coppelius gravaram-se bem profundamente em minha lembrança para que um equívoco dessa natureza seja possível.

Além disso, Coppelius nem ao menos alterou seu nome. Ele se faz passar aqui, segundo me consta, por um mecânico piemontês, pelo nome Giuseppe Coppola.

Estou determinado a enfrentá-lo e a vingar a morte de meu pai, aconteça lá o que for.

Não conte nada à mamãe da aparição do terrível monstro. Saudações à minha cara e encantadora Clara; a ela escreverei numa disposição de ânimo mais tranquila. Fique bem, etc., etc.

Clara a Nathanael

É verdade que você não me escreve há muito tempo, eu creio, contudo, que me guarda em seu coração e em sua lembrança. Seus pensamentos deviam estar vivamente voltados para mim ao expedir sua última carta ao mano Lothar, pois endereçou-a não a ele, mas a mim. Abri a carta com alegria e somente percebi o erro às palavras "ah, meu bom amigo Lothar!". Eu não deveria ter continuado a ler, e sim ter entregado a carta ao mano. Mas a você, que às vezes me censurava antigamente em meio a provocações infantis, de ser dotada de caráter feminino sereno como aquela mulher cuja casa ameaça desmoronar, e antes da fuga apressada ainda alisava ligeiramente uma prega dobrada da cortina da janela, portanto, eu assim mal ouso confessar que o início de sua carta me comoveu bastante. Mal podia respirar, tudo parecia ruir à minha volta.

Ah, meu bem-amado Nathanael! O que de tão mau poderia se imiscuir em sua vida? Separar-me de você, não revê-lo jamais, a ideia me fere o peito como um golpe de punhal incandescente. Li mais e mais. Sua descrição do repugnante Coppelius é horrível. Somente agora tomo conhecimento da morte pavorosa e violenta de seu pai. Mano Lothar, a quem passei o que lhe era de direito, procurou sem muito êxito sossegar-me. O sinistro vendedor de barômetros Giuseppe Coppola me desatinava incessantemente, e quase me constrange confessar que ele foi capaz de perturbar meu sono habitualmente tão sereno com toda a sorte de sonhos e visões estranhas. Logo, porém, já no dia seguinte, pude ver tudo mais brandamente. Não fique aborrecido comigo, meu bem-amado, caso Lothar tenha dito que, a despeito de seu pressentimento sobre a maléfica influência de Coppelius, eu estou como sempre calma e tranquila.

Todavia, preciso lhe dizer francamente que, a meu ver, tudo de medonho e tristonho a que você se refere somente sucede em sua imaginação, no mundo exterior real e verdadeiro, por sua vez, isso pouco tem lugar. O velho Coppelius deve ser bastante repulsivo, mas devido à sua aversão por crianças, é nelas que inspira peculiar sentimento de horror. Naturalmente, o horrível Homem-Areia do conto maravilhoso da ama mesclou-se em seu espírito infantil com o velho Coppelius, ainda que você não acredite em Homem-Areia, e permanece como um espectro diabólico, perigoso sobretudo às crianças.

As sinistras atividades noturnas e misteriosas com seu pai provavelmente não passavam de experiências alquimistas, às quais ambos se dedicavam juntos em segredo, com o que sua mãe não podia conformar-se senão a contragosto, porque certamente muito dinheiro se dispendia sem retorno e, além do mais, conforme sempre parece ser o caso desses alquimistas, o espírito de seu pai, inteiramente devotado aos estímulos especulativos da suma sabedoria, sacrificava com isso a afeição da família. Seu pai certamente morreu por efeito da própria negligência, e Coppelius não é responsável pelo acidente. Você acredita que fui ontem perguntar ao nosso vizinho, um boticário experiente, se nessas experiências alquimísticas vez ou outra aconteceria uma explosão que cause morte súbita? Ele respondeu: "Sim, evidentemente!", e desfiou-me com sua fala maçante e minuciosa como isso se dava, empregando palavras esdrúxulas que não consegui entender.

Agora você com certeza ficará aborrecido com sua Clara e dirá:

— Nesse espírito frio não incide sequer um raio do elemento misterioso que amiúde envolve os homens com braços invisíveis; ela enxerga simplesmente a superfície reluzente do mundo e se alegra como uma criança com a fruta banhada em ouro, cuja polpa oculta um veneno mortífero.

Ah, meu bem-amado do coração, você não crê que o germe de uma força maligna, que busca capciosamente tomar e levar à perdição a consciência, pode insidiar-se mesmo nos espíritos puros, inocentes, castos? Mas, perdoe a mim, moça simples, por indicar como concebo essa espécie de combate interior. Eu talvez não encontre no final das contas as palavras adequadas, e você zombará de mim, não pelo pensamento absurdo senão pela expressão inapropriada.

Será que existe um poder oculto que prende à nossa alma um fio com o qual ela nos sujeita e conduz a uma senda perigosa, arriscada, que nós de outro modo não trilharíamos? Se é que existe esse poder, então ele precisa assemelhar-se a nós, impregnar, digamos, nossa própria essência; pois somente assim confiamos e lhe concedemos soberania para cumprir seu plano misterioso. Mas se nos dotou a amena existência de espírito forte o suficiente para sempre nos permitir reconhecer a má influência como tal; e se perseguimos com passadas suaves o caminho que nos traça o temperamento e a inclinação, então o poder sinistro sucumbe nos vãos esforços de insinuar uma figura fantasmagórica que deveria ser nosso reflexo. É também certo, acrescenta Lothar, que, quando nos livramos à mercê desse poder sombrio e físico, ele fascina nossa imaginação através de figuras insólitas com as quais nos deparamos ao acaso no mundo exterior, de sorte que elas parecem providas de espírito, quando nós mesmos é que lhes atribuímos alma, como se por um encantamento ilusório. É o fantasma de nosso próprio eu, em íntima conexão com nosso espírito que nos cativa ao inferno ou nos alça ao paraíso.

Você percebe, meu bem-amado Nathanael, que nós, eu e o mano Lothar, realmente nos instruímos sobre os prodígios e as forças ocultas e que, lhe digo após essa penosa exposição do substancial, se trata de matéria extremamente árdua. As últimas palavras de Lothar eu não entendo bem, intuo tão somente sua intenção, e para mim é como se tudo fosse verdadeiro.

Peço-lhe que tire da ideia o horrível advogado Coppelius, bem como o vendedor de barômetros Giuseppe Coppola. Convença-se de que essas figuras insólitas não exercem influência sobre seu ânimo; o que lhes confere um caráter hostil e prejudicial é a simples crença em sua fatalidade. Se de cada linha de sua carta não se exprimisse a exaltação excessiva de seu estado, se não me afligisse realmente do fundo da alma sua condição, eu teria gosto em gracejar sobre o advogado Homem-Areia e vendedor de barômetros Coppelius. Seja sereno, sereno! Eu me propus a acompanhá-lo como um anjo protetor, e se o vilão Coppola lhe surgir em sonhos, hei de caçá-lo com gargalhadas sonoras. Nada, nada me inspira medo nele, nem mesmo as mãos peludas; que como advogado não me surrupie os doces nem como Homem-Areia me arruíne os olhos. Eternamente, Nathanael do meu coração, etc., etc., etc.

Nathanael a Lothar

Foi muito desagradável para mim que Clara tenha recentemente aberto e lido a carta a você devido a um erro cometido por puro lapso de minha parte. Ela me escreveu uma carta grave e filosófica, na qual minudentemente prova que Coppelius e Coppola não existem senão como fantasmas em minha fantasia, e num instante se desvaneceriam se eu os reconhecesse como tais.

De fato é difícil acreditar que o espírito resplendente desses claros olhos infantis que às vezes nos sorriem como um sonho terno e ameno possa discernir com tanta sensatez e prudência. Ela se refere a você, ambos falaram a meu respeito. Você lê para ela, imagino, tratados de lógica para ensinar-lhe a ponderar e a aprender todas as coisas. Deixe disso! De mais a mais, é certo que o vendedor de barômetros Giuseppe Coppola não é definitivamente o velho advogado Coppelius. Tenho aulas com o recém-chegado professor de física, que tal e qual aquele célebre naturalista se chama Spalanzani e é de origem italiana. Ele conhece o Coppola já há vários anos, ademais dá para perceber pelo sotaque que de fato ele é piemontês. Coppelius era alemão, mas, pelo que me consta, não legítimo. Totalmente seguro quanto a isso não estou. Você e Clara me tomam por um sonhador obscuro, mas não consigo me livrar da impressão produzida sobre mim pela maldita carantonha de Coppelius. Estou aliviado que tenha deixado a cidade, conforme informou-me Spalanzani. Esse professor é um mocho milagreiro.[39] Homem baixo e roliço, o rosto tem bochechas pronunciadas, nariz fino, lábios pensos e miúdos olhos perscrutadores. Melhor, porém, que pela descrição, você pode imaginá-lo através do Cagliostro de Chodowiecki[40] que consta de algum almanaque berlinense. É o próprio Spalanzani.

Recentemente eu subia a escadaria e observei que a cortina de uma porta envidraçada, normalmente fechada com cautela, deixava na lateral uma fresta entreaberta. Não sei por que tive a curiosidade de deter ali meu olhar. Uma mulher de talhe bem esbelto, delicado, e vestida magnificamente estava sentada no quarto ante uma mesa estreita sobre a qual mantinha apoiados os braços cruzados. Sentava-se de frente para a porta, e assim pude contemplar a beleza angelical de seu rosto. Aparentemente ela não me notou, mais que isso, seus olhos tinham um olhar fixo, eu quase diria, sem força visual. Deu-me a impressão de que dormia de olhos abertos. Me senti incomodado e por isso me esgueirei silenciosamente à sala de aula, contígua. Vim a saber que a personagem em questão era Olímpia, a filha de Spalanzani, a quem ele mantém presa por incrível e terrível que pareça, a ponto de não permitir que ninguém se aproxime dela. Enfim, deve ter alguma singularidade com ela, talvez seja boba ou coisa que o valha.

---

39. *Kauz*: mocho — é uma ave da família *Strigidae*, das corujas. Segundo uma superstição medieval alemã, o mocho é o mensageiro da morte, dado que a onomatopeia *ku-witt, ku-witt* parece o chamado *komm mit, komm mit* (vem comigo, vem comigo). No entanto, a coruja é a ave-símbolo da sabedoria, da sagacidade. O professor seria então um sujeito semelhante a Cagliostro, ao qual, de fato, o escritor Hoffmann compara Spalanzani em seguida.

40. Conde Cagliostro, que foi retratado pelo pintor Daniel Chodowiecki, chamava-se na realidade Giuseppe Balsamo (1743-1795), e se dedicava à fabricação de ouro e à conjuração de espíritos. Foi uma das figuras mais importantes do ocultismo, e sobre ele foram contadas inúmeras histórias, tendo sido até protagonista da peça *Der Groß-Cophta* (O grande sábio), de Goethe. Num ensaio sobre Cagliostro, Walter Benjamin o chama de charlatão *par excellence* do final do século XVIII, e conta que foi idolatrado em toda a Europa por milhares de pessoas que o consideravam santo graças às suas "artes de curandeiro". E isso entre 1760 e 1780, no auge do Iluminismo.

Por que lhe escrevo tudo isso? Bem melhor e em detalhes eu poderia lhe contar isso pessoalmente. Pois saiba logo que em duas semanas estarei com vocês. Preciso rever minha querida imagem angelical, minha Clara. Então se dissipará o mau humor que me indispõe (preciso confessá-lo) desde a infeliz e insensata carta. Por essa razão hoje eu não escrevo a ela. Mil saudações, etc., etc., etc.

Nada mais raro e singular se pode inventar que a história sucedida com meu pobre amigo, o jovem estudante Nathanael, que agora, afável leitor, me disponho a relatar-lhe. Por acaso, estimado, você alguma vez teria vivido algo que lhe preencheu inteiramente o peito, a mente e os pensamentos, e não deixou espaço para mais nada? Ferve e fervilha no peito a chama escaldante que inflama e se lança por veias às faces mais e mais rubras. Seu olhar, estranhamente extraviado num espaço vazio, como se quisesse apreender imagens invisíveis a outros olhos, e a voz lhe escapa em vagos suspiros. Às indagações de amigos: "O que há, meu caro? Que há com você, prezado?", quisera você começar a expressar as íntimas figuras em cores vibrantes, sombras, luzes e se empenha por se exprimir, encontrar as palavras. Mas você desejaria logo, com uma única palavra, feito um raio que tudo atravessa, sintetizar toda a sensação latente de maravilha, magnificência, terror, comicidade, horror. Toda palavra, porém, todo recurso linguístico lhe parece sem cor ou calor, morto. Você procura e procura e balbucia e hesita, e as toscas perguntas dos amigos se abatem como borrasca invernal consumindo-lhe o fogo do cerne, até aos poucos aplacá-lo.

Mas se você tivesse esboçado a silhueta da imagem vislumbrada como um habilidoso pintor teria agora pouco trabalho para destacar os tons mais vigorosos da série de imagens vivas e turbulentas que arrebatariam seus amigos, e eles partilhariam a própria projeção no quadro plasmado pela sua imaginação.

Preciso confessar que, assim como você, estimado leitor, ninguém me perguntou sobre a história de Nathanael. Mas você bem sabe que pertenço à linhagem de autores que, trazendo consigo algo como a história que ora lhes contei, têm a sensação de que o mundo inteiro lhes pergunta: "E daí? Conte, estimado!" É esse o ímpeto que me obriga a lhe falar do infeliz destino de Nathanael. O maravilhoso e o estranho da aventura me invadiram toda a alma, mas justamente porque eu precisava prepará-lo para a recepção do maravilhoso, ó meu leitor!, o que não é pouca monta, atormentei-me para iniciar a história de Nathanael de maneira significativa, original, sedutora! "Era uma vez", o mais belo início de toda narrativa: seco demais. "Na pequena cidade da província de S... vivia": nada mau, pelo menos se prepara ao clímax. Ou logo *media in res*: "'Vá para o diabo', gritou o estudante Nathanael, a ira e a fúria estampadas no olhar furibundo, quando o vendedor de barômetros Giuseppe Coppola..." Era isso de fato o que eu tinha escrito, ao pensar entrever no olhar de Nathanael algo de cômico; porém, essa história não é nada divertida. Nenhuma forma me ocorria que refletisse ao menos um pouco do brilho e do colorido quadro que eu trazia em mim. Tomei a decisão de não introduzir prólogo algum. Aceite, estimado leitor, as três cartas que o amigo Lothar bondosamente me legou pelo esboço do mencionado quadro, ao qual me empenharei, à medida que conto a história, em conferir tons mais e mais vigorosos. Talvez eu logre conceber tão bem algumas figuras, tanto quanto um bom pintor retratista, que sem conhecer as originais você há de considerá-las fiéis, como se tivesse a sensação de tê-las visto com seus próprios olhos. Talvez, ó meu leitor!, você passe a acreditar então que nada é mais prodigioso e absurdo que a vida real, e o poeta somente pode apreendê-la na forma de um embaçado reflexo de espelho mal polido.

Às cartas precedentes é preciso acrescentar esclarecimentos adicionais para a compreensão desta história. Após a morte do pai de Nathanael, duas crianças, Clara e Lothar, filhas de um parente afastado, foram recolhidas a casa pela mãe de Nathanael por terem também perdido o pai e se tornado órfãs. Clara e Nathanael manifestaram viva afeição recíproca, a que ninguém objetava; eles estavam noivos quando ele teve que se mudar, a fim de prosseguir seus estudos em G., onde atualmente reside e onde frequenta os cursos de ciências ministrados pelo Professor Spalanzani.

Agora, mais consolado, eu poderia continuar a história; mas nesse momento a imagem de Clara está tão vívida diante de meus olhos que não posso desviar o olhar, e isso constantemente sucedia quando ela me olhava com seu sorriso encantador. Clara não era bonita na acepção literal do adjetivo, os especialistas na matéria concordam quanto a isso. Não obstante, os arquitetos elogiavam-lhe as elegantes proporções do talhe, os pintores não reprovavam mais em seus ombros, pescoço e peitos que uma excessiva castidade das formas, ao passo que se extasiavam unânimes quanto à magnífica cabeleira de Madalena e se extravasavam em digressões sobre o colorido batônico.[41] Um deles, entusiasta genuíno, estabeleceu uma comparação inusitada entre os olhos de Clara e um lago do pintor Jacob van Ruisdael, no qual se refletia o céu sem nuvens, do mais puro azul, a floresta e a planície florida, todo o colorido da rica paisagem e o viço da vida. Mas os poetas e compositores transcendiam e diziam: "Que lago, que espelho! Acaso é possível contemplar essa moça sem sermos surpreendidos pelos acentos celestes e melodias maviosas irradiantes de seu olhar nos invadindo a alma, de maneira que tudo vibra e se inspira? Se nosso canto é insosso, então é que não somos nada de mais, e isso lemos nitidamente no delicado sorriso que paira nos lábios de Clara quando nos atrevemos a cantarolar para ela algo que se quer fazer passar por canto ou poesia, embora ressoem somente uns sons isolados e confusos". De fato, era assim. Clara possuía a força imaginativa de uma criança alegre e feliz, uma alma feminina sensível e terna e uma razão plena de lucidez, astúcia, perspicácia. Os inconstantes e pedantes não tinham com ela a menor chance. Pois, sem conversar demais, o que realmente não era de seu feitio silencioso, falavam nela o olhar transparente

---

41. Pompeo Batoni (Lucca, 1708 – Roma, 1787) foi um pintor conhecido pelas carnações das figuras humanas. Na Alemanha, *A Madalena* do Museu de Dresden era muito admirada.

e aquele sutil sorriso irônico: "Meus amigos! Como vocês podem pretender me convencer de que suas imagens efêmeras e vaporosas são figuras verdadeiras, dotadas de vida e movimento?" Assim sendo, Clara era acusada por muitos de fria, insensível, prosaica, enquanto outros, capazes de ler mais profundamente, admiravam nela acima de tudo o coração afetuoso, o juízo aliado a laivos de pureza. Mas ninguém a amava tanto quanto Nathanael, consagrado com paixão e zelo tanto à ciência quanto às artes.

E Clara era inteiramente devotada ao bem-amado. As primeiras nuvens sombrias que pairaram sobre suas vidas vieram com a separação. Com que encantamento ela se lançou, portanto, aos seus braços quando ele retornou de fato, conforme anunciara a Lothar, à cidade natal e entrou em casa.

Aconteceu como Nathanael previra. No instante, pois, em que reviu Clara, ele não pensou mais nem no advogado Coppelius, tampouco na carta ajuizada de Clara, todo e qualquer rancor se esvaneceu.

Na verdade Nathanael tinha razão quando escreveu ao seu amigo Lothar que o encontro com o repugnante vendedor de barômetros Coppola inserira em sua vida uma perspectiva hostil. Todos sentiram logo nos primeiros dias a mudança radical que se operara em seu caráter. Ele caía em devaneios tristes, demonstrava com frequência um comportamento mal-humorado como nunca fora de se esperar dele. A vida inteira se lhe transformara em sonhos e presságios; ele repetia incessantemente que o homem, embora se julgasse livre, não passava de um joguete submetido a caprichos de forças inexplicáveis, contra as quais em vão se debelava, era forçoso sujeitar-se humildemente ao destino. Ele chegava a ponto de sustentar que era tolice do homem crer na capacidade de criar com autonomia no campo das ciências e das artes, pois o estímulo imprescindível à criação não se originaria da natureza intrínseca do homem, mas sim da influência externa de algum princípio superior.

Essas elucubrações místicas desagradavam muito a sensata Clara, mas evidentemente não valia a pena tentar contradizê-lo. Quando um dia Nathanael quis provar que Coppelius era o princípio maligno que se insinuara nele no momento em que espreitava atrás da cortina, e esse demônio amaldiçoado perturbaria de maneira insidiosa sua felicidade no amor, somente dessa vez Clara replicou gravemente:

— Sim, Nathanael! Você tem razão. Coppelius é um princípio maligno e nocivo, ele pode exercer efeitos negativos como uma força demoníaca imiscuindo-se visivelmente na vida, mas somente se você não bani-lo do espírito e do pensamento. Na medida em que você crê nele, ele existe e age; a fé nele o fortalece.

Aborrecido porque Clara persistia atribuindo a existência do demônio à sua exclusiva imaginação, Nathanael quis retomar toda a doutrina mística de diabos e forças ocultas, mas ela o interrompeu, entediada, com um pretexto indiferente, para maior despeito do jovem. Ele pensou "almas frias e insensíveis eram mesmo impenetráveis a esses segredos profundos", sem considerar conscientemente que ele contava Clara no rol dessas naturezas inferiores e, por conseguinte, não renunciou à tentativa de retomar suas revelações.

De manhã cedinho, quando Clara ajudava a preparar o café da manhã, ele postou-se ao seu lado e começou a ler toda a espécie de livros místicos, ao que ela então lhe pediu:

— Mas, meu querido Nathanael, e se eu agora o acusasse de ser o princípio do mal que hostilmente perturba meu café? Pois se eu, como você exige, me descuido do que estou fazendo para prestar atenção às suas palavras, desse modo os grãos vão se queimar, e todos ficam sem café.

Nathanael fechou num arranco o livro e se retirou mal-humorado ao seu quarto. Antes ele possuíra um talento especial para compor histórias engraçadas e espirituosas, e Clara constantemente as escutava com vivo prazer. Agora suas criações eram incompreensíveis, informes. Ele percebia perfeitamente que elas não despertavam mais o interesse de Clara, mesmo quando ela, para poupá-lo, abstinha-se de expressar sua opinião. Nada enfastiava Clara mais mortalmente que essas coisas; em seu olhar e em suas palavras assomavam nessas ocasiões o evidente tédio. As composições de Nathanael eram realmente maçantes. Seu desgosto a respeito da natureza fria e prosaica de Clara aumentava cada vez mais; e ela não conseguia superar sua aversão ante o misticismo confuso, sombrio, cansativo de Nathanael. Assim, seus corações se distanciavam gradativamente um do outro, sem que eles próprios o percebessem.

Nathanael teve que admitir que a figura de Coppelius empalidecia aos poucos em sua imaginação, às vezes lhe custava bastante esforço colori-lo com vivacidade nas composições em que o centrava no papel de horripilante bicho-papão.

Foi quando, certo dia, resolveu escrever um poema versando sobre o funesto Coppelius como presságio de um empecilho à sua felicidade amorosa. Representou a si e à Clara unidos em amor terno com intermitentes intervenções de uma influência nefasta em sua vida, o que os privava da alegria que desfrutavam. Finalmente, os dois já se encontravam diante do altar quando surge o terrível Coppelius e toca os encantadores olhos de Clara, que saltam das órbitas feito chispas vermelhas ardentes em chama ao peito de Nathanael. Coppelius o puxou e o lançou a um círculo de fogo flamejante, que girava e o arrastava num turbilhão veloz, zunindo e rugindo. O bramido assemelhava-se ao estrondo das ondas do oceano, agitadas pela tempestade furiosa quando entrechocam seus cumes espumantes qual gigantes negros de enormes cabeças alvas, em luta aguerrida. Mas, através da desordem selvagem, ouvia-se ao longe a voz de Clara:

— Você não pode me ver? Coppelius o enganou, Nathanael, o que queimava lá sobre seu peito eram, isso sim, gotas ardentes do sangue de seu próprio coração. Eu tenho meus olhos, olhe para mim!

Nathanael repetia consigo mesmo:

— É Clara, e quero estar junto dela para a eternidade.

De súbito, foi como se pela força do pensamento o círculo de fogo se dissipasse, e todo o estrondo se perdeu surdo em profundezas abissais. Nathanael contemplou longamente os olhos de Clara, e ela o correspondeu com ternura.

Concentradamente Nathanael se entretinha em sua composição. Retocava e aprimorava com calma as passagens e, como as submetera à métrica das estrofes, não descansou enquanto não obteve a musicalidade e a pureza almejadas. Apesar disso, não se mostrou satisfeito quando finalmente concluiu e leu tudo em voz alta para si mesmo, se perguntando exasperado:

— De quem é essa voz pavorosa?

Em questão de segundos, porém, estava novamente convencido do primor do poema, e considerou que com ele acenderia o coração frio de Clara. Mas não refletiu claramente sobre o que acenderia no coração da amada ou o que sobreviria assim que a impressionasse com as imagens horríveis, presságios de ruína e destruição de seu amor.

Um dia, encontravam-se ambos, Nathanael e Clara, sentados no pequeno jardim de sua mãe. Clara estava contente, pois Nathanael, ocupado na composição do poema, havia três dias não a afligia com os devaneios e as insólitas premonições. Ele falava igualmente vivaz e alegre sobre assuntos divertidos, o que a levou a comentar:

— Eis que o tenho finalmente inteiro! Você está vendo como nós espantamos o feioso Coppelius?

Foi quando ele se lembrou do poema guardado e do propósito de lê-lo à Clara. Imediatamente tirou do bolso as folhas e começou a ler. Clara, prevendo uma tediosa explanação e se resignando, como de hábito, pôs-se a tricotar calmamente. Mas notando que cresciam mais e mais as nuvens sombrias, deixou cair as meias de tricô e encarou Nathanael fixamente. Ele estava por inteiro absorvido pela sua poesia, de um fogo latente avermelhavam-se suas faces, lágrimas escorriam de seus olhos. Finda a leitura, ele respirou exausto. Tomou as mãos de Clara, suspirou transtornado por um tormento sem consolo:

— Ó Clara, Clara!

Ela o abraçou com suavidade junto ao peito e disse com doçura, mas pausada e gravemente:

— Nathanael! Meu bem-amado Nathanael! Esse poema esquisito... insensato... ridículo... jogue no fogo.

Ante essa reação de Clara, Nathanael se levantou furioso e, repelindo-a com modos grosseiros, berrou:

— Autômata inanimada, autômata maldita! — e fugiu correndo.

Profundamente magoada, Clara se desmanchava em lágrimas amargas.

— Ah, ele nunca me amou, nunca me entende! — e continuou chorando alto.

Lothar apareceu então no jardim, e Clara precisou lhe contar o que sucedera. Como amava a irmã de todo o coração, cada palavra de sua queixa o feria feito uma punhalada, e a indisposição que havia tempos acalentava contra os delírios de Nathanael transformou-se em cólera violenta. Correu atrás dele, reprovou-lhe os modos insanos como se conduzira junto à querida irmã, tudo isso com duras palavras, às quais Nathanael replicou no mesmo tom. O fanático e extravagante maluco se enfrentava com o desgraçado e ordinário humano. O duelo era inevitável. Convieram bater-se na manhã seguinte, atrás da murada do jardim, segundo o uso das academias do país com os floretes bem afiados.

Casmurros, cabisbaixos, eles se agitavam de um lado para o outro na véspera do duelo. Clara ouvira a briga violenta e vira o mestre de armas trazendo os floretes de madrugada. Viu o que sobreviria. Chegando ao lugar do embate, Nathanael e Lothar, igualmente sombrios e silenciosos, tinham tirado suas capas; com os olhos inflamados de ardor sanguinário eles estavam prestes a se atirar um contra o outro, quando Clara se precipitou entre os dois, vinda do portão do jardim:

— Homens brutos! Homens ferozes! — gritava alto, soluçando.
— Matem a mim antes que um caia sobre o outro. Para que eu ainda haverei de permanecer no mundo se o amante matar meu irmão ou o irmão matar-me o amante?

Lothar deixou cair a arma e manteve-se cabisbaixo, os olhos voltados ao solo, mas Nathanael sentiu despertar em seu coração em dilacerante paixão todo o amor que sentia por Clara, como nos mais belos dias da radiosa juventude. A arma lhe caiu também das mãos, ele postou-se no solo aos seus pés e suplicou:

— Será que você algum dia será capaz de me perdoar? Poderá você me perdoar, querido irmão Lothar?

Lothar comoveu-se com o sofrimento do amigo; sob muitas lágrimas os três se reconciliaram e se abraçaram, jurando se manter unidos em constante amor e fidelidade.

Como se tivesse se livrado de um pesado lastro que o mantinha cativo havia tempos, pareceu a Nathanael que a resistência contra a força oculta pela qual estava obcecado triunfara e o salvara de uma perdição iminente. Mais três santos dias ele vivenciou junto aos familiares, depois retornou a G., onde planejava manter-se durante um ano para, em seguida, se estabelecer definitivamente na cidade natal.

À mãe de Nathanael se ocultaram todas as relações com Coppelius, pois era sabido o horror que lhe causava aquele homem que, bem como o filho, ela julgava culpado da morte do marido.

Qual não foi a surpresa de Nathanael quando, de volta a G., quis retornar a seu apartamento e viu que o edifício fora inteiramente consumido por um incêndio, de maneira que apenas as paredes enegrecidas restaram reconhecíveis dos escombros. Embora o fogo tivesse começado no laboratório de um boticário instalado no rés do chão, os amigos de Nathanael, muito zelosos, tiveram o tempo e a coragem suficientes para subir ao quarto dele, situado no pavimento superior, e socorrer livros, manuscritos e instrumentos. Todos esses objetos os colegas tinham reunido incólumes numa outra casa, onde alugaram um quarto em seu nome, e no qual ele imediatamente se alojou.

Nathanael não atribuiu importância ao fato de morar em frente ao Professor Spalanzani, igualmente com indiferença ele percebia que de sua janela era possível divisar perfeitamente o aposento no qual Olímpia se sentava solitária numa posição que permitia a ele reconhecê-la muito bem, não obstante os traços fisionômicos permanecessem indistintos e difusos. Mas finalmente ele notou que Olímpia frequentemente ficava horas a fio debruçada à pequena mesa, na mesma atitude ociosa em que outrora a flagrara pela fresta da cortina, donde sem sombra de dúvida ela o olhava vigilantemente. Ele próprio era forçado a admitir que jamais vira um talhe feminino tão belo. Contudo, com Clara em seu coração ele preservou-se totalmente insensível à formosa e austera Olímpia. Não que ocasionalmente não lançasse um olhar por sobre o compêndio, mas nada além disso.

Certo dia, precisamente quando escrevia à Clara, bateram suavemente à porta, que ao seu chamado se abriu, e o rosto desagradável de Coppola assomou ao umbral. Nathanael gelou no fundo da alma, lembrando-se das informações do Professor Spalanzani a respeito do conterrâneo Coppola e, ademais, das solenes promessas feitas à amada concernentes ao Homem-Areia Coppelius, ele se envergonhou do temor pueril e supersticioso, se controlou com violência e falou tão ameno e brando quanto pôde:

— Não preciso de barômetros, meu amigo, retire-se daqui!

Mas Coppola, entrando ao quarto, enquanto a bocarra se entreabria simulando um sorriso apavorante e os olhos miúdos cercados de longos e cinzentos cílios lançavam faíscas penetrantes, disse com voz rouca:

— Ei, barômetros nada, barômetros nada! *Anche orrus, orrus belli! Orrus belli!*

Atabalhoado, Nathanael gritou:

— Homem doido, como você pode ter olhos? Olhos, olhos?

Mas naquele momento Coppola desembaraçou-se de seus barômetros, enfiou a mão no imenso bolso de seu casaco, de onde retirou binóculos e óculos, e os depositou sobre a mesa.

— *Oia, oia! Orrus, orrus, põe sul naso! Mi orrus belli, orrus!*

Enquanto dizia isso, Coppola continuava pegando mais óculos do bolso, de maneira que a mesa inteira passou a cintilar e a reluzir estranhamente. Milhares de olhos olhavam, piscavam frenéticos e espiavam Nathanael, mas ele estava incapaz de desviar o olhar da mesa, e cada vez mais óculos punha Coppola sobre a mesa, mais e mais cintilantes olhos saltavam fagulhas confusas e lançavam seus raios vermelhos de sangue que atingiam ardentes o peito de Nathanael. Tomado por um mal-estar insensato, gritava:

— Pare! Pare com isso, seu maldito!

Ele agarrou o braço de Coppola que levava novamente a mão ao bolso para tirar de lá óculos, mesmo estando a mesa inteiramente coberta. Coppola soltou-se suavemente do aperto no braço, e com um sorriso repugnante disse ao jovem:

— Ah! Não quer nada? Mas *molti belli orrus*!

Juntou e guardou todos os óculos expostos, e do bolso lateral retirou grande quantidade de binóculos de diversos modelos e dimensões.

Tão logo os óculos sumiram de vista, Nathanael se acalmou e, pensando em Clara, percebeu que a apavorante feitiçaria fundava-se exclusivamente em si mesmo, mais que isso, Coppola não era senão um mecânico óptico extremamente honesto, assim, de modo algum seria um duplo e odioso fantasma de Coppelius. Além disso, todos os binóculos e lunetas de vidro que ele dispunha agora sobre a mesa não tinham nada de extraordinário, pelo menos nada de fantasmagórico em comparação com os óculos anteriores. Nathanael decidiu comprar efetivamente alguma coisa de Coppola. Escolheu uma luneta de bolso, habilidosamente polida e arrematada e, a fim de testá-la, aproximou-se da janela. Nunca na vida vira uma lente que oferecesse aos olhos tamanha limpidez e nitidez dos objetos. Aleatoriamente olhou o gabinete de Spalanzani: Olímpia se sentava na atitude costumeira ante à mesinha, os braços apoiados, as mãos cruzadas. Pela primeira vez ele deteve o olhar nos traços bem-proporcionados de Olímpia. Somente os olhos pareceram a ele estranhamente gelados e mortos. Todavia, à medida que fixava a visão através da luneta, tinha a impressão de que os olhos de Olímpia irradiavam pálidos raios de lua. Era como se, enfim, ela pudesse enxergar, e o fogo de seu olhar se acendia mais e mais ardente e vivo. Nathanael estava preso à janela, como enfeitiçado, continuava contemplando a celestial e bela Olímpia. Um pigarro e um pisoteio o despertaram do enlevo. Coppola estava atrás dele:

— *Tre zechini*, três ducados!

Nathanael esquecera completamente do sujeito e apressou-se a lhe pagar o preço exigido.

— Bons, não são? *Belli orrus, belli orrus!* — repetia Coppola com voz roufenha, roncante e o sorriso malicioso.

— Sim! Sim! Sim! — respondeu o moço impaciente. — Adeus, meu caro!

Coppola saiu do quarto, não sem antes lançar um olhar de revés a Nathanael. Este ainda o ouviu soltando uma gargalhada na escadaria:

— Pois, sim! — pensou. — Provavelmente ri de mim porque paguei preço caro demais pela luneta...

Pronunciando à meia-voz essas palavras, ele teve com horror a impressão de ter escutado um suspiro dolente de moribundo ressoando pelo quarto. A angústia o impedia de respirar. Mas fora ele próprio quem suspirara, suspeitou.

— Clara tem toda a razão para me considerar um visionário insensato, mas que bobagem, ah, essa sensação angustiante é mais que bobagem, só por ter pago a Coppola um preço caro demais pelos óculos.

Agora finalmente se sentou, a fim de concluir a carta a Clara, mas um relance pela janela o convenceu de que Olímpia se mantinha lá sentada e, de súbito, como se fascinado por uma atração irresistível, levantou-se de um salto, muniu-se da luneta de Coppola e demorou-se admirando o olhar sedutor de Olímpia, até que Sigismundo, seu amigo e camarada, o chamou para a aula do Professor Spalanzani.

Durante os próximos dois dias a cortina do malfadado aposento se manteve cuidadosamente cerrada; ele não podia mais vislumbrar Olímpia ao passar por lá, tampouco de sua janela, não obstante mal abandonasse o posto e continuamente aplicasse a luneta de Coppola aos olhos. Ao terceiro dia, até as janelas foram cobertas. Em total desespero, devorado pelo ardor e pelo alvoroço, correu ao portal da cidade. A imagem de Olímpia flutuava diante dele pelos ares, surgia dos arbustos e o encarava com imensos e reluzentes olhos do fundo do lago. A lembrança de Clara se esvaíra por completo do seu coração, ele não pensava senão em Olímpia e em voz alta expressava queixumes:

— Ah! Minha sublime estrela do amor! Você nasceu, pois, para mim para logo em seguida novamente eclipsar-se, deixando-me perdido e sem a mínima esperança no meio da escuridão espessa da noite?

Quando estava retornando, notou na casa de Spalanzani um rebuliço ruidoso. As portas estavam abertas em par, as janelas do primeiro andar tinham sido desmontadas, carregavam toda a sorte de móveis, criados atarefados varriam e espanavam por todos os lados com grandes vassouras de pelo, ouvia-se golpes de martelo dos tapeceiros e marceneiros. Nathanael manteve-se estático, atônito com toda aquela atividade, quando Sigismundo se aproximou rindo e lhe disse:

— E então? O que diz de nosso Spalanzani?

Nathanael assegurou que nada poderia dizer já que nada sabia do professor, inclusive estava observando com perplexidade a casa, habitualmente tristonha, ora agitada em plena energia e pujança. Sigismundo lhe informou então que Spalanzani pretendia oferecer no dia seguinte uma grande festa, concerto e baile, para a qual meia universidade fora convidada. Diziam os rumores que Spalanzani apresentaria à sociedade sua filha Olímpia, guardada a sete chaves dos olhares de todos.

Ao entrar em casa, Nathanael encontrou um cartão de convite. Com o coração disparado, chegou à casa de Spalanzani à hora indicada, quando os carros chegavam em tumulto, e adentrou os salões resplendentes de luz. A sociedade reunida era numerosa e brilhante. Olímpia apareceu vestida com gosto e apuro. Todos se renderam à beleza de seus traços delicados, à nobreza de sua elegância. O arqueamento um tanto esquisito do porte e a extrema finura da cintura pareciam resultar da pressão de corpetes. Em pose e postura ela tinha um ritmo compassado e rígido, que talvez pudesse causar impressão desagradável, mas atribuíam-no à timidez que o convívio social lhe impunha. O concerto teve início. Olímpia tocou o piano com notável propriedade, e apresentou em seguida uma ária de bravura com voz clara, quase retinente, qual campânula de vidro.

Nathanael estava eufórico de tanto encantamento. Assistindo na última fila do público ao espetáculo, ele não podia distinguir perfeitamente os traços da fisionomia de Olímpia em meio à iluminação mortiça de velas. Por isso, num gesto imperceptível, tirou do bolso a luneta de Coppola e mirou-a na direção da bela Olímpia.[42] Ah, só então ele pôde distinguir com que langor ela o olhava exprimindo, com o terno olhar que lhe trespassava ardentemente o peito, as nuanças melódicas do canto. As artísticas inflexões de sua voz ressoavam-lhe aos ouvidos como júbilos celestiais da alma exaltada de amor, e logo que, finalmente, retiniu na cadência o insistente *trillo* prolongado, como se apertado de súbito num abraço apaixonado, ele não conteve a dor e o êxtase: "Olímpia!" Todos se viraram em sua direção, alguns riram. O organista da catedral assumiu um ar três vezes mais grave e sisudo e comentou:

— Oh, para você ver!

O concerto terminou, começou o baile.

— Dançar com ela! Com ela!

Nada naquele momento ele desejava mais, era tudo o que desejava. Mas como munir-se de coragem e pedir à rainha da festa que lhe concedesse uma contradança? Por que não? Ele próprio não soube como aconteceu, mal começara a música, lá estava ele, junto a Olímpia que ainda não fora chamada, tomou-lhe a mão, antes de balbuciar quaisquer palavras.

Fria como o gelo era a mão de Olímpia. Nathanael sentiu um calafrio mortal percorrer seus membros, buscou-lhe os olhos, eles corresponderam radiosos, plenos de amor e desejo. Nesse instante,

---

42. Possível alusão ao emprego da planta cosmética *Atropa beladona*, que provoca dilatação das pupilas, um ideal de beleza, donde advém segundo léxicos fitoterápicos a etimologia italiana *bela-dona*.

então, foi como se o pulso circulasse sob a pele fria e a corrente de vida fluísse impetuosa. De amores exaltado, também nele pulsava célere o sangue; ele enlaçou a bela Olímpia, e ambos se lançaram entre os casais dançarinos.

Ele acreditava ser capaz de bailar ao compasso, mas na precisa estabilidade bem particular da dança de Olímpia, o que por vezes o obrigava a deter-se, constatou quanto lhe faltava ritmo em comparação a seu par. Renunciava a dançar com qualquer outra moça, pois poderia matar no ato quem quer que ousasse aproximar-se de Olímpia para tirá-la ao meio do salão em sua ausência. Porém, isso sucedeu duas vezes e, para sua surpresa, ela ficava lá sentada durante todas as danças; e ele não deixou de convidá-la ainda várias vezes.

Se Nathanael tivesse olhos para outra coisa além da bela Olímpia, então inevitavelmente se envolveria em fatais intriga e briga, porque de todos os lados, dentre os jovens, provinham risadas reprimidas com dificuldade, evidentes e ofensivas, dirigidas à bela Olímpia, sem que houvesse razão para tanto.

Inebriado pela dança e pelo vinho fartamente consumido, Nathanael pusera de lado a timidez habitual. Sentava-se ao lado de Olímpia, segurando-lhe as mãos e, em sua exaltação, falava de amor em termos incompreensíveis tanto a ele como a ela. Embora ela talvez o entendesse, sim, pois com os olhos pousados sobre o amado, suspirava sem cessar:

— Ah! Ah! Ah!

Ao que Nathanael, embriagado, respondia:

— Ah, mulher sublime, celeste! Raio pleno de amor, criatura de outro mundo! Ah, você! Alma profunda, reflexo de meu ser!

E assim por diante. Mas Olímpia soltava meros suspiros, sempre mais e mais:

— Ah! Ah! Ah!

O Professor Spalanzani passou algumas vezes diante dos bem-aventurados e lhes dirigia um estranho sorriso de satisfação. Embora estivesse transportado a uma esfera completamente distante, de uma hora para outra pareceu a Nathanael que uma extrema obscuridade terrestre se espalhava pelo salão de Spalanzani. Conferiu em torno e foi tomado de não menor espanto ao ver que a luz das duas últimas velas ainda alumiantes no salão vazio estava prestes a se extinguir.

Havia muito tempo tinham já cessado a música e a dança.

— Separação! Separação! — gritava, em doloroso lamento.

Beijou a mão de Olímpia, inclinou-se em direção à sua boca. Os lábios cálidos, ao encontro dos lábios gelados! Assim como ao toque da mão gelada ele sentiu um calafrio invadindo seu peito, a lenda da noiva morta[43] lhe ocorreu de súbito, mas Olímpia o abraçou ternamente contra o peito, e ao beijo os lábios semelhavam se aquecer de vida.

O Professor Spalanzani vagava disfarçadamente pelo salão vazio, seus passos reverberavam abafados, e sua figura que projetava uma longa sombra oscilante tinha um aspecto sinistro de fantasma.

— Você me ama? Você me ama, Olímpia? Confesse, me ama? — sussurrava Nathanael.

Olímpia, porém, suspirava e, levantando-se, disse simplesmente:

— Ah! Ah! Ah!

— Sim, você é a minha estrela do amor, cara, divina! — dizia Nathanael. — Elevou-se ao meu céu e há de brilhar, clareando minha vida. Você me confere felicidade suprema, Olímpia!

— Ah! Ah! Ah! — respondia a moça.

Nathanael a acompanhou, chegaram diante do professor.

— O senhor se entreteu de uma maneira extraordinariamente viva com minha filha — disse sorrindo. — Pois bem, meu caro senhor Nathanael, se isso lhe dá prazer, conversar com a tola moça, então suas visitas me serão sempre bem-vindas.

Nathanael foi para casa como se lhe tivessem sido abertos os portais do paraíso.

---

43. "A noiva de Corinto", balada de Goethe sobre a noiva morta, cuja minha tradução ao português está acessível on-line na revista *Zunái*.

A festa de Spalanzani foi o assunto das rodas nos próximos dias. Embora o professor tivesse feito de tudo para ostentar muita pompa, mesmo assim os críticos espirituosos sabiam contar tudo quanto fossem gafes e bizarrices cometidas naquela noite. Mas acima de tudo comentava-se sobre a muda e inerte Olímpia que, apesar da beleza, pintavam como absolutamente imbecil, com o que explicavam o motivo de Spalanzani tê-la retido longo tempo escondida.

Todos esses rumores Nathanael recolhia não sem um secreto furor, no entanto se calava:

— Pois — pensava ele — de que valeria mostrar a esses sujeitos quanto precisamente sua própria imbecilidade é que os impede de reconhecer o espírito nobre e sublime de Olímpia?

Certo dia, Sigismundo disse a Nathanael:

— Meu irmão, eu lhe peço que me explique como você, moço ajuizado, pôde se embasbacar por um rosto de cera, por uma boneca de madeira?

A vontade de Nathanael foi agredir com violência, mas se conteve ligeiro e replicou:

— Diga-me você, Sigismundo, que outrora soube compreender bem o belo, como os atrativos divinos de Olímpia escaparam ao seu sentido apurado. De mais a mais dou graças ao destino por isso, de outro modo você seria meu rival e um de nós cairia morto num duelo.

Percebendo o grave estado em que se encontrava Nathanael, Sigismundo desviou com habilidade o assunto da conversa, dizendo que amor não se julga, e acrescentou:

— Com efeito, é bem estranho que nós, a maioria, sejamos unânimes concernentes à Olímpia, que nos pareceu — não me leve a mal, irmão! — estranhamente imóvel, impassível. O porte é regular, bem como os traços, isso é verdade! Poderia até passar por bela não fosse seu olhar destituído de um raio de vida, quase chego a dizer, da faculdade de ver. Seu passo é singularmente contido, todos os seus movimentos acontecem como se condicionados pelo impulso de um mecanismo de corda. Sua maneira de tocar, cantar, possui uma desagradável precisão rítmica das caixas de música, o mesmo concernente à sua dança. Enfim, essa Olímpia nos causou uma impressão bastante sinistra, não queremos ter relação nenhuma com ela, pois é como se apenas aparentasse ser uma criatura viva e, todavia, tem alguma circunstância peculiar atinente a essa história.

Nathanael não expressou o sentimento de amargura provocado pelas palavras do amigo, dominou o mau humor e, bem sério, disse simplesmente:

— É possível que Olímpia pareça sinistra a vocês, homens prosaicos. Somente aos espíritos poéticos se dá a reconhecer outro semelhantemente disposto! A mim de maneira exclusiva ela dirigia os olhares amorosos, irradiando tino e reflexão, somente no amor de Olímpia eu distingo meu eu. Talvez lhes desagrade que não consigam entabular com ela uma conversa superficial dada a naturezas triviais. Diz poucas palavras, isso é verdade, mas as raras palavras ela as profere como autênticos hieróglifos da linguagem cifrada do amor e do supremo conhecimento da vida espiritual em contemplação ante os mistérios da eternidade. Porém, para tudo isso lhes falta a sensibilidade, e as palavras se perdem...

— Deus o guarde, caro irmão — disse Sigismundo com bondade, quase com tristeza. — Ao que tudo indica, você está num mau caminho. Comigo, pode sempre contar quando tudo... Não, não ouso acrescentar mais nada!

Por súbita inspiração, Nathanael acreditou que o frio e ordinário Sigismundo exprimia intenções sinceras, por isso apertou cordialmente a mão que o amigo estendia.

Nathanael esquecera completamente que Clara existia no mundo, que a amara um dia; bem como sua mãe, Lothar, as suas lembranças apagaram-se por completo. Não vivia mais que por Olímpia, todos os dias passava horas seguidas em sua companhia, digredindo sobre seu amor, sobre o princípio vivificador da simpatia, sobre as afinidades psicológicas eletivas, etc., todas essas coisas que Olímpia ouvia com fervorosa atenção. Do fundo de suas gavetas do escritório, Nathanael extraía tudo o que um dia escrevera. Poemas, caprichos, novelas, sonhos, romances, e isso se multiplicava a cada dia com todo o gênero de sonetos delirantes, estâncias, baladas fantásticas que ele lia, relia a Olímpia em sucessivas manhãs, incansavelmente. Mas ele também jamais contara com tão atenciosa audiência. Ela não bordava nem tricotava, não se debruçava à janela, não cuidava de passarinhos, não tinha cachorrinho de estimação nem gatinho, não fazia origamis nem trabalhos manuais, não dissimulava bocejos fingindo tossir. Em síntese: durante horas seguidas ela mantinha-se olhando o amado nos olhos, sem se mover, se mexer, e seu olhar se tornava cada vez mais ardente, mais intenso. Somente quando Nathanael enfim se levantava e lhe beijava a mão, talvez a boca, ela dizia:

— Ah! Ah! — Depois disso: — Boa noite, meu amor!

— Ó alma nobre e sublime! — exclamava o jovem em seu quarto. — Você é a única que me entende.

Ele se emocionava apaixonado, considerando a sintonia maravilhosa que se manifestava cada vez mais entre seu coração e o de Olímpia; pois tinha a impressão de que ela se exprimia sobre suas obras, seu talento poético e tudo o mais com pura sinceridade, tudo isso como se as palavras dela soassem a partir dele, de Nathanael. Não poderia ser de outro modo, com efeito, porque Olímpia nunca proferira outra palavra além das mencionadas.

Se ponderava, em instantes de maior lucidez, quem sabe logo ao despertar, sobre a absoluta passividade, sobre o laconismo prodigioso de Olímpia, dizia para si:

— Mas o que são palavras, meras palavras! O olhar de seus olhos celestiais expressa bem mais que qualquer outra linguagem terrena! Seria pois possível a uma criança dos céus resignar-se a um círculo estreito mais limitado de nossa lamentável existência terrena?

Ao que tudo indicava, o Professor Spalanzani estava satisfeito com as relações entre a filha e seu estudante, dava claras demonstrações favoráveis e, quando o jovem certo dia, reticentemente aludiu a um casamento com Olímpia, o professor sorriu radiante e respondeu que deixaria a filha livre para tomar a decisão. Encorajado por essas palavras, com o coração repleto de esperança, Nathanael resolveu já no dia seguinte suplicar a Olímpia que se pronunciasse com muita franqueza sobre o que seus olhos havia tempo revelavam com ternura, consentindo ser dele para a eternidade. Ele procurou o anel que recebera de sua mãe na despedida, para ofertá-lo a Olímpia em sinal de sua devoção e da vida futura e próspera que ambos comungariam. As cartas de Lothar e de Clara caíram-lhe às mãos, indiferente ele as colocou de lado, encontrou o anel, enfiou-o no bolso e correu à casa do professor para ver Olímpia.

Ele subira as escadas e estava no vestíbulo quando ouviu um barulho esquisito que parecia provir do gabinete de trabalho de Spalanzani. Pateadas, tinidos, golpes, batidas contra a porta, entremeados de imprecações, maldições: Solte... solte logo, infame, bandido! Para que então sacrifiquei suor, suor? Ha, ha, ha! Não foi esse o acordo, eu fiz os olhos! E eu, o mecanismo! Ao diabo com o mecanismo. Cachorro desgraçado, relojoeiro de uma figa! Suma! Satã! Pare. Ventríloquo! Besta do inferno! Solte, solte!

Eram as vozes de Spalanzani e do terrível Coppola bramando e vociferando lá dentro. Nathanael precipitou-se gabinete adentro tomado por uma ansiedade indefinida. O professor segurava pelos ombros e o italiano Coppola pelas pernas uma figura feminina, cuja posse ambos disputavam entre si, puxando-a aos arrancos para lá e para cá em fúria desvairada. Nathanael retrocedeu horrorizado ao reconhecer a figura, era Olímpia! Em cólera selvagem quis arrancar dos dois furiosos a sua bem-amada, mas naquele imediato instante Coppola, dotado de força hercúlea, obrigou o adversário a soltar a presa e, com a própria mulher, aplicou nele um golpe tão colossal que o professor tombou de costas em cima da mesa sobre frascos, tubos de ensaio, garrafas e cilindros de vidro; todos os instrumentos se estilhaçaram em milhares de caquinhos. Coppola então saiu carregando a figura sobre os ombros e, soltando uma abominável gargalhada estridente, fugiu embalado escada abaixo, de maneira que a cada degrau, chocalhando-se, os pés pendentes da deplorável figura estalavam, castanholavam.

Petrificado estava Nathanael. Mais que claramente vira que o rosto pálido de morte de Olímpia era de cera, desprovido de olhos, em seu lugar, fundas cavidades! Era uma boneca sem vida.

Spalanzani[44] jazia no chão em meio a cacos de vidro que tinham lhe cortado cabeça, tórax e braços e provocado ferimentos, donde jorrava sangue profuso, como fontes. Mas, recobrando as forças, ele gritava:

— Atrás dele, persiga-o! Sem demora, Coppelius! Coppelius! Meu melhor autômato você me roubou... Vinte anos eu trabalhei nele; custou meu sangue, minha vida![45] A engrenagem, o movimento, a fala, o passo — tudo me pertence! Os olhos, ele me roubou os olhos! Desgraçado. Atrás dele! Corra, busque Olímpia. Veja, aí estão os olhos!

Então Nathanael viu efetivamente a seus pés um par de olhos ensanguentados, encarando-o fixamente; Spalanzani os recolheu com a mão sã e os lançou ao estudante de modo que lhe acertaram o peito.

A loucura agarrou então o jovem, com garras afiadas, o invadiu por inteiro, dilacerando juízo e pensamentos:

— Ui, ui, ui! Círculo de fogo. Gire, círculo de fogo! Divertido, divertido! Bonequinha de madeira, ui, linda bonequinha de madeira, gire, gire!

Com isso ele pulou para cima do Professor Spalanzani, pressionou com força sua garganta, chegaria a estrangulá-lo se a barulheira

---

44. Assim como procedeu no conto "O reflexo perdido ou As aventuras da noite de São Silvestre", o escritor incluiu igualmente neste conto intertextualidades, nomes de substâncias e também nomes de cientistas que efetivamente existiram. O pesquisador italiano Lazzaro Spallanzani (1729-1799), que investigou possibilidades de inseminação artificial, empresta seu nome ao personagem mecânico e fabricante de autômatos, professor do protagonista Nathanael e "pai" de Olímpia, pela qual o jovem se apaixona.

45. Como num outro conto que foi traduzido por Holanda e Rónai, "Haimatochare" (integrou no Brasil a coletânea *Antologia do conto mundial*), Hoffmann mais uma vez se refere com ironia às vaidosas disputas entre sábios cientistas, pois ambos, tanto Spalanzani como Coppola, se arrogam autores da marionete.

não tivesse atraído passantes. Aproximaram-se, contiveram o desvairado Nathanael. Desse modo, salvaram o professor que logo recebeu curativos para suas feridas. Apesar de sua força, o amigo Sigismundo teve depois dificuldade para amansar o colérico, que persistia soltando berros com voz tonitruante:

— Boneca de madeira, gire!, gire! — e esmurrava em torno com punhos fechados.

Finalmente, graças aos esforços reunidos de muitas pessoas, conseguiram sujeitá-lo, atirando-o ao chão e amarrando-o. Seus gritos se extinguiram pouco a pouco com um rugido bestial. Assim, ele foi transportado ao hospício de doidos, agitado em frenética loucura.

Antes de continuar a lhe contar, caríssimo leitor, o que em seguida sucedeu ao infeliz Nathanael, posso lhe assegurar, se você se interessa em saber um pouco sobre o destino do habilidoso mecânico e fabricante de autômatos, Spalanzani, que ele não demorou a se restabelecer completamente dos ferimentos. Precisou, entretanto, afastar-se da universidade, porque a história de Nathanael causara sensação pública, e em geral passou a ser considerada fraude ilegal exibir em certas sociedades inteligentes de chá (Olímpia as frequentara com êxito) boneca de madeira, em vez de pessoa em carne e osso. Juristas viram no caso até mesmo dolo capcioso, tanto mais condenável, asseveravam, por ter sido tramado contra a sociedade e com tamanha perfídia, que ninguém (salvo uns estudantes sagazes) o percebeu. É bem verdade que, agora, todos quisessem se mostrar sabichões e reportar-se a todos os detalhes que lhes haviam parecido suspeitos. Detalhes, porém, que não tinham o menor sentido. Poderia, por exemplo, ser realmente suspeito, segundo parecia a um frequentador das rodas de chá, que ela tivesse dado mais espirros que bocejos? Que isso contrariava as convenções sociais? O primeiro fenômeno, dizia o elegante, sobrevinha da engrenagem oculta, que em seu regular movimento produzia roncos, e assim por diante. O professor de poesia e retórica cheirou uma pitada, fechou a tabaqueira, tossiu e comentou com afetação:

— Honoráveis damas e cavalheiros, não desvendaram, pois, a chave do mistério? Tudo isso é mera alegoria, pura metáfora! Se é que me entendem, *sapienti sat*!

Mas muitos senhores respeitáveis não se satisfaziam com a explicação; a história com o autômato causara um impacto bastante intenso e estabeleceu-se, com efeito, uma acirrada desconfiança contra figuras humanas. Doravante, para se convencer de que não amavam uma boneca de madeira, vários amantes exigiam da namorada que cantasse e dançasse um pouco sem ritmo, enquanto lesse, bordasse, tricotasse, brincasse com o cachorrinho de estimação, etc., mas sobretudo exigiam que a dama não somente escutasse, mas de vez em quando falasse alguma coisa, que revelasse com palavras a capacidade própria de pensar e sentir. Muitos relacionamentos amorosos se estreitaram e se tornaram mais agradáveis, ao passo que outros se afrouxaram pouco a pouco.

— Não dá para continuar assim! — repetiam uns e outros.

Nos chás as pessoas passaram a bocejar com incrível frequência e se abstiveram de espirrar, a fim de não levantar suspeitas.

Como foi dito, Spalanzani precisou deixar a cidade para não submeter-se à investigação criminal devido à introdução fraudulenta de uma autômata na sociedade humana. Coppola, igualmente, desapareceu.

Nathanael despertou como de um pesadelo terrível. Abriu os olhos e sentiu uma felicidade inefável invadi-lo com um calor benfazejo. Lá estava ele: na casa do pai, em seu próprio quarto, deitado na cama. Viu Clara com a cabeça inclinada sobre ele e, ao lado, encontravam-se sua mãe e Lothar.

— Enfim, até que enfim, ó querido Nathanael. Você agora está curado de sua grave enfermidade! Novamente você será meu! — disse Clara de todo o coração, e o apertou em seus braços.

Límpidas e brilhantes lágrimas de alegria e emoção escaparam dos olhos de Nathanael, que exclamou suspirando:

— Minha Clara!

Sigismundo, que fielmente acompanhara o amigo durante o período da doença, aproximou-se.

Nathanael apertou-lhe a mão, comovido.

— Meu bom amigo! Você não me abandonou.

Todos os sintomas da loucura tinham se esvaído. Em pouco tempo, Nathanael recobrou as energias sob os cuidados amorosos da mãe, da noiva, dos amigos.

Com tudo isso, a felicidade voltou a reinar na casa, pois um tio idoso, de quem ninguém da família esperava coisa alguma, devido à sua avareza, recentemente, ao morrer, deixara à mãe de Nathanael uma considerável herança em dinheiro e uma chácara situada numa região aprazível perto da cidade. Era lá que pretendiam se instalar a mãe, Nathanael com Clara, a quem ele em breve pretendia desposar, e Lothar. Nathanael se tornara mais brando e afetuoso do que nunca e soube, enfim, apreciar a alma divinamente delicada e maravilhosa da noiva.

Ninguém o fazia rememorar com uma palavra que fosse os acontecimentos passados. Somente ao se despedir do amigo Sigismundo que estava de partida, Nathanael disse:

— Meu Deus, irmão! Eu estava no mau caminho, mas a tempo um anjo conduziu-me a uma trilha de paz e luz! Esse anjo foi minha Clara!

Mas Sigismundo, temendo que as lembranças profundamente dolorosas se reacendessem, não permitiu que ele continuasse.

Assim, pois, chegou o dia em que os quatro muito felizes deveriam se mudar para a nova propriedade. Por volta do meio-dia, eles andavam pelas ruas da cidade após algumas compras. A elevada torre da prefeitura projetava sobre a praça do mercado sua sombra gigantesca.

— Ei! — sugeriu Clara. — Vamos subir mais uma vez ao alto da torre para ver as montanhas bem ao longe!

Dito e feito! Os dois, Nathanael e Clara, subiram, a mãe retornou à casa com a criada doméstica, e Lothar, sem disposição para subir tantos degraus, quis esperar embaixo. Lá estavam os dois amantes de braços dados no terraço mais alto da torre, admirando as florestas verdejantes; no horizonte se elevavam os cumes azulados das montanhas como uma cidade de gigantes.

— Veja só aquele estranho arbusto cinzento lá embaixo, até parece estar vindo em nossa direção! — disse Clara.

Num gesto automático, Nathanael levou a mão ao bolso e encontrou a luneta de Coppola.[46] Levou-a aos olhos, virou-se para o lado. Clara estava diante da lente!

Um frêmito convulsivo lhe percorreu veias e artérias, com uma palidez mortal ele encarou Clara com o olhar fixo, mas subitamente os olhos rolaram dentro das órbitas, lançaram raios de fogo, e ele mugiu terrivelmente como um animal feroz, depois saltou alto pelos ares e soltou um gritou de modo pavoroso e penetrante:

— Boneca de madeira, gire, gire! Gire, boneca de madeira!

Com uma violência tremenda, ele agarrou Clara e queria arremessá-la lá de cima da torre, mas no medo da morte ela segurou firmemente o gradil da balaustrada. Por sorte, Lothar ouviu os mugidos do furioso, os gritos desesperados de Clara, um horrível pressentimento o assaltou, ele subiu correndo as escadas, a porta do segundo patamar estava fechada. Clara soltava gritos desesperados e lancinantes. Descontrolado e atropelado ele se lançou contra a porta que finalmente cedeu.

Os gritos de Clara se enfraqueciam gradativamente:

— Socorro! Socorro! Acudam! — e a voz foi sumindo pelos ares.

— Morreu! O criminoso a matou! — gritou Lothar.

A porta de acesso ao terraço também estava trancada.

A raiva proporcionou-lhe uma força desmedida, ele arrombou a porta que caiu solta dos gonzos. Deus do céu! Clara estava suspensa no ar, segura pela mão do desvairado Nathanael para fora da balaustrada, e com uma única mão agarrava firmemente o gradil de

---

46. No original: *Coppolas Perspektiv*. É possível, no entanto, que Hoffmann queira se referir a *Scopolia*, planta tóxica que, ao atuar sobre o sistema nervoso de Nathanael, teria provocado delírios.

ferro. Rápido como um raio, Lothar alçou a irmã ao alto do terraço, ao mesmo tempo que aplicava um murro de punho cerrado no rosto do furioso, fazendo-o retroceder e soltar a vítima.

Lothar desceu precipitadamente com a irmã desmaiada nos braços, ela estava sã e salva.

Agora Nathanael saltitava correndo pelo terraço e gritava:

— Círculo de fogo, gire! Círculo de fogo, gire!

As pessoas iam se juntando ao ouvirem o berreiro selvagem. No meio delas, se destacava feito um gigante o advogado Coppelius que acabara de chegar à cidade e se dirigira incontinenti ao mercado. Alguns queriam subir à torre a fim de dominar o louco, ao que Coppelius soltou uma gargalhada e disse:

— Ha, ha! Esperem, esperem um momento, ele desce por si mesmo! — e olhava para o alto como todo mundo.

No alto, Nathanael de repente estacou petrificado, depois se inclinou um pouco e, com o estridente grito *"belli occhi! belli occhi!"*, se jogou lá de cima da torre.

Quando Nathanael jazia sobre o pavimento com a cabeça destroçada, Coppola não estava mais no meio da multidão.

Anos mais tarde, alguém diz ter visto, numa região distante, Clara sentada à porta de uma bela casa no campo, como ela dava a mão a um homem agradável e bom, com duas crianças brincando diante deles. Seria de se concluir que ela um dia encontrara a tranquila felicidade doméstica que convinha à sua disposição serena e cheia de vida, felicidade que Nathanael, intimamente dilacerado, não teria podido lhe proporcionar.

III

Da coletânea *Os irmãos Serapião*

Apresentação

Os 29 contos que integram a coletânea *Os irmãos Serapião*, publicados em primeira edição em quatro volumes entre 1819 e 1821, são apresentados como histórias contadas numa roda de amigos — Theodor, Ottmar, Sylvester, Vincenz, Cyprian e Lothar —, nos quais os biógrafos de Hoffmann acreditam identificar, respectivamente:

– o próprio Hoffmann;
– Julius Eduard Hitzig (1780-1849): editor, advogado, amigo e biógrafo do autor;
– o poeta Karl Wilhelm Salice-Contessa (1777-1825);
– Johann Ferdinand Koreff (1783-1851): médico, escritor e conselheiro de governo;
– Adelbert von Chamisso (1781-1838): naturalista e escritor; e
– Friedrich de la Motte Fouqué (1777-1843): escritor.

Trata-se de um grupo que se reúne semanalmente, num total de oito encontros, a fim de renovar a amizade e divulgar a produção poética dos integrantes. No prefácio, o organizador do livro *Os irmãos Serapião*, como Hoffmann mais uma vez se autodenomina em sua literatura, esclarece as circunstâncias que levaram à publicação do conjunto das histórias:

> [O] que motivou o livro e a respectiva forma foi o convite do editor, no sentido de que o organizador juntasse seus contos maravilhosos e estilizados espalhados em jornais e livros de bolso, acrescentasse novidades se quisesse, convite esse extensivo aos amigos com inclinações poéticas, que após longa separação deveriam se encontrar justamente no dia de São Serapião.

O contexto, portanto, é produzido posteriormente à primeira edição de alguns dos contos, contexto à maneira de *Decameron* — coletânea de cem novelas de Giovanni Boccacio (Itália, 1313-1375) escritas entre 1348-1353, a partir de histórias que um grupo de amigos, homens e mulheres, narram uns aos outros — ou, conforme comparação proposta pelo organizador Hoffmann, à maneira da coletânea *Fântaso*— coleção de textos de Ludwig Tieck (Alemanha, 1773-1853), na qual os contos propriamente ficam inseridos num sarau literário.[47]

O nome deriva originalmente de São Serapião, padroeiro do dia 14 de novembro, data na qual os amigos — os irmãos Serapião — se reencontram em 1818 após longo intervalo. A compreensão mais sutil de um amálgama que perpassa os contos da coletânea *Os irmãos Serapião* pressupõe a leitura de "O anacoreta Serapião". É a partir da fundamental discussão sobre sensatez, loucura e imaginação entre o narrador e o protagonista dessa primeira novela que os amigos, então, desenvolvem o princípio serapiônico (*serapiontisches Prinzip*), espécie de pauta à qual submetem suas composições. Um a um, eles leem suas histórias, apresentando-as aos demais que, entre os contos, conversam a respeito de poesia e criação. A poética condutora deve se orientar pelo modelo do personagem Serapião do conto homônimo, à medida que "ele era um autêntico poeta, tinha visto de verdade aquilo que expressava e, por essa razão, suas palavras comoviam coração e alma". Depreende-se dos diálogos que a expressão *de verdade* abarca igualmente visões da imaginação, o que torna o âmbito da coletânea de contos configurados sob o *princípio serapiônico* bastante abrangente, mistura ambígua de realidade e fantasia — pura ficção.

A longa extensão e a temporaneidade do teor dos diálogos que se intercalam às narrativas me convencem de que não têm relevância para o público leitor brasileiro de hoje (2017), e assim me abstenho de incluí-los nesta edição. Além disso, como o objetivo

---

47. Seis contos macabros da coletânea *Fântaso*, de Ludwig Tieck, traduzidos ao português por Karin Volobuef e por mim, foram publicados sob o nome *Feitiço de amor e outros contos* (São Paulo, Hedra, 2009).

era proporcionar uma ideia dos extraordinários contos da coletânea *Os irmãos Serapião*, de E.T.A. Hoffmann, seleciono quatro deles, a partir de critérios de originalidade, humor e atualidade.

M.A.B.

O anacoreta Serapião

Vocês sabem que há muitos anos eu passei uma temporada em B***[48], cidade situada na mais encantadora região do sul da Alemanha. Como de hábito, costumava fazer longos passeios, sozinho, sem guia, embora bem que precisasse de um.

Certo dia então, cheguei a uma floresta espessa e, quanto mais procurava caminho e atalho, mais perdia qualquer vestígio que fosse de rastro humano. Finalmente, a floresta tornou-se mais clara e eu percebi, não muito longe de mim, um homem vestindo uma bata marrom de anacoreta, com um largo chapéu de palha na cabeça e uma longa e desgrenhada barba preta. Sentado sobre uma rocha à beira de um precipício, ele mantinha as mãos cruzadas e olhava ao longe, imerso em pensamentos. Aquele quadro tinha algo de estranho e singular, senti um leve arrepio perpassando-me o corpo. Essa sensação é inevitável quando aquilo que se vê em figuras ou se conhece de livros, surge subitamente na vida real. Pois lá estava sentado à minha frente, em pessoa, o anacoreta dos velhos tempos da cristandade, nas selvagens montanhas de Salvator Rosa.[49]

Logo eu ponderei que um monge andarilho não seria nada extraordinário por essas bandas e me aproximei sem embaraço, perguntando como poderia mais facilmente sair da floresta para retornar a B***. Ele me olhou de cima a baixo com olhar sombrio, e então falou com uma voz abafada e solene:

— O senhor se comporta de modo muito leviano e irrefletido, interrompendo com uma pergunta banal a conversa que estou

---

48. Bamberg.
49. Salvator Rosa (1615-1673) foi tanto pintor quanto escritor de odes, canções, sátiras literárias e musicais. A atmosfera retratada em suas pinturas de regiões selvagens, montanhosas, escabrosas complementam a descrição da atmosfera deste conto. A sincronia torna-se mais evidente considerando-se a temática semelhante da pintura "Travellers Asking the Way" (c. 1640).

tendo com os dignos senhores reunidos ao meu redor! Eu bem sei que a mera curiosidade de me ver e de me ouvir falar o trouxe a este deserto, mas perceba que agora não tenho tempo para falar com você. Meu amigo Ambrosio de Camaldoli[50] está voltando para Alexandria, vá com ele.

Depois disso, o homem se levantou e afastou-se do precipício. Foi como se eu estivesse sonhando. Bem próximo, ouvi o ruído de uma carroça, abri caminho através dos arbustos, cheguei a uma trilha e avistei um camponês que acabava de passar por ali com uma charrete de duas rodas, corri e ainda o alcancei rapidamente. Pouco depois ele me deixou na estrada principal para B***.

No caminho, contei a ele sobre minha aventura e perguntei quem era o estranho sujeito da floresta.

— Ah, meu prezado — respondeu-me o camponês —, é um homem digno que se diz Sacerdote Serapião e já há muitos anos mora na floresta, numa cabaninha construída por ele mesmo. O povo diz que ele não é bom da cabeça, mas, na verdade, trata-se de um senhor piedoso e amável, que não faz mal a ninguém e, a nós do vilarejo, nos edifica com palavras pias e dando-nos bons conselhos como só ele é capaz.

O lugar onde eu havia me encontrado com o anacoreta ficava apenas a duas horas de B*** e, assim, imaginei que ali provavelmente descobriria mais a respeito dele, e isso de fato aconteceu. O Doutor S***[51] esclareceu-me tudo.

Esse eremita fora outrora uma das cabeças mais brilhantes e cultas de M-. Além disso, ele provinha de uma família proeminente e, nesse caso, como era de se esperar, mal terminara seus estudos, tinham-lhe confiado uma importante função diplomática, que ele

---

50. Ambrosio de Camaldoli (1386-1439), cujo nome de família era Traversari, foi um humanista, abade dos camaldolenses, ordem de eremitas fundada em 1012 em Camaldoli, na Toscana.
51. Dr. S*** é uma provável referência ao médico da cidade de Bamberg, Dr. Friedrich Speyer, amigo do escritor.

desempenhou com fidelidade e zelo. Aos seus conhecimentos aliava-se um extraordinário talento poético, tudo que escrevia era animado por uma fantasia ardente, e um gênio especial e clarividente. Seu humor insuperável e sua jovialidade faziam dele uma companhia das mais agradáveis e gentis que se poderia imaginar. Foi sendo bem-sucedido no trabalho e, aos poucos, recebeu promoções, tinham-no incumbido de uma importante missão, quando ele desapareceu de M- de maneira inexplicável. Todas as investigações foram inúteis, e as explicações frustravam-se por um motivo ou outro.

Depois de algum tempo, nos confins das montanhas tirolesas, surgiu um homem que, vestindo uma bata marrom, pregava nos vilarejos. Depois ele se recolheu à floresta mais selvagem, onde vivia como eremita. O acaso quis que o Conde P*** se deparasse com esse homem que se dizia Sacerdote Serapião.[52] Imediatamente, o conde reconheceu nele seu infeliz sobrinho, desaparecido de M-. Levaram-no para casa à força, ele se enfureceu. Todas as artes dos mais renomados médicos de M- não puderam melhorar a horrível condição do infeliz. Trouxeram-no para B*** e internaram-no no hospício[53], e aqui, realmente, o método psíquico do médico que à época dirigia a instituição aliviou ao menos a sua fúria. Ou porque aquele médico, fiel à sua teoria, deu-lhe oportunidade para escapar, ou porque ele próprio achou os meios para fazê-lo, o fato é que ele fugiu e manteve-se escondido durante certo tempo.

Finalmente Serapião apareceu na floresta, a duas horas de B***, e aquele médico esclareceu que, se tivessem verdadeira compaixão do infeliz, não quisessem expô-lo novamente à fúria e à cólera, se quisessem vê-lo tranquilo e feliz à sua maneira, teriam então que

---

52. Sacerdote Serapião: Serapião Sindonita, eremita egípcio do século IV, cuja única vestimenta constituía-se numa bata de linho — em grego, *sindon* (σεντονιών).

53. O Hospício de B***, Saint Getreu, é também mencionado no romance *Os elixires do diabo*. Seu diretor era o Dr. Adalbert Friedrich Marcus, bastante estimado por Hoffmann.

deixá-lo na floresta em total liberdade. Ele se responsabilizava por qualquer consequência. A evidente reputação do médico impôs-se, as autoridades policiais contentaram-se em transferir ao juizado do próximo vilarejo o acompanhamento a distância do infeliz, e o êxito confirmou a previsão do médico.

Serapião construiu para si uma cabana graciosa que era, dentro de suas limitações, até confortável, fabricou mesa e cadeira, trançou uma esteira de junco para dormir e criou um jardim onde cultivava legumes e flores. Sua mente não parecia transtornada, exceto por aquela ideia de que era o eremita Serapião, que no tempo do Imperador Décio[54] fugira para o deserto de Tebas e que, em Alexandria, padeceu a morte por martírio. Ele era capaz de conduzir uma conversa espirituosa e, não raramente, percebiam-se vestígios daquele humor brilhante e mesmo daquela jovialidade que animaram outrora sua personalidade. Ademais, aquele médico considerou seu mal incurável e desaconselhou seriamente qualquer tentativa de recuperá-lo para o mundo, devolvendo-lhe sua situação anterior.

Vocês bem podem imaginar que meu anacoreta não me saía mais da cabeça e que eu sentia uma vontade irresistível de revê-lo. Mas vejam só a minha tolice! Queria nada menos que compreender a fundo a ideia fixa de Serapião. Li Pinel, Reil[55], todos os livros possíveis e acessíveis sobre a loucura, eu acreditava que talvez me tivesse sido reservado, atrevido psicólogo, médico leigo, levar um raio de luz ao espírito obscurecido de Serapião.

---

54. Imperador Décio: imperador romano (249-251) que conduziu a primeira perseguição sistemática dos cristãos.
55. Autores da incipiente psicologia, contemporâneos de Hoffmann: Johann Christian Reil (1759-1813), médico-psiquiatra, autor de *Rhapsodien über die Anwendungen der psychischen Curmethode auf Geisteszerrüttungen* (Rapsódias sobre o emprego do método de cura psíquica em casos de doenças mentais), Halle, 1803; e Philippe Pinel (1745-1826), autor de *Traité médico-philosophique sur l'aliénation mentale* (Tratado médico-filosófico sobre a alienação mental), Paris, 1801, cuja reputação de humanista no tratamento dos doentes mentais lhe rendeu o cognome "libertador dos loucos das correntes".

Além do estudo sobre a loucura, eu não deixava de me familiarizar com a história de todos os serapiões — pois, na história dos santos e mártires, há nada menos que oito — e, assim preparado, numa bela manhã, eu procurei meu anacoreta.

Encontrei-o no seu jardinzinho, trabalhando com pá e enxada e cantando uma canção de louvor. Pombos selvagens comiam os grãos que ele espalhara, voavam e circulavam ao seu redor, e um jovem cervo olhava curioso através das folhas da parreira.

Dessa maneira, ele parecia viver em total harmonia com os animais da floresta. Nenhum vestígio de loucura poderia ser percebido em seu rosto, cujos traços suaves testemunhavam tranquilidade e serenidade raras. Isso mostrava que o Dr. S*** em B*** tinha razão. É que, ao saber da minha decisão de visitar o anacoreta, ele me aconselhara a escolher uma manhã serena, porque Serapião então teria o espírito mais aberto, mais disposição para conversar com estranhos, ao contrário do que sucedia às tardes, quando era arredio a todo contato humano.

Quando Serapião percebeu minha presença, largou a pá e veio ao meu encontro amigavelmente. Eu disse que estava fatigado da minha longa caminhada e que desejaria descansar um pouco.

— Seja bem-vindo! — disse ele. — A casa é de pobre, mas fique à vontade.

Assim dizendo, levou-me a um banco à porta da sua cabana, trouxe uma mesa para fora, serviu pão, uvas deliciosas e uma garrafa de vinho, e convidou-me com hospitalidade a comer e beber, ao mesmo tempo que se sentava num banquinho e saboreava o pão com muito apetite e esvaziava uma grande caneca de água.

Na verdade, eu não sabia como entabular a conversa, como deveria empregar minha experiência psicológica para sondar aquele homem tranquilo e sereno. Finalmente, concentrei-me e comecei:

— O senhor se chama Serapião, prezado senhor?

— Sim — respondeu. — A Igreja deu-me esse nome.

— A história mais antiga refere-se a vários santos famosos com esse nome. Um Abade Serapião, que se destacou pelos seus atos de bondade, o erudito Bispo Serapião, mencionado no livro *De viris illustribus*, de Jerônimo.[56]

Houve também um Monge Serapião.[57] Segundo consta do *Paraíso*, de Heráclito[58], quando Serapião voltou do deserto tebano e foi para Roma, ordenou a uma virgem que a ele se juntara, afirmando ter renunciado ao mundo e à concupiscência, que, para prová-lo, saísse nua com ele pelas ruas de Roma. Como ela recusasse, ele a repudiou. "Você mostra", disse-lhe o monge, "que ainda não está integrada na natureza e só quer agradar as pessoas, não acredite em sua grandeza, não se gabe de ter superado esse mundo!"

Se não me engano, prezado senhor, esse monge sujo (assim o chama o próprio Heráclito) foi o mesmo que à época do Imperador Décio padeceu o mais horrível dos martírios. Após quebrarem-lhe as juntas dos membros, atiraram-no do alto de imensos rochedos.

As faces de Serapião estavam pálidas e, em seus olhos, ardia uma chama escura, ao dizer:

---

56. Jerônimo (c. 347-419), teólogo da Dalmácia, escreveu uma coleção de 135 curtas biografias *De viris illustribus* (no renascentismo italiano, o modelo ressurge com propósitos didáticos), na qual menciona dois Serapiões. Serapião, Bispo da Antióquia (190-211), ordenado no 19º ano do Imperador Cômodo, escreveu cartas sobre heresia e contra a loucura das novas profecias, exaltando Santo Apolinário, Bispo de Hierapolis na Ásia, e se expressando sempre em harmonia com seu ascético caráter.

57. Serapião (que morreu em 370 d. C.), Bispo de Thmuis, no Egito, era muito devotado à meditação. Santo Atanásio de Alexandria conta na biografia sobre Santo Antônio que Serapião teria se encontrado com o abade do deserto para discutir assuntos teológicos de suma importância. Consta ademais que escreveu um livro contra o maniqueísmo e outro sobre os salmos bíblicos. Mais detalhes em Fitschen, Klaus. *Serapion von Thmuis: echte und unechte Schriften sowie die Zeugnisse des Athanasius und anderer*, Nova York/Berlim, de Gruyter, 1992.

58. Segundo o *Vollständiges Heiligen-Lexikon*, do domínio público Zeno.org, o conhecido anacoreta do deserto egípcio de Tebas Serapião, que tecia e usava batas da própria confecção, muitas vezes deixava a vida de ermitão e voltava a viver como pagão. O episódio adicional que o Diácono de Constantinopla e Bispo de Éfesos, Heraclides Eremita (séculos IV e V), narra no 24º capítulo do livro *Paradisus* — uma história dos patronos da igreja — seria, reza ainda o verbete lexical, por demais inconveniente (*zu anstössig*), portanto, ou o episódio é falso ou Serapião não é um santo. E é justamente o episódio ao qual Hoffmann nesse trecho do conto se reporta.

— Foi isso mesmo, mas esse mártir nada tem em comum com aquele monge que em sua ira asceta lutou até mesmo contra a natureza. O mártir Serapião a que o senhor se refere sou eu mesmo.
— Como? — indaguei num tom falso de surpresa. — O senhor julga ser aquele Serapião que há muitos séculos morreu da maneira mais cruel?

— É possível que o senhor ache isso inacreditável, e eu admito que certamente soe estranho àqueles que não podem ver além do alcance do próprio nariz. Mas é isso mesmo. A onipotência divina deixou-me sair ileso do meu martírio, porque constava do decreto eterno que eu vivesse algum tempo a serviço de Deus aqui no deserto de Tebas. Uma forte dor de cabeça e também um violento reumatismo nos membros, só isso, me recordam ainda de vez em quando as torturas padecidas.

Nesse ponto acreditei ter chegado o momento de iniciar a cura. Comecei do cerne da questão e dissertei com erudição sobre a doença da ideia fixa que acomete as pessoas vez ou outra e, por si só, arruína o organismo até então perfeito. Mencionei aquele erudito que por nada se levantava da cadeira porque temia então bater com seu nariz na janela, de frente para o vizinho; mencionei o Abade Molano[59] que dissertava razoavelmente sobre qualquer assunto e só não saía do quarto por receio de ser imediatamente devorado pelas galinhas, porque pensava ser um grão de cevada.

Concluí que a troca do próprio eu com alguma personalidade histórica transforma-se frequentemente em ideia fixa. Nada mais tolo, nada mais incoerente poderia haver, pensava eu, que chamar de deserto de Tebas a pequena floresta percorrida diariamente por camponeses, caçadores, viajantes e andarilhos, e que somente distava duas horas de B***, e chamar a si mesmo pelo nome do santo fanático que padeceu de martírio há vários séculos.

---

59. Ao falar sobre a velhice do Abade de Loccum/Alemanha, Gerhard Walter Molanus (1633-1722), Johann Zimmermann (1728-1795) conta de fato essa anedota no livro *Über die Einsamkeit* (Sobre a solidão).

Serapião ouvia-me em silêncio, parecia sentir a pressão das minhas palavras e mergulhar numa profunda reflexão. Então, considerei que convinha dar o golpe decisivo, levantei-me, peguei ambas as mãos de Serapião e clamei:

— Conde P***, desperte desse sonho pernicioso que o envolve, jogue fora esses trajes odiosos, retorne à sua família que se aflige pelo senhor e ao mundo que tem o justo direito de solicitá-lo!

Serapião observava-me com um olhar penetrante, então um sorriso sarcástico brincou em seus lábios e faces, e ele respondeu lento e calmo:

— O senhor falou bastante e expressou sua dúvida magnificamente, e com sabedoria, permita-me agora replicar com algumas palavras. Santo Antônio[60], assim como todos os homens da Igreja que se retiram do mundo para a solidão, são perseguidos frequentemente por horríveis fantasmas torturadores que, invejosos da bem-aventurança interior dos abençoados por Deus, os importunam até serem vencidos e vergonhosamente desacreditados. Comigo acontece o mesmo.

Vez ou outra, procuram-me pessoas movidas pelo demônio que querem me fazer crer que eu seja o Conde P***, de M-, para tentar atrair-me às maneiras da corte e a todo tipo de existência perversa. Quando a oração não basta, os agarro pelos ombros e os atiro para fora, fechando com cuidado o portão do meu jardinzinho. Estou quase me comportando de modo semelhante com o senhor. No entanto, creio que não será necessário. O senhor é o mais frágil dos antagonistas que me afrontaram, e o baterei com suas próprias armas, isto é, com as armas da razão.

Se falamos em loucura, e um de nós sofre desse mal, então aparentemente o seu caso é bem mais grave que o meu. O senhor

---

60. Santo Antônio viveu aproximadamente entre 250-356. O livro *Considerações espirituais sobre a vida de Santo Antão, o Grande*, contendo nove contemplações a respeito da vida do santo, legou informações biográficas sobre esse asceta egípcio, um dos fundadores do monasticismo cristão.

afirma ser ideia fixa se me considero o próprio mártir Serapião. Sei perfeitamente que muitas pessoas pensam assim, ou talvez finjam pensá-lo. Se eu for realmente louco, só mesmo alguém ainda mais louco pode presumir estar em condições de dissuadir-me da ideia fixa que gerou a loucura. Se isso fosse possível, logo não haveria mais louco sobre a terra, pois o homem poderia dispor de sua força mental, que não é sua propriedade, e sim um bem confiado por poderes superiores.

Se eu não for louco, mas o mártir Serapião, então, mais uma vez, trata-se de uma tola iniciativa me dissuadir disso e querer induzir-me à ideia fixa de ser o Conde P***, de M-, e destinado à grandeza. O senhor disse que o mártir Serapião viveu há vários séculos e que, por conseguinte, eu não poderia ser aquele mártir, provavelmente porque os homens não podem permanecer tanto tempo na terra.

Em primeiro lugar, o tempo é um termo tão relativo como o número, e eu poderia lhe afirmar que, segundo minha concepção temporal, mal se passaram três horas, ou como o senhor queira marcar o transcorrer do tempo, que o Imperador Décio ordenou minha execução. Então, digamos que o senhor ainda possa me contradizer, aventando a dúvida, de que vida tão longa como a minha é sem precedentes e contrária à natureza humana.

Por acaso o senhor tem conhecimento da vida de todos os homens que existiram sobre a terra inteira para ousar a expressão "sem precedentes"? Quer igualar a onipotência divina à medíocre arte do relojoeiro que não pode salvar da ruína a máquina morta? O senhor diz que o lugar onde estamos não é o deserto de Tebas, mas sim uma pequena floresta, situada a duas horas de B*** e atravessada diariamente por camponeses, caçadores e outras pessoas. Prove-me isso!

Nesse ponto eu pensei ser possível desconcertá-lo. E exclamei:

— Muito bem! Venha comigo, em duas horas estaremos em B***, minha afirmação se comprovará.

— Pobre e cego tolo! — exclamou Serapião. — Que distância nos separa de B***! Mas, supondo que eu o siga de fato a uma cidade que o senhor chama de B***, o senhor poderia me convencer de que, de fato, nós andamos somente duas horas e que o lugar a que chegamos é mesmo B***?

Se então afirmo que o senhor está acometido pela incurável loucura de tomar o deserto de Tebas por uma pequena floresta, e a remota, muito remota Alexandria pela cidade B*** do sul da Alemanha, o que o senhor poderia objetar? A velha controvérsia não teria fim e nos arruinaria a ambos.

E tem mais uma coisa que o senhor deveria considerar seriamente. O senhor certamente tem notado que este que lhe fala leva uma existência serena e meditativa, em paz com Deus. A vida interior somente volta a aflorar dessa maneira após uma experiência de martírio. Agora, se o poder eterno decidiu cobrir com véu os fatos que antecederam o martírio, não seria uma abominável ação diabólica pretender desvelar isso tudo?

Com toda minha sabedoria, lá estava eu, diante do louco, constrangido, embaraçado! Ele me derrotou com a coerência de sua loucura, e eu reconheci a dimensão da estupidez de minha iniciativa.

Serapião pareceu perceber a desolação de meu espírito, observou-me com um olhar que expressava a mais pura e natural amabilidade, e disse:

— Há pouco eu julguei que o senhor não era um mau antagonista e, de fato, não o é, talvez seja um ou outro, talvez o próprio diabo, que o tenha atiçado a me tentar. Acontece que o senhor me considera diferente da imagem que tinha do anacoreta Serapião, isso explica sua dúvida.

Embora eu viva aquela devoção inerente a quem consagra a vida inteira a Deus e à Igreja, desconheço o cinismo ascético em que decaem muitos dos meus irmãos e, com isso, em vez da energia louvável, demonstram fraqueza interior, perturbação espiritual.

O senhor poderia me acusar de loucura se me encontrasse naquelas terríveis circunstâncias a que os próprios fanáticos possuídos com frequência se entregam. O senhor imagina encontrar o monge Serapião, aquele cínico monge, pálido, debilitado, desfigurado pela vigília e pela fome, com joelhos trêmulos, quase incapazes de se manterem, vestido com uma bata suja ensanguentada, todo o medo, o horror dos pesadelos pavorosos no olhar sombrio que levou Santo Antônio ao desespero. Em vez disso, se depara com um homem brando e sereno.

Eu também passei por esses tormentos, instigados em meu coração pelo próprio inferno, mas quando despertei com os membros dilacerados e com a cabeça despedaçada, o espírito iluminou meu íntimo e deixou meu corpo e minha alma se restabelecerem. Oxalá, meu irmão, o céu lhe permita gozar ainda na terra o consolo e a serenidade que me reanimam e fortalecem. Não tema o arrepio da solidão absoluta, somente por intermédio dela a vida floresce no coração piedoso.

Serapião, que pronunciara as últimas palavras com autêntica ênfase sacerdotal, então aquietou-se e ergueu o olhar radioso em direção ao céu.

Como haveria de ser diferente, como eu poderia evitar a sensação inquietante de medo? Um louco, que exalta sua condição como dádiva divina magnífica, confessando estar repleto de paz e serenidade com total convicção, me desejando do fundo do coração um destino semelhante! Pensei em ir embora imediatamente. Serapião alterou o tom de voz.

— Evidentemente, o senhor não pode imaginar que este deserto áspero e inóspito com frequência torna-se movimentado demais para minhas tranquilas contemplações. Eu recebo diariamente visitas dos homens mais extraordinários. Ontem esteve aqui Ariosto, pouco depois Dante e Petrarca, hoje à noite estou esperando o teólogo Evagrio[61] e, assim como ontem o assunto foi poesia, tenciono hoje abordar as novas questões da Igreja.

Às vezes, eu subo ao cume daquela montanha, de onde com o tempo claro se divisa nitidamente as torres de Alexandria, e ante

---

61. Evagrio da Antióquia (século IV), cuja ocupação era a escrita, ou Evagrio Escolástico (c. 536 – até depois de 594), famoso por sua erudição gramático-retórica.

meus olhos se sucedem os mais maravilhosos acontecimentos e feitos. Muitos interlocutores também julgaram isso inacreditável e pensaram que eu estava imaginando coisas, que as visões de vida autêntica que realmente se passam ante meus olhos seriam criações de minha mente, de minha fantasia. Refuto essa crença tola.

Não é a mente que pode conceber o tempo e o espaço do que acontece ao nosso redor? Claro, pois o que ouve, o que vê, o que sente em nós? Serão quem sabe as máquinas mortas que denominamos olhos, ouvidos, mãos, etc., e não a mente? Será que a própria mente cria um mundo condicionado por tempo e espaço no íntimo, e outorga as outras funções a um princípio que nos habita? Que incoerência! Agora, se é apenas a mente que compreende o acontecimento à nossa frente, então acontece de fato o que ela reconhece.

Ontem mesmo Ariosto comentava sobre as imagens de sua fantasia, ele dizia que tinha concebido figuras e acontecimentos que jamais tiveram lugar em tempo e espaço. Eu contradisse, afirmando que isso seria possível, sim, e ele teve que admitir que apenas a falta de conhecimento sutil leva o poeta a querer classificar no limitado espaço do seu cérebro o que ele, graças à sua vidência, contempla diante de si. Enfim, o conhecimento da vida meditativa somente pode ser conquistado após o martírio.

O senhor não parece concordar comigo, talvez não me compreenda. É evidente. Como um filho do mundo, mesmo com a melhor das boas vontades, poderia compreender as ações e as atitudes de um anacoreta abençoado por Deus! Permita-me contar-lhe o que aconteceu diante de mim, hoje, quando o sol se elevava e eu estava no cume daquela montanha.

Serapião me contou então uma novela construída e desenvolvida com a mais apaixonada imaginação, como só o mais talentoso poeta espirituoso seria capaz de fazê-lo. Todos os personagens destacavam-se com complexidade plástica, com vida ardente, de maneira que o ouvinte era levado a crer, arrebatado, envolvido pela violência mágica como num sonho, que Serapião vira de fato tudo aquilo do alto da montanha. A essa novela seguiu-se outra, e mais uma, e mais uma, até que o sol do meio-dia atingiu o ápice. Serapião levantou-se então do seu banco e exclamou, olhando ao longe:

— Lá vem meu irmão Hilarião[62], que em sua extrema rigidez sempre se zanga comigo, por eu me dedicar a companhias estranhas.

Compreendi o aviso e me despedi, perguntando se me seria permitido retornar. Serapião replicou sorrindo suavemente:

— Ei, meu amigo, eu pensei que o senhor quisesse sair quanto antes deste deserto inóspito que não corresponde absolutamente ao seu estilo de vida. Mas, se lhe agrada se estabelecer nas proximidades durante uma temporada, o senhor será sempre bem-vindo à minha cabana e ao meu jardim! Talvez eu ainda consiga converter quem veio até mim como um antagonista malvado! Cuide-se bem, meu amigo!

Não posso, de jeito nenhum, descrever a impressão que essa visita ao infeliz me causou. Por um lado, sua metódica loucura, na qual ele encontrava a salvação de sua vida, provocava-me calafrios, e, por outro, eu admirava seu grande talento poético, sua jovialidade e todo o seu ser, que respirava a mais calma abnegação do espírito puro, o que me emocionava profundamente.

Quanto mais eu visitava meu anacoreta, mais o estimava. Ele estava sempre alegre e falante, e eu evitava assumir atitudes de médico psicólogo. A sagacidade e a penetrante inteligência com que meu anacoreta falava sobre a vida em todas as suas configurações eram dignas de admiração, mas era bastante peculiar sua maneira de desenvolver acontecimentos históricos baseados em motivos profundos e totalmente dissociados de toda e qualquer noção estabelecida.

Mas, por mais que a sagacidade de suas noções me impressionasse, se vez ou outra eu me permitia contrapor que nenhuma obra histórica mencionava as circunstâncias específicas às quais se referia, então ele assegurava com seu brando sorriso que, sem dúvida, nenhum historiador do mundo poderia saber aquilo tão

---

62. Hilarião de Gaza (288-371), eremita no sul da Palestina, indicado por Jerônimo (p. 20 do livro citado na nota 56) como fundador do monasticismo na Palestina.

precisamente quanto ele, que o teria ouvido diretamente das próprias personagens, quando elas ocasionalmente o visitavam.

Precisei deixar B***, à qual somente pude retornar três anos mais tarde. Era outono avançado, talvez meados de novembro, se não me engano dia 14, quando saí para visitar meu anacoreta. De longe, ouvi as badaladas do pequeno sino que fora colocado sobre sua cabana, e me senti estremecer por uma premonição. Finalmente cheguei à cabana, entrei. Serapião jazia na esteira, de costas, com as mãos cruzadas sobre o peito. Pensei que ele estivesse dormindo. Aproximei-me; foi quando percebi que ele estava morto!

Ao sair da cabana, profundamente comovido, abalado pela visão do finado, o manso cervo que me chamara a atenção anteriormente pulou em minha direção, lágrimas claras brilhavam em seus olhos, e os pombos selvagens me circundavam com arrulhos amedrontados, com inquietos lamentos fúnebres. Quando eu me dirigia ao vilarejo, a fim de anunciar a morte do anacoreta, os camponeses estavam subindo a trilha com um esquife. Eles disseram que, pelas badaladas do sino numa hora tão insólita, tinham compreendido que o devoto senhor tinha se deitado para morrer, e realmente morrera.

As minas de Falun[63]

Num ensolarado e agradável dia de julho, toda a população de Göthaborg[64] encontrava-se reunida à beira do cais. Próspero e recém-chegado de terras distantes, um rico navio da Índia Oriental estava ancorado no Porto de Klippa e deixava as longas bandeirolas, as bandeiras suecas, adejarem no céu azul.

Enquanto isso, centenas de embarcações, barcos, canoas, abarrotados com marinheiros alegres, navegavam para lá e para cá sobre as ondas cristalinas de Göthael, e os canhões de Masthuggetorg[65] retumbavam suas salvas estrondosas mar afora. Os senhores da Companhia das Índias Orientais passeavam no cais de um lado para o outro, calculavam com rostos sorridentes os altos lucros adquiridos e pensavam com grande satisfação em como seu ousado empreendimento ano após ano prosperava mais e mais, e a boa cidade Göthaborg, com a opulência mercantil, florescia cada vez mais animada e esplêndida. Por isso tudo, o mundo olhava aqueles honrados senhores com apreço e satisfação e partilhava sua alegria, pois o lucro deles trazia benefícios para a cidade inteira.

A tripulação do navio das Índias Orientais, composta de uns 150 homens, aportou em pequenos botes equipados para a finalidade e preparava-se para o seu *hösning* — assim se chamava a festa que a tripulação dos navios fazia em ocasiões semelhantes, que com frequência pode durar vários dias. Os músicos ataviados em gala desfilavam com violinos, pífaros, oboés e tambores, ao passo que outros acompanhantes entoavam cantigas engraçadas. Seguiam-lhes os marinheiros de braços dados. Uns de jaqueta e chapéu de abas

---

63. Falun: cidade da Suécia central, desde o século XI importante referência de mineração do cobre no país.
64. Göthaborg é um topônimo; em sueco: Göteborg.
65. Masthuggetorg: praça no bairro Masthugget, na cidade de Göteborg.

coloridas agitavam bandeiras, outros dançavam e saltitavam, todos riam e se rejubilavam fazendo a algazarra ecoar pelos ares.

O cortejo alegre prosseguiu desfilando pelo cais e arredores até os subúrbios de Haga, onde aconteceria um banquete com muita bebida na *gästgifvaregård*.[66] Cerveja de qualidade era servida à vontade e os tonéis esvaziavam-se um após o outro. Como de hábito entre os marinheiros que regressam de longa viagem, elegantes prostitutas não tardaram a juntar-se ao grupo e a festa começou a ficar mais agitada, e o alvoroço cada vez maior.

Só um único marinheiro, um homem bonito e esbelto de apenas vinte anos, escapara do burburinho e se sentara lá fora, ao lado da porta da taberna.

Alguns companheiros se aproximaram e um deles exclamou:

— Elis Fröbom! Elis Fröbom! De novo cismando e perdendo tempo com tristezas no meio da festa! Olhe só, Elis, se você não participa dos nossos *hösuning*, então é melhor nem voltar conosco ao barco. Amuado dessa maneira, rapaz, nunca conseguirá ser um marinheiro de verdade. Concordo que seja um homem corajoso e valente na hora do perigo, no entanto não sabe beber e prefere guardar seus ducados no bolso a gastá-los bebendo com as pessoas do lugar. Beba, rapaz! Senão o monstro marinho Näcken[67] — o próprio Troll[68] — virá te pegar!

Elis Fröbom levantou-se rápido do banco, olhou furioso para os marinheiros, pegou um cálice cheio de aguardente até a borda e o sorveu com um único gole. Depois ele se virou para o companheiro:

— Você está vendo, Joens, eu também posso me embebedar como qualquer um de vocês! Se deixo de ser bom marinheiro, cabe ao capitão julgar. Agora cale a boca e suma daqui! Eu desprezo essa

---

66. *Gästgifvaregård*: hospedaria.
67. Näcken: espírito da água, que pela música de seu violino seduz as pessoas para o fundo das águas.
68. A figura Troll da mitologia nórdica não é necessariamente má; tem forma de gigante ou duende, e sutilmente adverte, pressagia.

loucura de todos vocês, e o que estou fazendo cá fora sozinho não é da sua conta!

— Está bem! — respondeu Joens. — Sei que você nasceu em Nerikar, e o nericano[69] é o tipo do homem saudosista, triste, não sabe gozar direito as aventuras dos marinheiros. Espere aí que vou lhe mandar alguém para arrancá-lo desse maldito banco onde o Näcken o prendeu.

Logo saiu da *gästgifvaregård* uma moça refinada e elegante, e veio se sentar junto ao fleumático jovem que em silenciosa melancolia novamente se deixara sentar no banco. No porte e na aparência da mulher ficava evidente que se sacrificara aos prazeres desregrados, mas o desgaste da sorte ainda não apagara a amabilidade dos traços suaves e harmoniosos daquele rosto formoso. Não havia vestígios de impudência abjeta, não, era uma tristeza calma e inocente que pairava no fundo dos olhos escuros.

— Elis, você não quer participar da farra dos camaradas? Não sente prazer por ter retornado a sua terra após os perigos ameaçadores das ondas do mar?

Assim falou a prostituta com voz cálida e doce, e colocou o braço em torno do jovem. Como se acordasse de um sonho profundo, Elis Fröbom olhou a moça diretamente nos olhos, pegou-lhe a mão, apertando-a de encontro ao peito. Percebia-se claramente que estava comovido com as palavras dela.

— Ah! — exclamou como se fosse consigo mesmo. — Minha alegria e meu prazer se esvaíram; não consigo participar da folia com meus companheiros. Vá para dentro, querida menina, vá divertir-se com eles se puder, deixe aqui fora o sombrio Elis sozinho: eu só serviria para entristecê-la... Mas, espere... Gostei demais de você, quero que se lembre de mim quando eu estiver no mar.

Assim dizendo, retirou do bolso dois ducados brilhantes, puxou do peito um belo lenço oriental e presenteou-a com ambos. Mas

---

69. Nericano (*nerkinge*): pessoa proveniente da Suécia central.

as lágrimas acorreram-lhe aos olhos, ela se levantou, depositou os ducados sobre o banco e respondeu:

— Ah, fique com seus ducados que até me magoam. A bela echarpe eu hei de usar como boa recordação. Daqui a um ano, quando você festejar o *hösuning* em Haga, não há de me encontrar por essas bandas.

Depois disso a moça cobriu o rosto com as mãos e foi-se embora atravessando a rua, em vez de retornar à *gästgifvaregård*.

Elis Fröbom recaiu em lúgubres devaneios, e ao perceber cada vez mais esfuziante e louco o barulho da festa murmurou:

— Quem me dera eu tivesse sido tragado pelas ondas do mar profundo! Pois neste mundo já não há mais ninguém com quem eu possa compartilhar felicidade!

Nisso, uma voz grave e rouca respondeu bem próxima:

— A desgraça que o afligiu deve ter sido enorme, meu jovem, para que, no momento em que a vida deveria somente estar começando, você venha falar de morte.

Elis voltou-se e viu um velho mineiro que, de pé apoiado à parede de madeira e braços cruzados, olhava-o bem diretamente e sério nos olhos.

À medida que Elis demorava seu olhar observando o velho, parecia-lhe que do fundo da solidão na qual acreditava encontrar-se perdido surgia uma figura familiar em sua direção, com o fim de consolá-lo. Fez um esforço para recompor-se e contou que o pai fora um valente timoneiro, mas morrera durante uma tempestade, da qual ele próprio tinha se salvado por milagre. Os dois irmãos haviam morrido como soldados no campo de batalha e, assim, ele ficara sozinho para sustentar a velha mãe com os ricos soldos que recebia das viagens às Índias Orientais. Desde sua tenra infância estivera fadado à profissão de marinheiro, assim, considerava uma grande sorte ter sido chamado a servir na Companhia das Índias Orientais. Na última viagem, o lucro fora maior que nunca, e os marujos haviam recebido, além do soldo, uma bela recompensa. Muito alegre e com os bolsos recheados de ducados, ele correra à casinha da mãe, mas se deparou lá com rostos desconhecidos, que o receberam à espreita pelas frestas das janelas. Uma mulher jovem, que finalmente veio lhe abrir a porta e o deixou apresentar-se, informara-lhe, então, muito fria e grosseiramente, que sua mãe havia morrido três meses atrás. Que ele precisava se dirigir à Câmara para pagar as despesas do enterro e buscar uns poucos andrajos que talvez ela tivesse deixado. A perda da mãe fora um golpe muito duro. Sentia-se apartado do mundo, solitário e desamparado, como se fosse uma rocha ilhada. Toda a vida de marinheiro se lhe afigurava nesse momento uma perambulação inútil. Sobretudo por pensar que a mãe morrera no desconsolo e malcuidada por pessoas estranhas. Achava uma infâmia o fato de ter partido ao mar em vez de permanecer em casa, alimentando e cuidando da mãe.

Os companheiros o haviam obrigado a comparecer à festa e ele próprio acreditara que a alegria dos outros e talvez o vinho lhe calassem o sofrimento, mas, ledo engano, tinha a impressão de que todas as veias iriam estourar dentro do peito e sangrariam.

Então o velho mineiro lhe disse:

— Ora, vamos! Logo, logo você vai partir novamente ao mar, Elis, e o sofrimento passa. Os velhos estão fadados à morte, não tem solução. Como afirmou, sua mãe deixou uma vida pobre e atribulada.

— Veja só! O que mais me aborrece no mundo é que ninguém acredita no meu padecimento. Pensam que sou tolo e louco. É justamente isso o que me isola do convívio neste mundo. Ao mar eu não voltarei, pois sinto aversão pela vida de marinheiro. Antigamente meu coração palpitava de alegria ao ver o barco fazer-se ao mar com velas desfraldadas como asas imponentes; as ondas rumorejavam um som de música harmoniosa, o vento assoviava pelo cordame rangente. Sobre o convés, eu vivia feliz na companhia dos camaradas, e no silêncio calmo e escuro da noite, quando estava de guarda, pensava no regresso à minha terra e também na minha bondosa mamãe, no quanto ela se alegraria com a minha volta!

Ah! Como eu festejava no *höusning* após despejar ao colo da mãezinha os ducados, e entregar a ela os belos lenços e, às vezes, outros presentes raros de terras distantes. Seus olhos brilhavam de contentamento, ela cruzava uma mão sobre a outra, naquele contentamento prazeroso, e muito ocupada ia e vinha servindo a cerveja preciosa que guardara para mim. E se eu me sentava, à tardinha, pertinho dela, nessas ocasiões eu contava sobre as pessoas estranhas que conhecera, os costumes e hábitos exóticos, os prodígios que vira na longa viagem. Ela gostava daquilo e me recontava, por sua vez, das viagens antigas de meu pai para o extremo norte, histórias que eu conhecia de cor porque ouvira cem vezes e que nunca me cansavam!

Ah, como eu gostaria de sentir novamente aquela alegria! Não, nunca mais trabalharei no mar. O que haveria de fazer entre companheiros que caçoam de meu jeito, e de onde tiraria forças para a labuta no barco, que é um verdadeiro suplício?

Quando ele se calou, o velho replicou:

— Estou te ouvindo com gosto, meu jovem, assim como antes vinha observando seu comportamento, sem que você notasse. Tanto suas palavras como suas ações demonstram que você possui profundidade de espírito, é retraído, piedoso e inocente, e a Providência não poderia tê-lo dotado de melhores virtudes. Concordo que a vida aventureira de marujo não combina com sua personalidade. Como é que a um nericano calmo e propenso à tristeza feito você — eu posso ver isso no seu semblante e no seu porte — conviria a vida insegura oceano afora? Você faz bem em abandonar para sempre esse ofício.

Mas com certeza não vai ficar de braços cruzados, não é mesmo? Siga meu conselho, Elis Fröbom. Vá para Falun, torne-se mineiro! Você ainda é jovem, robusto, será certamente um hábil aprendiz do ofício, em breve mineiro, depois capataz de minas, e assim por diante. Os ducados tilintando no seu bolso; invista, tire proveito, compre um lote para explorar, adquira ações nas minas! Siga meu conselho, Elis Fröbom, torne-se um mineiro!

Elis chegou a se assustar com as palavras do velho.

— Como? O que o senhor está me pedindo? Para eu abandonar a terra bela e livre e a claridade luminosa do sol a fim de descer às escabrosas profundezas infernais e, ali, como uma toupeira, cavar e cavar à procura de minérios e metais, almejando a vil ganância?

Ao que o velho respondeu indignado:

— Como são estúpidas as pessoas que desprezam aquilo que desconhecem. Vil ganância! Como se todos os tormentos da superfície da Terra causados pelo mercantilismo fossem mais nobres do que o trabalho nas minas, cuja ciência e infatigável labor conduzem às câmaras de tesouro mais secretas da natureza!

Vil ganância, diz você, Elis! Saiba que nesse trabalho há algo de sumamente sublime. Se a toupeira munida do cego instinto escava a terra, pode ser que na cova mais profunda, à débil luz da lanterna do mineiro, os olhos humanos se tornem finalmente videntes e, fortalecendo-se cada vez mais, consigam enxergar na pedra preciosa o reflexo do que está escondido nas alturas, além das nuvens. Você desconhece o que é ser mineiro, Elis Fröbom! Deixe-me falar sobre isso.

Assim se expressando, o velho senhor sentou-se no banco ao lado de Elis e começou a descrever em detalhes o que se passava nas minas, esforçando-se para representar tudo com cores bem vibrantes aos olhos do jovem ignorante. Acabava de chegar das minas de Falun, nas quais, segundo ele, vinha trabalhando desde muito jovem; descreveu o poço, com as paredes castanho-escuras, falou das incomensuráveis riquezas em pedras belíssimas. Suas palavras adquiriam cada vez mais vida, seu olhar tornava-se ardente. Ele percorria as galerias como aleias de um jardim florido. As pedras animavam-se, os fósseis movimentavam-se, a pirosmalite[70] e a almandina[71] refulgiam na obscuridade da cratera, os cristais chamejavam e cintilavam.

---

70. Pirosmalite: silicato, mineral de cujas rochas é composta a maior parte da crosta terrestre.
71. Almandina: mineral considerado pedra preciosa, de cor roxa tendendo para violeta.

Elis ouvia atentamente; impressionavam-lhe muito as maneiras extraordinárias do velho, revelando os mistérios do mundo subterrâneo, como se estivesse em meio ao universo que descrevia. Sentia o peito oprimido, parecia que o velho já o levara consigo ao âmago e que uma fascinação poderosa o mantinha cativo lá no fundo, de maneira que não podia mais retornar à alegre luz do dia. No entanto, era também como se o homem lhe tivesse revelado um mundo desconhecido e inédito, ao qual pertencia e cujas maravilhas, desde os tempos de criança, ele sempre tivesse pressentido estranha e misteriosamente.

Após um silêncio, o velho continuou:

— Acabei de mostrar-lhe, Elis, toda a magnificência que a natureza com certeza lhe destinou. Pense bem sobre minhas palavras e siga a vontade de sua consciência.

Com isso, o velho levantou-se de súbito do banco e afastou-se sem ao menos se despedir ou tampouco olhá-lo. Logo Elis o perdeu de vista.

Nesse entretempo, a festa havia acabado e o sossego reinava nas redondezas. O efeito da cerveja forte e da aguardente vencera. Alguns tripulantes haviam saído com as prostitutas; outros, jaziam pelos cantos e roncavam. Elis, que não podia voltar ao seu teto como de hábito, pediu um quartinho para dormir.

Mal se deitou na cama, cansado e exausto como estava, em breve adormeceu e o sonho, com suas asas, agitou-lhe o sono. Sonhou que navegava num lindo barco a velas soltas sobre o mar bem liso como um espelho e sob um céu de nuvens escuras. No entanto, olhando para as ondas, percebeu de repente que aquilo que julgara ser o mar era uma massa sólida, diáfana e cintilante, em cuja transparência todo o navio se diluiu como por encanto, e ele estava sobre um chão cristalino e tinha no alto uma abóbada de pedras negras fulgurantes. Eram pedras preciosas o que ele a princípio pensou ser um céu com nuvens. Movido por uma força estranha, avançou alguns passos, mas nesse instante tudo começou a girar em torno e, como ondas encrespadas, surgiram do solo flores primorosas e plantas mágicas de metal dourado, cujos botões e folhagens vinham nascendo aos tufos, se mesclando e se entremeando em harmonia uns nos outros.

O chão era tão límpido que Elis podia ver nitidamente as raízes das plantas, mas em seguida, fixando o olhar bem no fundo, vislumbrou lá embaixo numerosas figuras virginais enlaçadas umas nas outras pelos braços alvíssimos, de cujos corações brotavam as raízes das plantas e das flores; quando as virgens sorriam, espalhava-se por todos os lados uma graça inefável, e as flores metálicas desabrochavam seus cálices ao alto. O jovem sentiu-se invadido por uma dor pungente, e paixões como a nostalgia e a volúpia invadiram seu íntimo.

— Estou indo encontrá-las! — gritou ele, precipitando-se de braços abertos em direção ao solo cristalino. Entretanto o chão cedeu e converteu-se em éter cintilante no qual ele pairou.

— Então, meu rapaz, como você se sente em meio a esse esplendor? — perguntou uma voz possante.

Elis observou que o velho mineiro estava junto dele, mas à medida que o olhava mais e mais o velho se transformava numa gigantesca imagem moldada em ferro incandescente. Já estava prestes a se apavorar quando no mesmo momento algo iluminou as profundezas, tal qual num relâmpago veloz, e tornou visível o austero semblante de uma dama majestosa. Elis sentiu o êxtase que crescia gradativamente em seu peito ser substituído pelo medo esmagador. O velho o tocava e gritava:

— Fique atento, Elis Fröbom, pois eis que surge a rainha! Você ainda pode elevar seu olhar!

Sem querer, virou a cabeça e entreviu por uma fenda da abóbada as estrelas brilhantes no céu noturno. Uma voz suave clamou seu nome num acento plangente; era a voz de sua mãe. Acreditou mesmo ver sua imagem pela fenda, mas não era ela, e sim uma jovem muito meiga a lhe estender a mão do alto e a chamar-lhe o nome:

— Leve-me para o alto! — pediu ele. — Eu pertenço ao mundo celeste, ao doce firmamento!

A resposta do velho soou bem grave:

— Cuidado, Elis, cuidado! Seja fiel à rainha a quem se devotou!

Olhando para baixo em direção ao rosto rígido da majestosa mulher, notou que ela se fundia de encontro às pedras cintilantes. Lançou então um grito de desespero e despertou do estranho sonho, mas o deleite e o horror ainda permaneceram reverberando em sua alma.

— É natural que eu tenha sonhado essas coisas... — disse para si mesmo, enquanto aos poucos começava a coordenar as ideias.

— O velho mineiro contou-me tantos prodígios maravilhosos sobre o mundo subterrâneo que a minha cabeça se encheu de fantasias. Nunca na vida me senti como agora. Estarei ainda sonhando? Mas, não, são delírios! Preciso de ar puro, o frescor da brisa marítima vai me fazer bem!

Ele saiu correndo em direção ao Porto de Klippa, onde já recomeçavam os festejos do *böusning*. Logo percebeu, porém, que se sentia alheio a toda aquela alegria, não era capaz de se concentrar, imerso em premonições e desejos inconfessáveis. Logo em seguida, todavia, lembrou-se pesaroso da mãe defunta e, ao contrário, ponderou que na verdade talvez somente aspirasse reencontrar mais uma vez a moça tão gentil da noite anterior. Temia, porém, se deparar com ela numa ou noutra ruela, pois provavelmente ela era o próprio mineiro velho em pessoa, a quem Elis, sem saber a razão, temia. Contudo, bem que gostaria de ter novamente o prazer de ouvi-lo contar mais sobre as artes da mineração.

Atormentado por pensamentos contraditórios, baixou os olhos em direção à água. Teve a ligeira impressão de que as ondas prateadas solidificavam-se em cristal mica fosforescente, no qual agora os grandes e belos navios se amalgamavam, e as nuvens negras, ora se acumulando no céu límpido, desabavam, condensando-se numa abóbada rochosa. Lá estava o jovem novamente mergulhado no sonho, reviu nesse instante o semblante rígido da majestosa senhora e foi acometido pelo medo perturbador do desejo nostálgico.

Os companheiros interromperam-lhe as fantasias, arrastando-o consigo em seu cortejo. Mas Elis acreditava estar escutando um murmúrio bem ao pé da orelha:

— O que você está fazendo? Vá, vá para as minas de Falun, onde é o seu lugar! Lá o esplendor dos seus sonhos se realizará! Vá, vá para as minas de Falun!

Durante três dias, Elis Fröbom vagueou pelas ruas de Göthaborg, incessantemente perseguido pelas imagens estranhas e sempre ouvindo a voz desconhecida.

No quarto dia, achava-se ele junto ao portão que dava acesso a Gefle[72] quando foi ultrapassado por um sujeito corpulento, no qual julgou reconhecer o velho mineiro. Atraído por mágica sedução, apressou-se a segui-lo sem lograr alcançá-lo.

Prosseguia sempre adiante, incansável.

Elis estava convencido de que aquele caminho conduzia a Falun, e essa circunstância de alguma maneira o tranquilizava, porque estava certo de ter ouvido a própria voz da fatalidade falando através do velho mineiro, que ora o levava direto ao destino que lhe fora determinado.

Com efeito, sobretudo quando hesitava quanto ao caminho nas encruzilhadas, ele sempre revia o ancião surgindo de repente por detrás de um barranco, arvoredo ou rochedo, para desaparecer de chofre logo em seguida.

Enfim, após vários dias de árdua caminhada, Elis divisou a distância dois lagos bem amplos, entre os quais se elevava um vapor espesso. À medida que gradativamente subia as colinas a oeste, o jovem passava a distinguir em meio à névoa algumas torres e telhados escuros. O velho ressurgiu em sua estatura gigantesca lá adiante, apontou com o braço esticado em direção ao vapor e desapareceu de novo nos rochedos.

Elis alegrou-se:

---

72. Gefle: cidade atualmente chamada Gävle, localizada na Suécia, ao litoral do mar Báltico, a leste de Falun.

— É Falun! Lá está Falun, a cidade do meu destino!

Ele tinha razão; pessoas que vinham peregrinando atrás dele confirmaram que entre os lagos Runn e Warpann se situava, de fato, Falun, e que a região que escalavam era a encosta do Monte Guffris, lá no cume veriam a grande cratera da mina.

O rapaz adiantou-se cheio de entusiasmo. Porém, ao se deparar com a monstruosa entrada do Inferno, ele sentiu o sangue congelando nas veias e ficou petrificado à vista de tamanha devastação.

Como se sabe, a grande cratera a céu aberto da Mina de Falun possui mil e duzentos pés de comprimento por seiscentos pés de largura e oitenta pés de fundura. As escuras paredes laterais baixam no início praticamente perpendiculares, após meia profundidade se aplainam horizontalmente pelos montões que a cobrem de entulho e destroços de minério. Aqui e acolá, por entre os montes e as paredes laterais, assomam às vezes sinais das galerias de velhos poços, sustentados por caibros fortes geminados e encadeados nas pontas como nas construções de madeira *Blockhäuser*.[73] Nenhuma árvore, nenhuma erva brota naquele abismo árido e pedregoso arruinado, e as formações recortadas das sublimes rochas colossais salientam-se, assemelhando-se ora a gigantescos animais petrificados, ora a figuras humanas. No abismo, encontravam-se profusas pedras, ganga, minério queimado, escória. Uma persistente exalação asfixiante de vapor de enxofre se elevava do fundo, como se lá se cozesse um caldo infernal cujas emanações envenenassem todo o verde viçoso da natureza. Levava a imaginar que por ali teria descido o próprio Dante, a fim de contemplar os tormentos inconsoláveis do Inferno em sua desolação.

Ao olhar o assombroso abismo, Elis Fröbom lembrou-se do que lhe relatara certa vez o timoneiro do navio. Prostrado em estado febril, o jovem tivera outrora a sensação de que as ondas do mar se esvaíam, deixando aberta sob ele uma incomensurável garganta, e lhe permitia assim ver terríveis monstros nas profundezas. Estes se deslocavam entrelaçados, rolando em repugnantes contorções por

---

73. *Blockhäuser*: casas feitas com tábuas de madeira.

entre milhares de moluscos bizarros, bancos de corais e pedras preciosas, até quedarem-se inertes e mortos com a goela escancarada.

Semelhante visão, explicara-lhe o timoneiro, era um presságio de morte vindoura e, com efeito, poucos dias mais tarde o próprio homem tombou inadvertidamente do convés ao mar e sumiu sem poder ser salvo.

Foi nisso que Elis pensou, pois a cratera da mina rememorava-lhe do solo do mar desvanecido pelas ondas, e as pedras pretas, a ganga azul e avermelhada do minério, bastante se assemelhavam a monstros feiosos a estenderem tentáculos em sua direção.

Por um acaso, alguns mineiros vinham saindo do fundo da mina justamente naquele momento. Em suas roupas escuras de trabalho e com o rosto enegrecido pela fuligem, tinham mesmo a aparência de monstros que tentavam rastejar-se com dificuldade, abrindo caminho do buraco à superfície.

Elis sentiu um estremecimento de horror percorrer-lhe e, o que jamais lhe ocorrera no mar, teve vertigens, como se mãos invisíveis tentassem lançá-lo lá para baixo.

De olhos fechados, afastou-se rápido dali, e somente se livrou da espantosa sensação de estranho terror que lhe provocava aquela visão ao descer o Monte Guffris e contemplar ao alto o céu ensolarado e brilhante. Voltou a respirar serenamente e gritou arrebatado:

— Oh, Senhor meu Deus! O que são os horrores do mar comparados ao pavor que habita os recônditos da desoladora cratera! Por forte que seja a tormenta, por terrível a tempestade que desaba sobre as ondas enfurecidas, logo triunfa uma vez mais o sol esplendoroso e belo, e ante sua claridade amiga silencia a tempestade selvagem. Sua luz, porém, jamais alcança as covas tenebrosas, e a brisa primaveril jamais refresca lá no fundo o peito. Não, não me juntarei a vocês, vermes escuros da terra, eu nunca poderia me habituar a essa vida sombria!

Sua intenção, portanto, era pernoitar em Falun para, no dia seguinte, ao romper da aurora, iniciar a viagem de retorno a Göthaborg.

Ao chegar à praça do mercado, chamada Helsingtorget, encontrou-a apinhada de gente reunida. Um cortejo de mineiros em traje de gala e precedido por uma banda de música se detinha em frente a um casarão magnífico. Um senhor de meia-idade bem-apessoado surgiu à porta e contemplou os circundantes com leve sorriso.

Pelo porte distinto, a nobreza de sua expressão, era fácil reconhecer que se tratava de um autêntico dalarne.[74] Os mineiros fecharam um círculo em torno dele, que apertou calorosamente a mão de todos, dirigindo palavras amigáveis a cada um em particular.

Elis Fröbom indagou sobre aquele homem, e soube que seu nome era Mann Pehrson Dahlsjö, mestre de minas e proprietário de um extenso quinhão (*bergfrälse*) na grande mina de cobre (*Stora Koppaberg*). *Bergfrälse* é o nome que se dá na Suécia aos terrenos concedidos para exploradores do minério de cobre e prata. Os proprietários desses *frälses* possuem ações das minas cuja exploração eles administram.

Contaram-lhe também que justamente hoje era o *Bergsthing*, dia de audiência, quando os mineiros seguiam em grupos à casa do administrador das minas, do mestre e dos chefes de minas, sendo em todas essas casas recebidos com hospitalidade. Observando aquelas pessoas nobres e simpáticas de fisionomia amigável e espontânea, Elis não pensava mais nos vermes da terra dentro da imensa cratera. A alegria natural que irradiava de Pehrson Dahlsjö ao sair à porta de sua casa contagiava todo o círculo de pessoas ao redor e era bem diferente da farra estonteante dos marinheiros no *höusning*.

A Elis, sério e retraído por natureza, a maneira como se divertiam os mineiros o enterneceu bastante. Ele experimentava um prazer inaudito por estar naquele meio, mas mal conseguiu conter as lágrimas de tanta emoção quando certos jovens companheiros, sensibilizando corações e almas, entoaram uma velha canção que louvava o abençoado trabalho na mina em uma melodia simples.

---

74. Dalarne (*dalkarl*): habitante da região da Suécia central, Dalarna.

Quando a canção terminou, Pehrson Dahlsjö abriu as portas de sua casa, e os mineiros foram entrando enfileirados. Involuntariamente, Elis os acompanhou e ficou parado ao umbral, donde conseguia avistar a varanda espaçosa na qual os homens iam se acomodando em bancos. Um lauto festim estava servido sobre a mesa.

As portas de trás que estavam bem em frente a Elis se abriram e por elas entrou uma jovem formosa, vestida em trajes de festa. Alta e esbelta, de cabelos pretos presos em tranças no alto da cabeça, o lindo e enfeitado corpete preso por belas fivelas, a moça se aproximou com a graça da plena juventude. Todos os mineiros se levantaram e um murmúrio de contentamento percorreu todo o ambiente:

— Ulla Dahlsjö, Ulla Dahlsjö! Como Deus abençoou nosso bom chefe com uma filha tão boa e generosa!

Mesmo os mineiros mais idosos tinham os olhos cintilantes de alegria quando a jovem lhes estendia a mão para cumprimentá-los.

Em seguida, ela trouxe bonitos canecos de prata, serviu uma boa cerveja, preparada à moda de Falun, e ofereceu-a aos alegres convidados, espalhando em torno de si toda a beleza celestial da sua inocente candura através do sorriso que a iluminava.

A partir do instante em que a viu, foi como se um raio transpassasse sua alma, infundindo todo o divino prazer, toda a nostalgia do amor, o fervor até então velado. Ulla Dahlsjö era quem lhe havia estendido a mão firme no sonho fatídico, ele foi capaz então de adivinhar o sentido profundo daquele oráculo e bendisse o destino que o guiara a Falun, nisso se esquecendo, contudo, do velho mineiro.

Mas ato contínuo se sentiu miserável, desolado e abandonado ali plantado ao umbral, e almejou ter morrido antes mesmo de vê-la, pois estava consciente de que agora sua sina era perecer aos poucos de amor e paixão. Não conseguia desviar os olhos da moça encantadora, e, quando ela passou bem rente a ele, Elis pronunciou baixinho e com voz trêmula o nome dela. Ulla olhou em torno e viu o pobre jovem, com as faces rubras e olhos baixos, paralisado, incapaz de dizer qualquer coisa.

Ela chegou perto dele e sorriu:

— Ah, você é forasteiro, caro amigo! Vê-se imediatamente pelos seus trajes de marinheiro! Pois bem, o que você está fazendo aí, parado à porta? Venha juntar-se a nós, alegre-se conosco!

Assim dizendo, ela o precedeu, puxou-o pela mão, adentrando a varanda, e ofereceu-lhe um caneco cheio de cerveja.

— Beba, caro amigo, e seja um hóspede bem-vindo a nossa casa!

Elis teve a impressão de estar no paraíso em meio a um belo sonho do qual, porém, não tardaria a despertar com indescritível sentimento de miséria. Com gesto autômato, esvaziou o caneco. Logo em seguida, Pehrson Dahlsjö veio até ele, saudou-o com afetuoso aperto de mão, e perguntou-lhe a origem, e que ventos o traziam a Falun.

Elis sentiu a cálida energia da nobre bebida inundando suas veias. Olhando bem nos olhos do valoroso Pehrson, tornou-se sereno e descontraído. Contou-lhe que era filho de marinheiro, desde a primeira infância estava destinado ao mar, que ao chegar recentemente das Índias não reencontrara com vida a mãe que nutria e sustentava com o soldo; seguiu relatando que, por esse motivo, se sentia só e abandonado no mundo. Continuou fazendo reflexões sobre a vida aventureira de marujo, que lhe parecia de uma hora para outra odiosa, e mencionou certa propensão íntima — um mistério para ele mesmo — que o conduzira à mineração; enfim, ei-lo em Falun, com vontade de se empenhar no ofício na condição de aprendiz de mineiro.

Embora contradissessem tudo o que decidira minutos atrás, suas últimas palavras, na verdade, tinham sido pronunciadas involuntariamente. Elis concluiu que na verdade não podia admitir algo diferente ao chefe das minas, talvez aquilo correspondesse a um anseio bem íntimo, do qual ele nem tivesse consciência.

Pehrson Dahlsjö observou o rapaz atentamente com um olhar sério, tentando sondar o que lhe passava na alma, e respondeu:

— Não gostaria que um simples capricho o levasse a abandonar sua profissão atual, sem antes considerar com ponderação as agruras e dificuldades do ofício de mineiro ao qual você pretende se consagrar. Há entre nós uma antiga crença de que os elementos da natureza dominados na mineração podem voltar-se contra o mineiro e aniquilá-lo caso ele não dedique toda a potência do seu ser para subjugá-los, e se deixe, em vez disso, levar por digressões que mínguam suas energias, as quais deveria devotar exclusivamente ao trabalho com a terra e o fogo.

Se você, entretanto, tiver refletido o suficiente sobre sua vocação interior, e dela está convencido, veio em boa hora. Faltam obreiros nas minhas minas. Caso você queira, pode instalar-se aqui em casa desde já e partir amanhã cedo com o capataz que lhe ensinará o trabalho.

O coração de Elis disparou ao ouvir o que Pehrson Dahlsjö dissera. Não pensava mais nos pavores da goela do Inferno que vira ao chegar. A perspectiva de ver a suave Ulla diariamente, de morarem sob o mesmo teto, o enchia de prazer e deleite; Elis permitiu-se acalentar doces esperanças.

Em seguida, Pehrson Dahlsjö anunciou aos mineiros que um jovem companheiro propusera-se ao serviço nas minas, e apresentou Elis Fröbom.

Todos o olharam admirando-lhe a figura vigorosa, comentaram que ele parecia talhado para o trabalho de mineiro devido à compleição fina e robusta, e certamente não lhe faltariam virtudes como disciplina e zelo.

Um dos mineiros, de idade mais avançada, aproximou-se de Elis, apertou-lhe a mão com cordialidade, informando ser o capataz-chefe das minas de Pehrson Dahlsjö, e mostrando boa vontade para instruí-lo com cuidado sobre o novo ofício. Elis precisou sentar-se junto a ele, e logo o mestre começou a falar dos pormenores necessários para a primeira tarefa do aprendiz mineiro.

De novo, ele lembrou-se do velho mineiro de Göthaborg e soube repetir quase à risca tudo o que dele ouvira. Espantado, o capataz-chefe exclamou:

— Elis Fröbom, onde foi que você adquiriu tantos conhecimentos interessantes? Desse jeito em pouco tempo não vai lhe faltar nada para ser o aprendiz mais esperto da mina inteira.

Acorrendo e servindo por entre os convidados, a bela Ulla vez ou outra fazia-lhe sinais meneando a cabeça, e o encorajava a alegrar-se cada vez mais. A partir de agora, disse-lhe a moça, ele não era mais um forasteiro, mas sim uma pessoa de casa, não mais do mar traiçoeiro. Sua pátria doravante passaria a ser Falun com suas ricas montanhas! Um paraíso repleto de prazer e bem-aventurança descortinava-se para ele ao ouvir as palavras de Ulla.

Dia após dia aumentava a afeição do bravo Pehrson Dahlsjö pelo diligente novato Elis. E o chefe confessava francamente ao devoto jovem que não apenas ganhara um hábil aprendiz como também um filho amado. Do modo semelhante, o afeto de Ulla por Elis se manifestava aos poucos mais claramente. Quase todas as manhãs antes do trabalho, sobretudo se Elis tinha em vista uma tarefa perigosa, ela pedia, suplicava com lágrimas nos olhos que o jovem se preservasse bem, protegendo-se contra acidentes.

E no final do dia Ulla vinha alegre e saltitante ao seu encontro, e lhe reservava a melhor cerveja ou o esperava com uma merenda quente e restabelecedora.

O coração de Elis vibrou alvissareiro quando Pehrson Dahlsjö certa vez ponderou que, graças à boa quantia de dinheiro que trouxera da viagem e ao seu jeito trabalhador e econômico, com certeza não lhe seria difícil adquirir futuramente a propriedade de um lote, ou mesmo de uma concessão para explorar como autônomo. Além disso, acrescentou o chefe, qualquer senhor da região de Falun se sentiria honrado em conceder-lhe a mão da filha em casamento.

Elis desejou ter dito naquela oportunidade como era imenso seu amor por Ulla, e como depositava toda a motivação de vida nessa ilusão. Mas silenciaram suas palavras uma timidez invencível e, mais forte ainda, uma dúvida assustadora sobre os sentimentos de Ulla; se ela de fato o amava como ele às vezes supunha.

Certo dia, Elis estava a trabalhar na galeria inferior, envolto pelo espesso vapor sulfuroso, de maneira que sua lanterna pouco alumiava e ele mal podia distinguir os veios das pedras. De súbito, escutou sons de marteladas vindos de uma galeria inferior, como se estivessem trabalhando com a picareta. Ora, ele sabia perfeitamente que, exceto ele, ninguém descera naquele dia, pois o capataz mandara os homens para a extração da superfície, portanto aquelas batidas e pancadas lhe intrigavam. Pousou seu martelinho e o ferro, e ficou atento ouvindo os golpes abafados que pareciam aproximar-se paulatinamente. De um momento para o outro, viu bem ao seu lado uma sombra escura e conseguiu distinguir, à luz de uma corrente de ar que dissipou em parte o humo sulfuroso, o velho mineiro de Göthaborg.

— Bons ventos o tragam, Elis Fröbom! — gritou o velho. — Você no fundo entre as pedras? E o que está achando dessa vida, rapaz?

O jovem quis perguntar de que maneira mágica ele viera parar ali, mas o velho bateu o martelo com tanto vigor no rochedo que faíscas se soltaram, se espalharam, e o ruído ecoou bem ao longe como um eco retumbante de trovão. Em seguida, inquiriu com vozeirão tonitruante:

— Eis aqui um belo filão, mas você, aprendiz de meia-pataca, não é capaz de enxergar nada em frente ao seu nariz além da escória de cobre sem valor algum. No fundo do poço, não passa de uma toupeira cega, eternamente apartado das graças do príncipe dos metais; o mesmo acontece lá em cima, sua busca pelo metal puro é inútil!

Ah, mas Ulla, a filha de Pehrson Dahlsjö, você aspira esposar, é por isso que vem trabalhando na mina displicente e disperso. Cuidado, falso camarada, o príncipe dos metais de quem você está zombando pode fazê-lo precipitar-se por aí abaixo contra as rochas pontiagudas, quebrando seus ossos. Ulla jamais será sua esposa, eu lhe asseguro!

— O que você está fazendo nas minas do meu patrão Pehrson Dahlsjö, onde eu trabalho dedicando todas as minhas forças e o meu zelo? Suma ligeiro como surgiu, ou então nós vamos ver quem de nós vai quebrar a cabeça do outro primeiro!

Elis desafiou o velho, postando-se valente à sua frente e balançando no alto o martelinho de ferro com o qual trabalhava.

O homem pôs-se a sorrir sarcástico; horrorizado, Elis o viu subir, ágil como um esquilo, os degraus da estreita escadinha e desaparecer no abismo escuro.

Elis sentia seus membros paralisados, o serviço não rendia mais, por isso acabou decidindo voltar para casa. No caminho encontrou o capataz-chefe vindo do poço de extração:

— Pelo amor de Deus, o que aconteceu, Elis? Está pálido e estranho como a morte! O vapor de enxofre, ao qual você ainda não está habituado, talvez lhe esteja fazendo mal. Beba um trago, meu jovem, vai lhe revigorar!

Elis tomou um gole da aguardente que o velho lhe oferecia e, restabelecido, contou a ele tudo que sucedera no fundo da mina, bem como a maneira como anteriormente travara conhecimento com o velho e misterioso mineiro em Göthaborg.

O capataz ouviu a narrativa em silêncio, em seguida balançou a cabeça pensativo:

— Elis Fröbom, pois você encontrou pessoalmente o velho Torbern, isso me leva a crer que não é apenas lenda tudo que corre a respeito dele.

Há mais de cem anos, viveu em Falun um mineiro chamado Torbern. Dizem ter sido um dos primeiros a fazer prosperar o trabalho na mina, e some-se a isso o fato de que naquela época os filões deviam ser mais ricos que atualmente. Ninguém entendia de exploração de minério como ele. Versado nos eruditos conhecimentos científicos, dominava absolutamente as minas de Falun.

Como se fosse dotado de vidência sobrenatural e secreta, sempre se abriam para ele os filões mais preciosos. Ademais, tratava-se de um homem taciturno e macambúzio, sem mulher ou filhos, isso mesmo, tampouco possuía um simples teto em Falun, praticamente nem via a luz do dia, vivia revolvendo a terra sem cessar. Não tardou, portanto, a espalhar-se a lenda de que aquele homem tinha aliança com a força conspiradora que rege a terra e prepara metais.

Apesar das severas advertências de Torbern, que constantemente profetizava um desastre caso o mineiro não fosse seduzido ao trabalho pelo verdadeiro amor à pedra preciosa e ao metal, as galerias continuaram a se expandir cada vez mais devido à cobiça gananciosa, até que finalmente, num dia de São João de 1687, aconteceu o terrível desmoronamento.[75] Daí resultou a monstruosa cratera que devastou a mina, esta só pôde ser reconstruída parcial e paulatinamente em algumas de suas galerias graças a muito empenho e muita arte.

De Torbern nunca mais se ouviu falar, ele não voltou a aparecer. Ao que tudo indica, foi soterrado enquanto cavava numa galeria do fundo.

Tempos depois, quando as condições de trabalho melhoraram, alguns mineiros afirmaram tê-lo visto no poço, distribuindo bons conselhos e mostrando os veios mais lindos. Outros, por sua vez, dizem tê-lo reconhecido vagueando na superfície, ora resmungando melancólico, ora praguejando irritado.

Outros jovens em situação semelhante estiveram aqui antes e narraram histórias parecidas sobre um velho que os aconselhara a vir para cá e, inclusive, lhes indicara o caminho. O curioso era que a chegada desses novos trabalhadores coincidia com ocasiões de demanda de braços: o velho de certo modo beneficiava a exploração.

Se de fato foi com o velho Torbern que você brigou, e se ele mencionou um veio magnífico, então é provável que exista um fundo de verdade, e amanhã cedo havemos de descobrir o tal valioso filão ferrífero. Elis, você decerto não esqueceu que nós chamamos de filão o veio com forte conteúdo de ferro e, dentro do filão, o veio vai se dividindo em diferentes partes e acaba se perdendo em ramificações.

Quando Elis chegou à casa de Pehrson Dahlsjö, abatido pelas preocupações, Ulla não veio ao seu encontro para abraçá-lo com afeto, como de costume. O moço reparou em seus olhos vermelhos

---

75. Houve de fato um terrível desmoronamento em 1687 na mina de cobre em Falun, provocado pela exploração sem critério ou planejamento.

de choro. Ela estava sentada ao lado de um homem de boa aparência, que lhe segurava a mão e tentava lhe dizer umas palavras afáveis de consolo, mas Ulla simplesmente o ignorava. Elis surpreendeu-se com aquela intimidade entre os dois. Pehrson Dahlsjö o puxou pelo braço e explicou:

— Meu caro Elis, em breve você terá a oportunidade de demonstrar sua lealdade para comigo. Se antes eu sempre o tive como um filho, de hoje em diante isso se reforçará! Estamos recebendo a visita do rico comerciante Eric Olawson, de Göthaborg, a quem concedi a mão de minha Ulla. Ficaremos somente os dois no futuro, Elis. Você será meu único esteio na velhice. Mas como você não me diz nada, rapaz? O que foi? Que palidez! Espero que a decisão não o desagrade e, justo agora, quando minha filha precisa ir embora, você também tencione fazê-lo! Espere um instante, pois ouço o senhor Olawson me chamar.

Pehrson Dahlsjö voltou à sala.

Elis Fröbom sentiu o coração se partir como se lhe cravassem espadas flamejantes. Não tinha palavras, nem lágrimas. Desapontado com a notícia do casamento de Ulla, ele fugiu dali embalado até a beira da cratera. Se a visão do monstruoso buraco era aterrorizante à luz do dia, à obscuridade da noite, ao alvorecer e à enevoada luz da alvorada, seu aspecto era ainda mais confuso e ameaçador. Como se lá embaixo uma legião de monstros abomináveis rastejasse e se agitasse, mesclando-se ao humo funesto e abrindo suas garras para apoderar-se da humanidade.

— Torbern, Torbern! — berrou o jovem com a voz atormentada ecoando na imensa cratera. — Torbern, estou aqui! Você tinha razão, eu era um aprendiz medíocre, nutrindo inocentes esperanças de vida na superfície da Terra. Na mina encontra-se meu tesouro, meu ideal! Torbern! Venha até aqui! Mostre-me os filões ricos em minério, onde pretendo trabalhar, revolvendo, sem jamais contemplar a claridade do dia. Torbern! Torbern! Venha!

Elis retirou do bolso lume e pedra, acendeu a lanterna, desceu em seguida à galeria onde estivera no dia anterior, contudo o velho não apareceu. O jovem ficou bastante admirado ao chegar ao fundo, pois viu nitidamente o filão e conseguiu distinguir seus contornos com as falhas horizontais e verticais.

Quanto mais fixava o olhar no maravilhoso veio da rocha, parecia que uma luz ofuscante iluminava a galeria inteira, e as paredes se tornavam transparentes como o mais impoluto dos cristais. O sonho fatídico que tivera em Göthaborg retornou. Ele enxergou novamente as imagens paradisíacas das árvores e plantas metálicas, das quais pendiam pedras incandescentes em lugar de frutos, florescências e flores. Entreviu as virgens, e igualmente o austero semblante da rainha majestosa. Ela o tocou e puxou-o para junto de si, abraçando-o contra o peito. Nesse momento, um raio de calor inflamou-lhe a alma, e restou-lhe na consciência apenas uma sensação de estar nadando sobre ondas de azulada névoa, diáfana e cintilante.

— Elis Fröbom! Elis Fröbom! — chamava uma voz forte lá de cima, e o reflexo da tocha chegou ao fundo da mina.

Era o próprio Pehrson Dahlsjö que vinha descendo juntamente com o capataz à procura do jovem, que fora visto correndo como um louco em direção às escavações.

Acharam-no como que paralisado, de pé, o rosto colado à rocha fria.

— O que você está fazendo aqui embaixo a esta hora da noite, meu pobre rapaz sem juízo! Junte suas forças e suba conosco, pois quem sabe se não haverá alguma boa notícia aguardando lá em cima!

Elis seguiu atrás deles em profundo silêncio, e Pehrson Dahlsjö não parava de repreendê-lo duramente por ter-se exposto ao perigo.

O dia raiava quando chegaram a casa. Ulla deu um grito de alívio e saltou-lhe aos braços com palavras ternas. Mas Pehrson Dahlsjö o repreendeu com muita ternura:

— Seu bobo! Você deveria ter contado do amor por Ulla, que por ela vem trabalhando com tanto zelo e afinco na mina. Pensa que eu ainda não tinha percebido o amor que ela lhe devota? Como eu poderia desejar genro melhor, um mineiro honrado e trabalhador como você, meu caro Elis? Mas a dissimulação de vocês me magoou muito.

Ulla interrompeu o pai:

— Nós mesmos não sabíamos que nos amávamos tanto, papai!

— Pode até ser, como quiserem, mas me incomodou o fato de Elis não ter falado sincera e honestamente comigo sobre seu amor, e é por isso, meu filho, por querer pôr à prova seus sentimentos, que encenei ontem aquela história com o senhor Eric Olawson, e você levou tudo a sério. O senhor Olawson é casado há muitos anos. A você, meu estimado Elis Fröbom, concedo minha filha em casamento, pois digo e repito, eu não poderia desejar melhor genro!

Elis chorava de alegria. A felicidade irrompera em sua vida agora de modo inesperado, ele mal ousava acreditar que tudo aquilo não era mero sonho.

A convite de Pehrson Dahlsjö, os mineiros se reuniram para um almoço festivo. Ulla se aprontara com os adornos mais belos, estava elegante, e suscitava elogios de admiração:

— Vejam que bela noiva caberá ao caro Elis Fröbom! Deus abençoe e conserve sua piedade e virtude!

No rosto pálido de Elis se estampava ainda o horror da noite anterior, ele às vezes se quedava perplexo, parecendo alheio a tudo ao seu redor. Preocupada, a noiva veio perguntar:

— O que foi, meu querido Elis?

— Está tudo bem! Agora que você está comigo, está tudo bem! — respondeu cingindo-a pela cintura.

Em meio à sua alegria, Elis tinha vez ou outra a impressão de estar sentindo uma mão gelada apertar-lhe o peito, e um sussurro sinistro ao pé do ouvido:

— Você acredita mesmo ter alcançado o bem supremo conquistando Ulla? Pobre coitado! Não viu, pois, o semblante da rainha?

Ele torturava-se de angústia, temia a ideia de que subitamente os mineiros pudessem agigantar-se à sua frente e transformar-se, para seu terror, em Torbern, que viria ferozmente lembrar-lhe do reino subterrâneo das pedras e dos minerais a que havia se consagrado.

Entretanto, era-lhe difícil compreender por que o velho o tratava com hostilidade, e por que, afinal de contas, era impossível conciliar a atividade de mineiro com o amor de Ulla.

A Pehrson Dahlsjö não passava despercebida a inquietude do moço, mas ele a atribuía aos padecimentos passados durante a descida noturna ao fundo do poço. Ulla, ao contrário, atormentada por um pressentimento, suplicava ao noivo que lhe confidenciasse a experiência terrível que lhe sucedera e agora os afastava um do outro. O peito de Elis parecia rebentar. Em vão, tentava contar à amada sobre a aparição do rosto maravilhoso que vira surgir no poço. Como se uma força sobrenatural selasse seus lábios, como se de dentro da alma a severa imagem o espreitasse e, no instante em que pronunciasse seu nome, assim como a visão da cabeça monstruosa da medusa, tudo se converteria em pedra. Todo o esplendor que lá embaixo, no fundo da mina lhe haviam propiciado supremo gozo, transparecia agora como um inferno de tormentos inconsoláveis, perfidamente perfilados para uma sedução fatal.

Pehrson Dahlsjö ordenou que Elis Fröbom permanecesse durante alguns dias em casa, a fim de se restabelecer inteiramente do mal que o acometera. Nesse período, o amor de Ulla, extravasando-se agora claro e límpido de seu cândido coração, dissipou as lembranças das funestas aventuras na mina. Elis voltou a viver com alegria e prazer, acreditando na sorte. Nenhum poder maléfico poderia mais perturbá-lo!

Quando voltou a descer às escavações, tudo lhe pareceu bem diferente! Os filões mais magníficos abriam-se à sua frente e ele trabalhava com redobrado entusiasmo, esquecendo tudo; à superfície, precisava fazer um esforço para se lembrar de Pehrson Dahlsjö e mesmo de sua estimada Ulla. O jovem sentia-se como que cindido em duas metades; tinha a impressão de que a melhor porção de si, seu verdadeiro eu, descia ao centro da esfera terrestre e repousava nos braços da rainha, ao passo que ele buscava em Falun sua triste morada.

Se Ulla declarava seu amor e falava da felicidade que os esperava, Elis punha-se a descrever as fabulosas riquezas da mina, os incomensuráveis tesouros que lá estavam encerrados. Assim fazendo, perdia-se em elucubrações, tornando-se incompreensível e estranho para a moça, que não sabia explicar como de repente o noivo se transformava radicalmente em todo seu ser.

Ao capataz e mesmo a Pehrson Dahlsjö, ele comunicava sem cessar, extasiado, como descobrira veios ricos em minério, filões preciosos, e quando os outros não encontravam mais que areia estéril Elis ria sarcástico, convencido de que somente a ele era dado conhecer os sinais misteriosos, a escrita reveladora, inscritos pela mão da rainha nas paredes da rocha. Na verdade, se satisfazia em decifrar os sinais gravados, sem julgar necessário extrair as riquezas anunciadas.

Com compaixão, o velho capataz contemplava o jovem de olhos inebriados se referindo ao paraíso resplandecente a brilhar no ventre da terra. Ao ouvido de Pehrson Dahlsjö, confidenciou:

— Ah, meu senhor, o malvado Torbern está acabando com o pobre rapaz!

— Meu velho, não acredite nessas lorotas de mineiro! É o amor que virou a cabeça do nosso nericano, isso é tudo! Deixe passar o casamento e vai ver como acabam as histórias de veios, tesouros e todo o paraíso subterrâneo!

O dia marcado para o casamento finalmente se aproximava. Já alguns dias antes, Elis Fröbom mostrava-se mais quieto, sério e ensimesmado do que nunca, mas tampouco jamais dedicara tanto amor à sua Ulla como nessa época. Não queria separar-se dela, por isso nem ia à mina; parecia nem pensar na atividade de mineiro, pois seus lábios não se abriam para falar do reino mineral. Ulla rejubilava de felicidade, perdera todo o medo de que talvez os poderes ameaçadores da caverna subterrânea, presentes nas narrativas dos mineiros, pudessem atrair seu amado Elis à perdição.

Pehrson Dahlsjö chegou a dizer sorrindo para o capataz:

— Você está vendo como Elis tinha perdido a cabeça pelo amor de minha filha Ulla?

No dia do casamento, era dia de São João — Elis bateu bem cedo à porta do quarto de sua noiva. Ela atendeu e recuou assustada ao ver Elis vestindo a indumentária da festa, pálido, um brilho sombrio nos olhos. Com voz sussurrante e embargada, falou:

— Eu queria lhe dizer, minha querida do coração, que nós dois estamos próximos da suprema felicidade concedida às pessoas da Terra. Tive uma revelação na noite passada. Lá no fundo, envolta em clorito e mica, se oculta a almandina rubra cor de cereja, na qual se inscreve o mistério do nosso destino, e você vai recebê-la de mim como presente de bodas. Ela é superior em beleza à mais cintilante granada vermelha cor de sangue, e, quando nos unirmos no amor fiel e contemplarmos sua imagem luminosa, teremos a visão das nossas almas enlaçadas aos ramos prodigiosos que despontam brotando do coração da rainha no centro da terra. Para que isso se concretize, preciso trazer essa pedra à luz, e quero fazê-lo imediatamente. Fique bem nesse ínterim, minha querida Ulla. Eu voltarei logo!

Banhada em lágrimas, Ulla fez o que podia na tentativa de dissuadir Elis daquela ilusão desatinada, pois intuía inevitável desgraça. No entanto, ele dizia ser incapaz de viver sequer um momento de tranquilidade sem aquela pedra, e que não havia perigo algum. Abraçou ternamente a noiva contra o coração e partiu.

Os convidados haviam se reunido a fim de acompanhar o par de noivos à igreja do Monte Koppa, onde após a missa seria celebrado o matrimônio. Todo um bando de meninas emperigadas em gala, que segundo o costume do país precederiam a noiva como damas de honra, ria feliz e se divertia em redor de Ulla. Os músicos afinavam os instrumentos e ensaiavam o compasso da marcha nupcial. Era quase meio-dia, e Elis Fröbom ainda não dera o ar da graça. Foi quando surgiram alguns mineiros de repente, as faces lívidas de susto e pavor, trazendo a notícia de um desmoronamento que assolara por completo os terrenos onde se situavam as minas de Pehrson Dahlsjö.

— Elis, meu Elis, você foi justamente para lá! — gritou Ulla e caiu desfalecida como morta.

Então Pehrson Dahlsjö soube dos detalhes pelo capataz. De manhã bem cedo, Elis saíra em direção à mina e descera ao fundo. Os companheiros e mineiros, convidados para a festa daquela noite, tinham decidido não trabalhar naquele dia, ninguém estivera no poço a não ser ele. Pehrson Dahlsjö, os mineiros, todos eles se dirigiram ao lugar indicado, mas todas as buscas, mesmo aquelas empreendidas com alto risco, foram infrutíferas. Elis Fröbom não foi mais encontrado. Ninguém teve dúvida de que o infeliz ficara sepultado sob as pedras que tinham desabado. Assim abateu a desgraça e o infortúnio na casa do valoroso Pehrson Dahlsjö, justamente quando ele acreditara ter assegurado paz e tranquilidade à sua velhice.

Havia muito morrera o valoroso mestre Pehrson Dahlsjö, havia muito sumira sua filha Ulla, ninguém em Falun tinha notícias dessas pessoas, uma vez que desde o infeliz dia do casamento já haviam se passado cinquenta anos. Então, aconteceu que os mineiros, ao tentarem abrir uma passagem entre dois poços, encontraram numa cavidade de trezentos côvados e banhado em líquido vitriolado o cadáver de um jovem mineiro, que pareceu petrificado quando o levaram à superfície.

Podia-se pensar que o homem dormia um sono profundo tal era o viço dos traços de sua fisionomia, tamanha a elegância de suas roupas de mineiro que traziam inclusive flores à lapela e não apresentavam vestígios de decomposição. Todo o pessoal da vizinhança se reuniu ao redor do corpo que fora retirado para fora da mina, mas ninguém conhecia as feições daquele rosto do cadáver. Nenhum dos mineiros podia se recordar de algum camarada que tivesse ficado soterrado.

Tencionavam trasladar o defunto a Falun, quando de longe veio se aproximando uma velhinha de cabelos prateados, apoiada em muletas, e alguns dos mineiros disseram:

— Lá vem chegando a mãezinha de João!

Assim fora apelidada, pois as pessoas notavam que ela havia muitos anos sempre aparecia regularmente no dia de São João, dava voltas em torno da cratera, torcendo as mãos e soltando suspiros de tristeza, para em seguida voltar a sumir.

Mal percebeu o jovem rígido que jazia morto, a velha senhora deixou cair as muletas, elevou os braços aos céus e gritou com a mais ardente expressão de dor:

— Oh, Elis Fröbom! Meu Elis, meu noivo querido!

Debruçou-se novamente sobre o corpo que jazia e tocou-lhe as mãos inertes, comprimindo-as de encontro ao peito frio pela idade, no qual ainda ardia um coração palpitante de amor, semelhante ao fogo sagrado de nafta sob uma camada de gelo.

— Ah! — exclamou então, dirigindo-se ao círculo de pessoas ao redor. — Nenhum de vocês conhece mais a pobre Ulla Dahlsjö, a noiva feliz desse jovem cinquenta anos atrás! Quando desesperada pelo sofrimento me retirei para Ornås, o velho Torbern me consolou e disse que eu tornaria a rever na Terra meu amado Elis, que as rochas sepultaram no dia do nosso casamento. Cheia de esperança, vim todos os anos a Falun e, consumida pela nostalgia do amor inabalável, espreitei ano após ano o fundo do abismo. Eis que me foi concedida agora a bênção de revê-lo, a meu Elis, meu noivo amado!

Mais uma vez ela envolveu o jovem com seus braços ressequidos, como se não quisesse mais abandoná-lo. Todos os circunstantes estavam bastante emocionados ante aquela confissão de amor profundo.

Os suspiros de Ulla foram se acalmando gradativamente, até que se tornou serena.

Os mineiros se aproximaram cautelosos. Queriam erguer a pobre Ulla, mas ela havia dado o último suspiro sobre o corpo do noivo congelado. Eles notaram, então, que o cadáver do infeliz, que erroneamente haviam julgado petrificado, se desfazia agora em pó.

Na igreja do Monte Koppa, lá, onde há cinquenta anos deveria ter se realizado o casamento do par afortunado, foram depositadas as cinzas do jovem juntamente com o corpo da noiva que lhe foi fiel até a morte amarga.

O Conselheiro Krespel
ou
O violino de Cremona

O homem de quem quero lhes falar não é outro senão o Conselheiro Krespel de H. O Conselheiro Krespel[76] foi, com certeza, um dos sujeitos mais excêntricos com quem deparei na vida. Quando mudei para H., a fim de permanecer lá uma temporada, só se falava dele, porque justamente na ocasião efervescia um de seus mais loucos disparates. Como Krespel tinha reputação de renomado e erudito jurista e habilidoso diplomata, certo príncipe alemão dirigiu-se a ele solicitando o preparo de um memorial[77] a ser encaminhado à corte, cujo objeto era a legítima reivindicação de um território. O êxito do empreendimento foi extraordinário e, como Krespel uma vez se queixara de nunca ter encontrado residência conveniente para si, o príncipe, para recompensá-lo pelo tal memorial, ofereceu-se para arcar com os custos de uma casa que Krespel deveria deixar construir bem ao seu gosto. Ofereceu-se até mesmo a comprar o terreno que o conselheiro quisesse visando à construção da casa, mas quanto a isso ele não assentiu e insistiu em erguer o palacete num jardim de sua propriedade, próximo aos portões da cidade, numa região belíssima.

---

76. No *Livro de bolso para mulheres* (*Frauentaschenbuch*) de 1818, editado pelo escritor Barão de la Motte Fouqué, foi publicada uma "Carta de Hoffmann a de la Motte Fouqué", com o tamanho incomum de 43 páginas. Mas o formato tornava-se ainda mais curioso devido ao *post scriptum*, que perfazia nove décimos do total, contendo *en passant* a história do Conselheiro Krespel. O protagonista é uma figura histórica. Na vida real o Conde Thurn e Taxis, Conselheiro Johann Bernhard Crespel (1747-1813), tornou-se conhecido pelas suas excentricidades. Hoffmann apropriou-se de algumas esquisitices famosas, que circulavam a respeito de Crespel, mas os atributos de um caráter mais profundo conferidos à personagem são fabulações inventadas pelo escritor.
77. Memorial: petição.

Antes de tudo, ele comprou toda a sorte de material de construção e mandou transportar; em seguida, era possível vê-lo dias a fio em seu bizarro guarda-pó (confeccionado por ele mesmo segundo princípios peculiares), a dissolver cal, a peneirar areia, a empilhar os tijolos em montes regulares, e assim por diante. Não conversara com nenhum arquiteto, nem concebera uma planta.

Um belo dia, sem mais nem menos, dirigiu-se a um habilidoso mestre de obras em H. e o contratou para ir ao seu jardim quando rompesse o dia, acompanhado de vários pedreiros, ajudantes, serventes e tudo o mais, a fim de construir a casa. O mestre de obras indagou naturalmente pelo projeto e se surpreendeu muitíssimo ao ouvir Krespel responder que não havia a menor necessidade disso, pois tudo se arranjaria. Na manhã seguinte, ao chegar ao local combinado com sua equipe, o mestre encontrou um buraco aberto num formato quadrado regular, e recebeu a seguinte orientação:

— Construam neste lugar o fundamento da casa e, depois disso, vocês vão levantando as quatro paredes até eu dizer basta.

— Sem portas, janelas ou paredes transversais? — retrucou o mestre, abismado com a loucura do camarada.

— Exatamente como lhe digo, meu prezado! — respondeu Krespel bem calmo. — Vai dar certo, não se preocupe.

Só a promessa de um rico pagamento levou o mestre a aceitar a incumbência daquela construção maluca; mas nunca foi construído edifício tão engraçado, pois as quatro paredes cresceram para o alto numa rapidez vertiginosa, sob risos zombeteiros dos trabalhadores que nunca abandonavam o canteiro de obras, onde eram servidas comida e bebida com fartura.

Até que um dia Krespel gritou:
— Parem!

Martelos e espátulas silenciaram, os trabalhadores desceram dos andaimes e, ao cercarem Krespel num círculo, seus rostos sorridentes pareciam perguntar:

— Mas e agora?

— Abram alas! — pediu Krespel, e correu em direção ao fim do jardim, caminhou depois lentamente para o seu quadrado, encostado à parede balançou agastado a cabeça, correu até o outro canto do jardim, caminhou novamente rumo ao quadrado e fez como antes.

Mais algumas vezes repetiu o jogo, até finalmente bater com o nariz pontudo na parede e falar bem alto:

— Venham, venham! Furem aqui uma porta para mim, aqui, uma porta!

Passou aos pedreiros a largura e a altura precisas, e as instruções foram seguidas à risca. Em seguida, entrou na casa e sorriu satisfeito quando o mestre observou que o pé-direito correspondia justamente à altura de uma boa casa de dois pavimentos. Krespel começou a andar pensativo pelo interior da construção ao longo e ao largo, atrás dele os pedreiros com marreta e picareta e, tão logo ele indicava — uma janela aqui, seis pés de altura, quatro pés de largura!, lá uma lucarna, três pés de altura, dois pés de largura! — eles arrombavam a parede incontinenti.

Foi exatamente durante essa operação que eu cheguei a H., e era muito divertido ouvir ao redor do jardim as uníssonas exclamações de júbilo toda vez que os tijolos se espedaçavam e em seu lugar surgia uma janela, lá, onde menos se esperava.

Para o acabamento da construção e para todos os trabalhos complementares necessários, Krespel procedia da mesma forma, e lhes exigia que erigissem tudo na hora, de acordo com sua instrução espontânea. O cômico de todo o empreendimento era não somente a convicção aos poucos conquistada de que tudo no final das contas acabaria se consolidando melhor do que se imaginava, mas, principalmente, a magnanimidade do conselheiro — sua virtude inata —, o que mantinha todos bem-humorados.

Nesse ritmo foram sendo superadas com o tempo as dificuldades próprias desse estilo extravagante de construir e, em breve, erguia-se ali uma casa bem-acabada, cujo aspecto externo era muito singular, porque as janelas não eram homogêneas, assim por diante, mas cuja decoração interior irradiava bem-estar bastante exclusivo.

Essa era, pelo menos, a opinião de todos os visitantes, eu mesmo o pude confirmar quando nós nos conhecemos melhor e Krespel me levou a conhecer a edificação.

Até aquele momento, eu não tivera ocasião de conversar com aquele estranho sujeito, a construção o ocupava de tal maneira que ele não estivera nenhuma vez no almoço do Professor M***, às terças, como de hábito, e ao ser especialmente instado a comparecer mandou recado informando que não arredaria os pés para fora de casa antes da inauguração.

Amigos e conhecidos estavam na expectativa de um banquete; Krespel, porém, ninguém convidou além do mestre de obras, pedreiros, ajudantes e serventes que haviam construído a casa. A todos esses recebeu com finas iguarias; ajudantes de pedreiro devoravam patê de perdiz, aprendizes de marceneiro atacavam contentes os faisões assados e famintos serventes serviam desta feita a si mesmos com os mais suculentos petiscos culinários de trufas.

À noite, chegaram as respectivas esposas e filhas, e começou o grande baile. Krespel valsou um pouco com as mulheres dos mestres, para sentar-se em seguida junto aos músicos da banda municipal com um violino, e regeu a música dançante até o sol raiar.

Na terça-feira posterior à festa na qual o conselheiro posara de figura popular, eu o encontrei finalmente para minha imensa satisfação no almoço do Professor M***. Seria impossível supor comportamento mais esdrúxulo que o dele. Teso e rijo nos movimentos, dava a impressão de que iria tropeçar e causar um estrago, mas não era o caso, como se sabia de antemão, pois a anfitriã nem empalideceu quando ele fez vibrar a mesa repleta de xícaras delicadas com suas passadas violentas, se esquivou perigosamente do grande espelho que ia até o chão, agarrou e equilibrou no ar um vaso de flores filigranado em fina porcelana como se quisesse observar um jogo furta-cor.

Aliás, Krespel começou antes da refeição a reparar nos mínimos detalhes o salão do Professor M***: alcançou e baixou um quadro da parede, subindo sobre uma poltrona estofada, e voltou a dependurá-lo em seguida. Nesse ínterim, falava infrene e ardoroso; ora mudava acelerado de assunto — à mesa isso chamou a atenção — ora apegava-se a uma ideia, emitindo-a ininterruptamente, e se perdia em toda a espécie de emboscadas contraditórias sem poder transigir, até que algo diferente lhe ocorria. O tom de sua voz era ora áspero e rude, ora baixo e monocórdio, sempre colidia com o que expunha. O tema era música, elogiava-se um novo compositor, quando Krespel sorriu e falou com sua voz fraca e cantante:

— Queria que o Satã de penas negras atirasse o infame torce-notas no fundo do Inferno! — e prosseguiu violento e selvagem.

— Ela é um anjo celeste, nada além da pura sonoridade e melodia abençoadas por Deus! Luz e constelação da canção!

A essas palavras, seus olhos enternecidos se enchiam de lágrimas. Era preciso então supor que ele estava se referindo a uma famosa cantora, da qual se falara uma hora atrás.

Comia-se lebre assada, e eu notei que ele retirava cuidadosamente a carne dos ossos, no seu prato, e se informou com insistência a respeito das patas de lebre, que a filha do professor, uma menina de cinco anos, lhe trouxe com sorriso amável. Durante toda a refeição, as crianças tinham olhado o conselheiro com muita simpatia, e agora se levantavam, se aproximavam dele, mas ainda timidamente e com certa cautela.

— O que está acontecendo? — eu me perguntava.

Foi servida a sobremesa; então o conselheiro tirou uma caixinha do bolso, a qual continha um pequenino torno de ferro, que ele adaptou e parafusou à mesa, com os ossos de lebre passou a tornear com habilidade e rapidez impressionantes caixinhas, estojinhos e esferas, pequenos objetos que as crianças recebiam com alegria. No momento de deixar a mesa, a sobrinha do professor perguntou:

— Como vai nossa Antonie, caro conselheiro?

Krespel fez a expressão de alguém que mordesse uma laranja azeda e desejasse fazer crer que estivesse doce; mas logo o semblante se contorceu numa máscara cinzenta, na qual bailava um sorriso amargo, irônico, eu diria mesmo cheio de um sarcasmo diabólico.

— Nossa? Nossa amada Antonie? — indagou ele em tom arrastado, desagradável e cantante.

O professor aproximou-se ligeiro; no olhar de censura à sobrinha, pude ler como ela tocara a corda que no coração de Krespel deveria soar dissonante e adversa.

— E os violinos? Como estão indo as coisas com seus violinos? — quis saber o professor de modo muito engraçado, segurando ambas as mãos do conselheiro.

Aí o rosto de Krespel se iluminou e ele replicou com a voz forte:

— Às mil maravilhas, meu caro, somente hoje consegui recortar o magnífico Amati[78] do qual lhe falei recentemente, que, aliás, por puro acaso me chegou às mãos. Espero que Antonie o tenha desmontado cuidadosamente.

— Antonie é uma ótima menina! — comentou o professor.

— O senhor tem razão, ela é mesmo! — concordou o conselheiro, ao mesmo tempo que se virava rápido, num único gesto agarrava chapéu e bengala, e se ia embora.

Pelo espelho pude ver seus olhos marejados de lágrimas.

Assim que o conselheiro partiu, insisti com o professor que me contasse imediatamente sobre os violinos e, sobretudo, a respeito das circunstâncias envolvendo Antonie.

— Ah, como o conselheiro em geral é uma pessoa cheia de caprichos, ele se dedica entre outras coisas a fazer violinos de um modo bem absurdo.

— Ele fabrica violinos? — perguntei perplexo.

— Sim! Segundo a opinião dos peritos, Krespel confecciona os instrumentos mais admiráveis da atualidade. Antigamente, quando

---

78. Amati: nome de uma família de Cremona (Itália), renomada pela construção de bons violinos. Andrea Amati (fim do século XVI) concebeu o modelo definitivo desse instrumento musical. Seu neto Nicola (1596-1684) foi mestre de ambos os outros famosos fabricantes de violino, Guarnieri e Stradivari.

às vezes um deles ficava especialmente bom, ainda deixava alguém tocar, mas ultimamente isso não acontece mais. Quando faz um violino, então ele mesmo o toca durante uma ou duas horas com vigor supremo e expressão de arrebatamento, mas logo o dependura junto aos demais, para nunca mais voltar a tocá-lo ou permitir que alguém o toque. Se há um meio de adquirir algum violino de um luthier[79] renomado, Krespel o compra a qualquer preço. Da mesma maneira como faz com seus próprios violinos, porém, os toca uma única vez, em seguida os desmonta a fim de examinar com cuidado a sua estrutura interior e, se não encontra neles exatamente o que sua fantasia imaginava, os joga aborrecido numa grande caixa cheia de destroços de violinos despedaçados.

— Mas onde é que entra Antonie nessa história? — inquiri curioso e veemente.

— Esse é um ponto que me levaria a detestar o conselheiro do fundo da minha alma se eu não estivesse convencido de que, tendo em vista seu caráter afetuoso, e mesmo terno, deve haver com o sujeito algum mistério especial que me escapa. Ao se estabelecer em H., anos atrás, ele vivia como um ermitão em companhia de uma governanta, numa casa obscura da rua. Em breve suas extravagâncias atiçaram a curiosidade da vizinhança e, ciente disso, Krespel procurou conhecer e se aproximar das pessoas. Assim como em minha casa, todos se acostumaram com ele, a ponto de considerarem indispensável esse convívio. Apesar de suas maneiras desengonçadas, as crianças o amam sem perturbá-lo, são amáveis, gentis, contudo mantêm uma reserva respeitosa que sempre o protege contra importunos. O senhor presenciou hoje uma cena, de como ele usa tudo quanto é artifício para conquistá-las. Nós o tomamos por solteirão convicto, ele não contradisse a fama.

Depois de morar um período aqui, partiu em viagem, ninguém soube do seu paradeiro e passados alguns meses retornou. Na noite

---

79. Luthier é a profissão de quem se dedica à produção artesanal de instrumentos musicais de corda com caixa de ressonância.

posterior à sua chegada, as janelas da casa se iluminaram de maneira incomum, o que chamou a atenção dos vizinhos. Em breve, eles passaram a ouvir uma voz feminina absolutamente encantadora acompanhada ao piano, em seguida elevava-se o som de um violino, rivalizando em vivacidade e em intensidade com a voz. Ficou então claro que o próprio conselheiro vinha tocando o violino.

Eu mesmo me encontrava no meio da multidão que o esplêndido concerto reunira defronte à residência do conselheiro, e preciso admitir que, comparada à maneira expressiva e fascinante como cantava a desconhecida, o canto das mais ilustres artistas até então conhecidas me parecia débil e sem expressão. Jamais escutara notas assim prolongadas, aquela vibração de rouxinol ascendente e descendente, oscilando entre a potência do som do órgão e o sussurro suave de um sopro. Não houve um que ficasse imune ao fascínio do doce canto, e só era possível ouvir suspiros quando ela silenciou. Devia ser meia-noite quando se fez ouvir categórica a voz do conselheiro; outra voz masculina, a julgar pelo tom, dirigia-lhe censuras, às quais se mesclavam queixas entrecortadas de uma moça jovem. Os berros do conselheiro tornavam-se cada vez mais ásperos, até serem finalmente substituídos pela entonação arrastada e cantante que você conhece. Um grito penetrante da moça o interrompeu, provocou um silêncio de morte; passos titubeantes soaram subitamente na escada, e da casa saiu um homem jovem aos prantos, saltou numa carruagem de prontidão e partiu veloz.

No dia seguinte o conselheiro apareceu lépido, mas ninguém se atreveu a perguntar o que acontecera na noite precedente. Quando perguntaram, a governanta informou que o conselheiro trouxera consigo uma moça ainda bem jovem, formosíssima, e a chamava Antonie; era ela quem cantara tão maviosamente. Viera também um rapaz que se mostrava muito afetuoso com Antonie, sem dúvida seu noivo. Este, porém, tivera de viajar às pressas, seguindo ordens do conselheiro. Que relação havia entre Krespel e Antonie, isso permanece até agora um mistério, certo é que a pobre vive sob odiosa tirania. Ele a vigia como o doutor Bartolo de *O Barbeiro de*

Sevilha[80] fazia com sua pupila; mal lhe permite assomar à janela. Se consente em acompanhá-la em reuniões sociais, então a persegue com olhos de Argus[81] e não suporta que ela escute nenhum tom musical, menos ainda que cante, aliás, ela tampouco deve cantar em casa. Em decorrência disso, o canto daquela noite virou para o público da cidade fantasia e alma de emocionante lenda sobre maravilhoso milagre. Mesmo quem não a ouviu comenta sempre quando outra cantora se apresenta na cidade:

— Que ruídos vulgares são esses? Só mesmo Antonie poderia realmente cantar isso bem!

Vocês sabem como sou obcecado por essas coisas fantásticas e podem imaginar a minha fascinação por travar conhecimento com a moça. Estava sempre escutando o público manifestar-se sobre aquele canto, mas não tinha a menor ideia de que a maravilha morava na própria cidade e vivia acorrentada ao maníaco Krespel como a um ogro tirano. Naturalmente, na noite seguinte, ouvi em sonho a encantadora melodia, e como no magnífico adágio, que eu ridículo tomava como minha composição, Antonie me implorava de maneira tocante que a libertasse, rapidamente eu, um segundo Astolfo, tomei a resolução de penetrar na casa de Krespel como no castelo mágico de Alcina[82], a fim de libertar a rainha canora do vil cativeiro.

Tudo se passou de modo diferente do que eu planejara; pois mal vira o conselheiro duas ou três vezes e conversara já absorto sobre

---

80. *O Barbeiro de Sevilha*: não se trata da ópera de Rossini, cuja estreia aconteceu em fevereiro de 1816 no Teatro Argentina de Roma, mas sim da homônima, composta em 1782 por Giovanni Paisiello (1740-1816). Doutor Bartolo é o trapaceiro tutor da cantora Rosina.

81. Na mitologia grega, Argus Panoptes era um gigante de cem olhos, encarregado da vigilância de Io, a amante de Zeus transformada em novilha. Foi morto por Hermes, que fez seus olhos adormecerem com histórias enfadonhas e o decapitou em seguida. Derivação etimológica dos termos "argúcia" e "arguto".

82. Referência ao épico "Orlando furioso", de Ariosto (1474-1533). A personagem fada Alcina detém aqueles que ama, que precisam então ser resgatados em meio a muitas aventuras.

a melhor estrutura de violinos, ele me convidou a visitá-lo em sua casa. Lá, me mostrou seu tesouro, os violinos. Havia cerca de trinta dependurados num gabinete, entre os quais um se caracterizava pelos vestígios de antiguidade — cabeça de leão esculpida, e assim por diante —, parecia estar suspenso numa posição privilegiada e ornado com louros, como um soberano impondo-se acima dos outros. Ao perguntar-lhe sobre o instrumento, respondeu-me:

— Esse violino é uma peça extraordinária e magnífica de mestre desconhecido, provavelmente do período de Tartini.[83] Estou plenamente convencido da existência de uma particularidade especial no interior de sua estrutura. Se o desmontasse, um segredo que há anos persigo me seria revelado, mas — o senhor pode até zombar, se quiser — esse objeto morto que prescinde de mim para adquirir vida e voz fala comigo de maneira bastante estranha; na primeira vez que o toquei, foi como se eu fosse um magnetizador, capaz de incitar os sonâmbulos a exprimir em palavras seus pensamentos secretos. Sobretudo, não pense que sou supersticioso demais para dar crédito a essa espécie de fantasmagoria, mas o certo é que jamais me superei e consegui estripar o estulto objeto sem vida. Agora fico contente por não tê-lo feito, pois desde que Antonie está aqui, vez ou outra toco para ela com esse violino, ela aprecia bem feliz!

O conselheiro pronunciara essas palavras com emoção, encorajando-me a comentar:

— Oh, meu caro senhor Conselheiro, como eu gostaria de ouvi-lo tocar o violino!

Mas Krespel fez uma careta agridoce e respondeu no tom arrastado e cantante:

— Não, meu caro senhor Estudante! — e deu o assunto por encerrado.

Insistiu em me mostrar ainda toda espécie de raridades, algumas bem pueris; finalmente pegou um estojo de onde retirou um pedaço de papel dobrado o qual me passou às mãos muito solenemente:

---

83. O italiano Giuseppe Tartini (1692-1770) foi um violinista virtuoso e compositor.

— O senhor é um amigo das artes. Aceite este presente como uma lembrança que lhe será eternamente preciosa, mais que qualquer outra coisa no mundo.

Assim, foi me conduzindo pelos ombros muito delicadamente em direção à porta e me abraçou ao umbral. Na verdade eu fui mandado embora com o gesto simbólico. Ao desdobrar o papel, encontrei duas polegadas da quinta corda[84] e a seguinte inscrição: "Fragmento da quinta com a qual o finado Stamitz[85] muniu o violino ao tocar seu último concerto".

A desdenhosa despedida em resposta à minha menção sobre Antonie parecia um presságio de que nunca a veria; mas tal não foi o caso, pois, ao visitá-lo pela segunda vez, encontrei-a no gabinete, ajudando o conselheiro a montar um violino. A aparência da moça, à primeira vista, não impressionava muito, mas após uns segundos não se podia mais desprender o olhar daqueles olhos azuis, dos doces lábios de rosa e das formas encantadoras e graciosas. Ela era bem pálida, mas quando ouvia algo espirituoso ou engraçado, juntamente com o cândido sorriso ascendia-lhe às faces um rubor vivo e cálido que, contudo, logo se abrandava em um rosado brilhante. Eu conversava bem à vontade com Antonie e não reparei o olhar de Argus de Krespel, conforme o poetizara o professor; ao contrário, o conselheiro se mostrava como de costume e parecia mesmo aprovar meu entretenimento com Antonie.

Desse modo, aconteceu então que passei a visitar o conselheiro com frequência, e o conhecimento mútuo proporcionou ao nosso trio um bem-estar que nos enchia de alegria. O conselheiro continuava a me divertir com suas bizarrices tremendamente inusitadas, mas era ela, com seu charme irresistível, que me atraía e contornava tolerante algumas indelicadezas que eu, impaciente como era, deixava escapar. Às originalidades e esquisitices do conselheiro mesclavam-se às vezes manias absurdas e tediosas, mas, para mim, particularmente antipática era a maneira como, tão logo eu conduzia o assunto para a música,

---

84. Quinta corda: corda E (mi).
85. Johann Stamitz (1717-1757), violinista virtuoso e compositor.

sobretudo para o canto, ele me interrompia com o sorriso demoníaco e o tom de voz cantante e desafinado, mudando o rumo da conversa para temas disparatados e até mesmo triviais. Na profunda tristeza estampada nos olhos de Antonie, era possível advir que esse comportamento consistia em artimanha para evitar meus pedidos para que ela cantasse. Eu, entretanto, não desistia. Com os empecilhos que o conselheiro me opunha, crescia minha coragem para superá-los; precisava urgentemente ouvir o canto de Antonie a fim de não esvair em sonhos e intuições de como ele seria.

Certa tarde, Krespel estava com um humor bem jovial; pois dissecara um violino de Cremona e descobrira que a alma do instrumento estava meia-linha mais inclinada que comumente. Contribuição valiosa para a prática da arte musical! Logrei entusiasmá-lo a discorrer sobre a verdadeira técnica do violino. À ideia de que as composições dos antigos mestres teriam sido inspiradas por virtuoses do canto, Krespel contrapôs que, inversamente, o canto se deforma na tentativa de seguir passagens e compassos artificiais dos instrumentalistas.

— O que pode ser mais tolo — perguntei levantando-me de súbito, caminhando em direção ao piano e abrindo-o resoluto —, o que pode ser mais tolo que o estilo rebuscado, o qual se assemelha não à música, mas ao ruído das ervilhas quando se espalham pelo chão.

Cantei algumas das improvisações modernas, que transcorrem e ronronam como pião bem lançado, enquanto tocava acordes destoados ao acaso. Krespel ria a valer e dizia:

— Ha, ha! Posso até ouvir nossos italianos da Alemanha ou nossos alemães da Itália, como interpretam uma ária de Pucitta, Portogallo, de outro maestro de capela ou ainda de um *schiavo d'un primo uomo*.[86]

---

86. Vincenzo Pucitta (1778-1861) foi um compositor de óperas italiano; Portogallo – Marcos Antonio da Fonseca (1762-1830) foi um português compositor de óperas, que na Itália recebeu o apelido Portogallo; *schiavo d'un primo uomo*: expressão em italiano equivalente a "escravo do primeiro-cantor".

Nesse instante, disse para mim mesmo:

— É agora ou nunca! — e virando-me para Antonie: — Estou certo de que você ignora todos esses artifícios, não é mesmo? — comecei a entoar uma magnífica e suave canção do velho Lionardo di Leo.[87]

As faces da moça enrubesceram, um ardor celeste fulgurou em seus olhos reanimados, ela aproximou-se do piano, entreabriu os lábios... Mas Krespel a empurrou, pegou-me pelos ombros e grunhiu como um tenor desafinado:

— Filhinho, filhinho, filhinho!

E logo prosseguiu, cantando baixo e sustendo minha mão, curvado diante de mim numa atitude cortês:

— Certamente, meu prezado estudante, eu infligiria leis de boa convivência e regras de boas maneiras se gritasse a todos os pulmões conclamando o diabo com garras incandescentes a beliscar-lhe brandamente a nuca, mandando-o para o quinto dos infernos! Independentemente disso escurece, e como os lampiões não estão acesos nesta noite você mesmo há de convir que suas preciosas pernas se estraçalham se eu o empurro escada abaixo. Faça, portanto, a gentileza de sumir daqui, e guarde consigo cordial lembrança deste amigo sincero, mesmo que você jamais — escute bem! —, jamais o encontre em casa quando voltar a procurá-lo.

Krespel pronunciou a sentença me abraçando, me manteve cingido, se virou e andou em direção à porta da rua, de maneira que nem pude lançar a Antonie um último olhar de adeus. Vocês concordam que em tais circunstâncias não me era possível dar uma surra nele, como na verdade bem merecia.

O professor ficou zombando de mim e comentou que eu estragara de uma vez por todas a relação com o conselheiro. Para prestar-se ao papel de apaixonado lânguido com suspiros amorosos

---

87. Lionardo di Leo (1694-1744) foi um compositor italiano e organista admirado por Hoffmann.

de pretendente aventureiro à janela, Antonie me era cara demais, eu diria inclusive sagrada demais.

Com o coração dilacerado, deixei H., mas, como normalmente ocorre em casos similares, as vivas cores da imaginação foram empalidecendo; Antonie — juro, mesmo seu canto, que eu nunca ouvira — vinha às vezes iluminar o fundo da minh'alma, semelhante a um doce e consolador vislumbre de rosas.

Dois anos mais tarde, eu já estava empregado em B*** quando empreendi uma viagem ao sul da Alemanha. As brumas do entardecer cobriam aos poucos as torres de H., à medida que me aproximava fui tomado por indescritível sentimento de angústia; como se um opressivo fardo em meu peito me impedisse de respirar; precisei sair do carro ao ar livre. Mas minha ansiedade atingia as raias da dor física. De longe, pareciam vir soando pelo ar acordes de um coral imponente, distingui vozes masculinas cantando um cântico fúnebre.

— O que é isso? O que é isso? — perguntei, sentindo um golpe de punhal ferindo meu coração!

— O senhor não está vendo? Lá adiante, no pátio da igreja, estão enterrando alguém! — respondeu o postilhão.

De fato, nós nos encontrávamos nas proximidades do pátio da igreja e avistei um círculo de homens enlutados em torno de um túmulo que estava sendo coberto de terra naquele momento. As lágrimas rolaram dos meus olhos, era como se enterrassem ali todas as paixões, a alegria da vida. Tendo descido rapidamente a colina, não conseguia mais avistar o interior do cemitério, o coral silenciara, não muito longe do portão, pessoas com roupas pretas retornavam do enterro. O professor, de braços dados com sua sobrinha, ambos profundamente consternados, passou por mim sem sequer me reconhecer. A sobrinha cobria o rosto com o lenço e chorava copiosamente.

Me foi impossível adentrar a cidade, enviei meu criado com o carro ao albergue habitual e saí a esmo pelos arredores familiares, a fim de me livrar da emoção, muito provavelmente efeito do cansaço físico, do calor durante a viagem ou coisa semelhante.

Ao chegar à alameda, a qual conduzia a um pavilhão de jardim, presenciei uma cena bastante insólita. O Conselheiro Krespel estava sendo perseguido por uns gatos pingados, dos quais tentava a todo custo se safar aos pulos. Vestia, como de costume, seu traje cinzento esquisito, de confecção própria, com a diferença que do pequeno chapéu de três pontas, enfiado marcialmente sobre uma orelha, pendia um véu fúnebre que esvoaçava ao vento. Em torno da cintura, trazia abotoada uma bainha de punhal, mas em vez da arma tinha embainhado um longo arco de violino. Um calafrio percorreu meus membros, e, enquanto seguia caminhando devagar, eu pensava:

— Ele é louco!

Os homens o levaram até sua casa, onde se despediram com abraços e sonoras gargalhadas. Então partiram, e os olhos de Krespel pousaram sobre mim, pois eu passava bem perto dele. Ele ficou me fitando fixamente, então falou com voz grave:

— Bem-vindo, senhor Estudante! Sem dúvida você entendeu...

Pegou meu braço e foi me acompanhando a sua casa — escada acima, até o gabinete onde estavam dependurados os violinos. Todos se encontravam cobertos por um véu negro, faltava o violino mais antigo, em seu lugar pendia uma coroa de cipreste.

Eu compreendi o que acontecera!

— Antonie!, ah, Antonie! — gritei num pranto desolado.

O conselheiro estava como que paralisado ao meu lado, de braços cruzados. Apontei a coroa de flores.

— Quando ela morreu — contou o conselheiro com voz solene e sombria —, quando ela morreu, a alma do violino cindiu num estalo ensurdecedor e a caixa de ressonância se rompeu em estilhaços. O fiel instrumento tinha de viver com ela, nela; por isso repousa eternamente ao seu lado no caixão.

Muito comovido eu me afundei numa poltrona, mas o conselheiro começou a cantar alegremente uma canção, era um espetáculo grotesco o modo como saltitava ora com um pé, ora com o outro, e o véu — o chapéu continuava afundado sobre a cabeça — pelo ar, roçando os violinos pendentes; não pude conter um berro pavoroso quando, num desses ligeiros rodopios, o véu fúnebre me tocou; como se ele coberto de negro quisesse me atrair ao abismo de sua loucura. Krespel então parou repentinamente calmo, e me falou com seu tom dissonante:

— Filhinho, filhinho! Por que você está chorando nesse desespero, será que viu o anjo da morte? Eis o que deve preceder toda e qualquer cerimônia, rapazinho.

Dirigiu-se ao centro do aposento, desembainhou o arco, segurando-o então com ambas as mãos acima da cabeça, o quebrou em pedacinhos. Dando gargalhadas estrepitosas, exclamou:

— Dessa maneira o arco se partiu sobre minha cabeça, não é mesmo? Condenado? Eu? Pelo contrário. Estou livre! Livre! Não fabricarei mais violinos! Viva, estou livre!

Assim cantava o Conselheiro Krespel, em melodia alegre e sinistra, saltitando mais uma vez sobre um pé só. Aterrorizado com a cena espalhafatosa, quis escapulir rapidamente, mas ele me deteve, dizendo:

— Fique, senhor Estudante! Não tome por alucinação as explosões da dor que me cinde como uma tortura mortal, isso me sucede porque há pouco tempo confeccionei para mim um robe de chambre com o qual eu almejava o aspecto do destino, ou do próprio Deus!

Passou a tagarelar um monte de asneiras horripilantes e confusas até tombar completamente exausto; ao meu apelo acorreu a velha governanta e fiquei contente quando, enfim, me encontrei ao ar livre. Nem um instante eu duvidei que ele enlouquecera de vez, mas o professor, todavia, insistia em afirmar o contrário:

— Há pessoas, cuja natureza ou destino caprichoso as despojou da máscara, sob a qual nós aprontamos nossa folia sem sermos vistos. Assemelham-se aos insetos nos quais o tegumento é tão diáfano que parecem disformes no jogo ligeiro e visível dos músculos, embora retornem logo ao aspecto normal. O que em nós permanece no âmbito do pensamento, em Krespel transforma-se em ato. A amarga ironia que nosso espírito, prisioneiro vitalício da atividade terrestre, é tentado a exprimir, Krespel traduz em gestos insensatos e cabriolas grotescas. São seus para-raios. O que provém da terra, ele devolve a ela, mas sabe sorver o que é divino. Portanto, acredito que em consciência seja perfeitamente são, malgrado a aparente insensatez que salta aos olhos. A morte repentina de Antonie com certeza o deixou acabrunhado, mas aposto que amanhã ele já terá readquirido o humor peculiar.

Quase tudo se passou conforme as previsões do professor. No dia seguinte, o conselheiro aparentava ser o mesmo de sempre, salvo pela declaração de não querer mais fabricar violinos ou tampouco voltar a tocar. Manteve a promessa, segundo eu soube mais tarde.

As alusões do professor fortaleceram minha convicção íntima de que o relacionamento entre Antonie e o conselheiro, mantido cuidadosamente em sigilo, e, além disso, a própria morte da moça tão jovem poderiam talvez constituir para ele culpa penosa e inexpiável. Não queria deixar H. sem lhe expor o crime que eu deduzia, queria comovê-lo até o fundo da alma, a fim de obter a compulsória confissão franca do sórdido ato.

Quanto mais eu refletia, mais me convencia de que Krespel deveria ser um celerado, mais ardente e incisiva tornava-se a eloquência que por si mesma se estruturava em meu pensamento como verdadeira obra-prima retórica. Assim munido e inflamado, dirigi-me à casa do conselheiro.

Encontrei-o absorto a tornear brinquedos, com a fisionomia tranquila e benévola. Iniciei o ataque:

— Como pode haver um momento de paz em sua alma, quando a lembrança da pérfida ação deveria afligi-lo como a mordida da serpente?

Ele olhou-me estupefato, pousou de lado o formão:

— Como assim, meu caro? Faça o favor de sentar-se naquela poltrona!

Mas eu prossegui afoito, me empolgando cada vez mais, quase o acusava de ter assassinado Antonie, o ameaçava com a vingança da força divina. Jurista recém-investido que era, muito imbuído de minhas novas funções, cheguei ao ponto de assegurar-lhe que tomaria todas as medidas cabíveis para investigar a verdade e colocá-lo ainda na Terra ante o juízo final.

Fiquei bastante desconcertado, na verdade, porque após minha pomposa e violenta explanação, o conselheiro continuou me olhando com olhos arregalados sem dizer uma só palavra, esperando que eu continuasse a falar.

De fato ainda procurei fazê-lo, mas me expressei de maneira estúpida, realmente soou tão ridículo que achei melhor calar a boca. Krespel deleitava-se ante meu embaraço, um sorriso de malícia assomou-lhe ao rosto. Mas logo recobrou a gravidade e me respondeu em tom solene:

— Jovem rapaz, talvez você me considere um sujeito idiota, desvairado, isso posso lhe perdoar, porque somos ambos prisioneiros do mesmo hospício. Se me censura somente por eu me arrogar ser Deus Pai, então você se julga a si mesmo Deus Filho; mas como pode querer se imiscuir numa existência penetrando em fibras tênues e recônditas, se isso não lhe diz respeito e na ignorância deveria manter-se? Antonie morreu, o mistério foi revelado.

Krespel tomou fôlego, se levantou e caminhou pelo gabinete algumas vezes para lá e para cá. Ousei pedir uma explicação; ele me encarou fixamente, tomou minhas mãos entre as suas e conduziu-me até a janela, abrindo-a em par. Debruçado sobre os cotovelos, inclinando-se para o lado de fora e olhando o jardim, nessa postura ele me contou a história de sua vida. Quando terminou, saí comovido e envergonhado.

Eis, portanto, em breves pinceladas a história de Antonie. Há vinte anos, o gosto elevado à paixão pela pesquisa e aquisição dos melhores violinos fabricados por grandes mestres luthiers levou o conselheiro a visitar a Itália. Na ocasião, ele não fazia os próprios instrumentos, e se abstinha ainda de desmontar os antigos. Em Veneza, ouviu a famosa cantora Angela, estrela que, então, brilhava num dos principais papéis no Teatro di S. Benedetto. Seu entusiasmo não se destinava unicamente à arte que a Senhora Angela exercia na verdade de maneira magistral, mas também à sua beleza angelical.

O conselheiro procurou conhecê-la e, apesar da rudeza e dos modos bizarros, graças ao jeito cômico e ao surpreendente talento ao violino, conseguiu conquistá-la inteiramente. À união seguiu-se logo o casamento que não foi divulgado, porque Angela não pretendia renunciar ao teatro nem à reputação do seu célebre nome de cantora, ao qual se negava a acrescentar o pouco harmonioso Krespel.

O conselheiro me descreveu com ironia diabólica como a Senhora Angela após as bodas passou a martirizá-lo e torturá-lo. Todo o egoísmo, todos os caprichos de todas as primas-donas, como ele contou, semelhavam convergir na miúda figura de Angela. Quando o marido tentava impor uma posição, ela lhe lançava ao pescoço um batalhão de abades, maestros e acadêmicos que, por ignorarem as verdadeiras relações entre ambos, tomavam-no por um amante intolerável e descortês, incapaz de se render aos amáveis rogos da senhora.

Justamente após uma cena tumultuosa, Krespel se refugiara na residência campestre de Angela, e esquecia as mágoas do dia improvisando com o violino de Cremona. A mulher, que viera atrás dele, não tardou a entrar na sala. Estava bem-humorada, fazia o papel de carinhosa, e abraçando o conselheiro com doce langor pousou a cabeça sobre seus ombros. Absorto no êxtase de sua harmonia musical, ele seguiu tocando, causando trepidações nas paredes, e, involuntariamente, ao fazer um movimento brusco com o arco, atingiu-a em cheio. Ela recuou furiosa:

— Besta tedesca! — o insultou, e tirando o violino das mãos do marido o quebrou sobre o mármore em mil pedaços.

Krespel ficou perplexo com a atitude da esposa, paralisado diante dela tal qual uma estátua, mas, em seguida, como se acordasse de um sonho, pegou a dama com força sobre-humana e jogou-a pela janela do pavilhão para o lado de fora e fugiu, sem atribuir a menor importância à sua conduta, para Veneza, depois para a Alemanha. Mais tarde é que se deu conta claramente do que fizera e se preocupou — embora a altura da janela ao solo não superasse cinco pés e a necessidade de atirar Angela pela janela, em vista das circunstâncias, lhe parecesse evidente —, sentiu-se atormentado por uma agitação torturante, tanto mais que ela insinuara a possibilidade de estar grávida.

Não ousava buscar informações, até que oito meses mais tarde, para sua grande surpresa, recebeu uma carta bem terna da querida esposa, na qual ela não mencionava o episódio da casa campestre, mas anunciava o nascimento de uma adorável filhinha, apondo o pedido cordial para que o *marito amato e padre felicissimo*[88] retornasse a Veneza quanto antes. Entretanto ele não o fez, tratou em vez disso de investigar detalhes por intermédio de um amigo de confiança. Soube que Angela, naquele dia, pousara no gramado macio com a leveza de um pássaro; a queda, o tombo aparentemente não causara tampouco sequelas psíquicas. Após a heroica atitude de Krespel, segundo o amigo, ela se transformara radicalmente; não demonstrava mais vestígios de caprichos, de luxos aborrecidos e de qualquer tormento; por isso o Maestro que compunha para o carnaval era o homem mais feliz da face da Terra, pois a estrela queria cantar suas árias sem as centenas de mimosas alterações que habitualmente impunha. A propósito, concluía o amigo, era preciso silenciar cuidadosamente a causa da cura de Angela, porque senão todos os dias se veriam cantoras voando defenestradas. Muito emocionado, Krespel encomendou cavalos, subiu ao coche:

— Alto! — comandou de repente.

— Quem sabe — pensou — se não bastará eu surgir para o espírito maligno readquirir vigor e poder sobre Angela? Pela janela eu já a joguei uma vez. Qual será meu recurso na próxima vez?

Desembarcou do coche, redigiu mui terna carta à esposa convalescente, na qual fez cortesmente alusão à gentileza que ela testemunhava ao expressar orgulho pelo fato de a filha assim como o pai ostentar similar sinal minúsculo no lóbulo da orelha. E permaneceu na Alemanha.

---

88. *Marito amato e padre felicissimo*: marido amado e pai felicíssimo.

A troca de correspondência prosseguiu animada de ambas as partes. Declarações de amor — convites — queixas de saudade — desejos vãos — esperanças e assim por diante voavam de lá para cá e vice-versa, de Veneza para H., de H. para Veneza. Angela veio finalmente para a Alemanha, conquistou brilhante carreira de prima-dona, como se sabe, no grande Teatro de F***. Embora não fosse mais tão jovem, conquistava a todos com o arrebatamento irresistível de seu canto mágico. A qualidade da voz se mantinha inigualável. Antonie crescera nesse ínterim, e a mãe não cessava de descrever ao pai que a filha se tornaria uma cantora de primeira grandeza.

Por sua vez, os amigos de Krespel vinham dizendo a mesma coisa, insistindo para que viesse a F***, nem que fosse uma vez, a fim de admirar o raro fenômeno de duas cantoras sublimes. Eles não tinham, contudo, noção da íntima relação do conselheiro com tais estrelas.

Krespel realmente queria ver de perto a filha que amava de todo o coração e que tantas vezes lhe aparecia em imagens de sonho; mas tão logo se lembrava da esposa sentia uma indisposição estranha e preferia permanecer sentado em casa entre os violinos em frangalhos.

Você provavelmente já ouviu falar do jovem e promissor compositor B... de F***, que de repente sumiu sem deixar rastros — talvez já o tenha conhecido pessoalmente? Ele se apaixonou por Antonie com tanta devoção, que, tendo em vista que a moça correspondia ardentemente ao seu amor, não tardou a pedir à mãe que consentisse no casamento, união que a arte consagrava. Angela não colocou empecilhos e o conselheiro acedeu, sobretudo pelo fato de que as composições do jovem mestre tinham passado pelo crivo de seu rigoroso julgamento.

Krespel pensava estar recebendo novidades sobre o casamento, mas em vez disso veio uma carta sobrescrita por mãos desconhecidas, fechada com um lacre negro. O Doutor R... comunicava a Krespel que Angela caíra gravemente enferma em consequência de um resfriado contraído no teatro, e morrera justamente na véspera do dia em que deveria ser realizada a cerimônia de casamento. A ele, ao médico, Angela confidenciara ser Krespel seu marido bem como pai da moça Antonie; pedia que viesse com urgência encarregar-se da órfã.

Por mais que se sentisse abalado pelo falecimento de Angela, logo teve a impressão de que um elemento perturbador e sinistro saíra enfim de sua vida, lhe permitia respirar livremente.

Krespel partiu no mesmo dia para F***. Você não pode imaginar quão comovente foi a maneira como o conselheiro me descreveu o momento quando viu Antonie. Independentemente de seu curioso estilo de se expressar, há inerente nele uma potência singular de evocação. Antonie partilhava toda a amabilidade e a graça de Angela, mas sem o odioso reverso da medalha. Não era o tipo de pessoa ambígua que sem mais nem menos feria as pessoas.

O jovem noivo estava presente; Antonie, em sua sensibilidade delicada, compreendia intimamente o caráter do pai, cantou um daqueles adoráveis motetes[89] do velho Padre Martini[90], sabendo que o conselheiro, nos dias mais florescentes de amor precisava incessantemente cantarolá-los. Krespel verteu muitas lágrimas, nem mesmo Angela cantara daquele jeito. A voz de Antonie tinha um timbre bastante particular e distinto, semelhante ao sopro da harpa eólia[91], bem como ao gorjeio do rouxinol. Era inconcebível que tais sons fossem gerados no peito humano. Antonie, ardente de amor e contentamento, cantou as árias mais lindas, e B... a acompanhava, como só os eleitos pelo êxtase sabem fazê-lo.

---

89. Motete é a composição polifônica de caráter religioso ou profano a várias vozes (com ou sem acompanhamento de instrumento), cada uma com ritmos e textos próprios.
90. Padre Martini (1706-1784) foi um religioso italiano, compositor, célebre pela erudição.
91. Harpa eólia é um instrumento musical constituído por caixa sonora com seis ou oito cordas afinadas num mesmo tom, e soa quando exposta a uma corrente de vento.

Krespel, a princípio, fluía enlevado pela harmonia dos sons, depois passou a refletir ensimesmado, taciturno. Finalmente levantou-se num átimo de segundo, apertou a filha contra o peito e suplicou com voz baixa e grave:
— Não cante mais, se me ama! Me oprime a alma, a angústia, não cante mais!

— Não, pois quando ela cantava — contava o conselheiro no dia seguinte ao Doutor R... —, eu percebi a vermelhidão concentrando-se em duas manchas rubras sobre as pálidas bochechas, não se tratava mais de uma simples semelhança familiar, era um sintoma que eu receava!

Gesticulando com cautela, o médico exprimia desde o início da consulta a mais profunda preocupação:
— Pode ser que isso tenha se originado de uma fadiga precoce devida ao canto, ou se deve à natureza... Enfim, Antonie sofre de um problema de constituição orgânica no peito, e isso justamente confere à sua voz a potência magnífica e o estranho timbre, eu diria mesmo incomparável na esfera do canto humano. Mas até mesmo a morte pode ser consequência dessa faculdade, pois se ela continuar cantando, nesse caso eu creio que viverá no máximo mais seis meses.

O conselheiro sentiu imediatamente cem espadas perpassando-lhe o coração. Era como se pela primeira vez uma frondosa árvore viesse estender sobre sua vida as florescências viçosas, mas logo devesse ser cortada definitivamente, pela raiz, para nunca mais voltar a verdejar e florir. Sua decisão estava tomada!

Ele contou tudo a Antonie. Colocou-a ante o dilema de seguir o noivo e ceder às seduções de B... e também mundanas para fenecer em breve, ou se devotar ao pai, proporcionar-lhe a paz e a alegria que ele jamais gozara e viver ainda muitos anos. Antonie caiu nos braços do pai num choro convulsivo, ele não desejava nenhuma resposta precisa naquele instante, pressentia o sacrifício imenso que o futuro haveria de exigir.

Krespel falou com o noivo, e malgrado o moço asseverasse que nunca mais um som musical soaria dos lábios de Antonie, o conselheiro sabia, naturalmente, que mesmo B... não resistiria à tentação de ouvi-la cantar, menos ainda as árias de sua autoria. Além dele, a sociedade, o público musical se fosse instruído do mal de Antonie não renunciaria, apesar de tudo, às suas exigências e aspirações, porque a esse público, egoísta e cruel, só interessa o próprio prazer.

O conselheiro fugiu, portanto, de F*** com a filha e veio para H. B. recebeu desesperado a notícia da partida da noiva. Seguiu seus traços, alcançou o conselheiro e chegou junto com eles a H. Antonie suplicava:

— Revê-lo uma vez mais e então morrer!

— Morrer? Morrer? — indagava o conselheiro exaltado por cólera selvagem, um calafrio aterrador percorrendo seu íntimo.

A filha, a única criatura no mundo a despertar nele o prazer de viver até então desconhecido, a única a reconciliá-lo com a vida, apartava-se violentamente do seu coração, ele parecia aspirar ao cumprimento daquele fado sinistro.

B. sentou-se ao piano, Antonie cantava, Krespel tocava alegre o violino até o instante em que percebeu as manchas rubras surgindo no rosto de Antonie. Mandou parar a música. Ao se despedirem, exausta, Antonie soltou um grito agudo e caiu desfalecida.

— Acreditei (assim contou-me Krespel) que ela estivesse de fato morta conforme eu já previra e, como me sentia responsável, me mantive calmo e sereno. Entretanto, peguei pelos ombros B., que no assombro apresentava aspecto impassível e ar de tolo, e lhe disse: "Meu digno pianista virtuoso, eis concretizado seu desejo e sua intenção de matar a própria noiva querida, por isso pode seguir em paz, a menos que se sinta obrigado a permanecer, esperando meu afiado facão fincar-lhe o peito, para que minha filha, como você vê, bem pálida, adquira um pouco de cor pela efusão do seu precioso sangue. Corra, suma daqui, pois eu poderia ainda atirar-lhe um punhal às costas!" Ao proferir o ultimato, meu aspecto deveria ser horrendo, pois com um pranto lancinante da mais profunda tristeza ele correu vertiginosamente, soltando-se de minhas mãos em direção à porta, escada abaixo.

Após a fuga de B., quando o conselheiro quis ajeitar o corpo de Antonie que jazia inane, com longo suspiro ela entreabriu os olhos, voltou a cerrá-los, como se estivesse mesmo morrendo. Krespel começou então a chorar alto, num lamento doloroso e desconsolado. O médico chamado pela governanta explicou a condição de saúde da moça como uma crise aguda, mas que não representava maiores riscos, e de fato Antonie se restabeleceu mais rápido do que o conselheiro ousava esperar. Após o episódio, ela curvou-se com amor filial ante Krespel; aceitou suas preferências diletas — seus caprichos e maluquices. Ajudava-o a desarmar violinos antigos e a colar novos. Sempre que alguém insistia para que cantasse e ela recusava, confessava depois ao pai, com um sorriso meigo:

— Não quero mais cantar, mas viver para você!

O conselheiro procurava tanto quanto possível poupar Antonie desses constrangimentos, e por isso evitava que ela fizesse contatos sociais e, rigorosamente, ouvisse qualquer espécie de música. Ele sabia, sem dúvida, como devia ser doloroso para ela renunciar completamente à arte a qual elevara à suprema perfeição.

Quando Krespel comprou o precioso violino de Cremona e quis dissecá-lo, a filha o olhou, decepcionada, e rogou num suave tom de súplica:

— Este também?

Ele não soube que força desconhecida o obrigou a deixar o violino intacto e a tocá-lo. Mal tirara os primeiros acordes, ela exclamou animada e feliz:

— Ah! Sou eu! Voltei a cantar!

Os sons argentinos do instrumento possuíam realmente uma peculiaridade mágica, pareciam originar-se do peito humano. Profundamente emocionado, Krespel tocou de forma mais admirável que nunca, e quando o som subia e descia em movimentos audaciosos, aos quais dedicava toda sua energia e seu talento musical, então Antonie batia palmas de júbilo e dizia enlevada:

— Ah! Como cantei bem, como cantei bem!

A partir daquela época, sobreveio um período de calma e serenidade em sua vida. Com frequência, ela lhe pedia:

— Pai, eu queria cantar!

Krespel retirava o violino da parede e tocava para a filha as mais belas canções, alegrando-a imensamente do fundo da alma. Pouco antes da minha chegada a H., o conselheiro teve a impressão de estar ouvindo alguém tocando o piano no aposento contíguo, logo distinguiu nitidamente que B. preludiava em seu estilo habitual. Quis levantar-se, mas sentiu sobre si um fardo pesado, como se estivesse encadeado por correntes de ferro, incapaz de erguer-se ou mover-se. Antonie começou a cantar notas em surdina, sussurrando-as aveludadas, ampliando-as gradualmente para um estrepitoso *fortissimo*, e então configurou as maravilhosas notas da arrebatadora canção que B., outrora fiel aos cânticos religiosos dos antigos mestres, compusera especialmente para ela. Krespel confessou-me que estivera numa condição inefável, pois ao medo pavoroso mesclava-se o supremo e inexprimível gozo. De súbito, teve uma visão bem clara, B. e Antonie, ternamente abraçados se olhando plenos de um abençoado encantamento. Os acordes da voz e das notas ao piano prosseguiam perceptíveis, sem que ela aparentemente cantasse ou B. tocasse. O conselheiro caiu num estado de torpor no qual se esvaíram a imagem e os sons. Ao despertar, experimentava ainda a mesma sensação terrível de angústia, como no sonho. De um salto, alcançou o quarto de Antonie. A moça jazia estendida sobre o sofá, de olhos fechados, o suave semblante sorridente, as mãos postas como se dormisse e sonhasse com felicidade e bem-aventurança celestes. Mas estava morta.

O Quebra-Nozes e o Rei dos Camundongos[92]

Noite de Natal

Durante todo o dia 24 de dezembro, os filhos do Doutor Stahlbaum não deviam de modo algum espiar a sala, muito menos o salão. Num canto da afastada saleta, Fritz e Marie estavam acocorados — o crepúsculo profundo tombara — e enfadados, pois ninguém se preocupara em lhes trazer luz ao anoitecer conforme era costume na noite de Natal.[93]

Fritz contou muito em surdina um segredo à jovem irmã — ela acabara de completar sete anos: desde cedo estava escutando murmúrios, ruídos e leves batidas vindos das salas fechadas. Ele também disse ter visto ainda havia pouco um homem baixo e moreno passar pé ante pé pelo corredor com uma grande caixa debaixo do braço. Nesse caso, porém, o menino sabia que se tratava do Padrinho Drosselmeyer.

Marie, então, bateu palmas de alegria e exclamou:

— Ah! Que coisa linda o padrinho nos preparou dessa vez?

O Magistrado Drosselmeyer não era precisamente o que se chama de homem bonito, era apenas um sujeito franzino e magro, com muitas rugas no rosto e, no lugar do olho direito, tinha um grande tapa-olho preto. Tampouco tinha cabelos, razão pela qual usava uma linda peruca branca feita de fios de cristal, uma obra-prima.

---

92. "Nußknacker und Mausekönig." In: *Die Serapionsbrüder* (Os irmãos Serapião). In: *E.T.A. Hoffmann*, Frankfurt am Main, Insel Verlag, 1967. p. 296-351.

93. Dentro do livro *Illustrierte Aufsätze* (Composições ilustradas), Walter Benjamin incluiu o texto "Die Weihnachtspyramide — die Vorgängerin des Weihnachsbaumes" (A pirâmide de Natal — a precursora da árvore de Natal). À legenda de uma ilustração ele explica que uma pequena árvore de Natal era trazida do exterior já com as velinhas acesas para dentro da sala, o que era um sinal de que se podia começar a abrir os presentes. In: Tiedermann e outros (org.). *Walter Benjamin — Gesammelte Schriften* IV-2, Frankfurt am Main, Suhrkamp, 1991. p. 624.

O próprio padrinho era, em geral, um homem bastante habilidoso e que entendia muito sobre relógios, pois até os fabricava.

Quando um dos belos relógios da casa da Família Stahlbaum adoecia e não podia cantar, Padrinho Drosselmeyer tirava a peruca de fios de cristal e o casaco amarelo, vestia o avental azul e começava a pinçar o relógio com instrumentos pontiagudos, de maneira que Marie até imaginava as dores do coitado. Mas não lhe causava mal algum, muito antes o contrário, lhe devolvia a vida, fazendo-o logo soar, bater, cantar, e provocando uma grande alegria nas crianças.

Quando os visitava, o padrinho trazia no bolso algum objeto bonito para oferecer: ora um boneco que virava os olhos e fazia reverências cômicas, ora uma caixa donde saltava um passarinho, ora outra surpresa.

Para o Natal, contudo, ele sempre construía algum engenho artístico e mais trabalhoso, razão pela qual esses grandes presentes eram logo guardados com muito cuidado pelos pais.

— Ah! Que coisa linda o padrinho nos preparou dessa vez? — perguntava-se a menina.

Fritz achava que dessa vez não ganharia outra coisa que não fosse uma fortaleza, na qual vários tipos de formosos soldadinhos marchavam para lá e para cá e se exercitavam. Todos os soldados precisariam retornar em seguida à fortaleza, mas, lá de dentro, outros bravos soldados atirariam para fora com canhões, fazendo o ar zunir e estalar para valer.

— Não, não! — interrompia Marie. — O Padrinho Drosselmeyer falou-me sobre um lindo jardim no qual haveria um grande lago onde nadavam cisnes maravilhosos com coleiras de ouro, cantando as mais encantadoras canções. Então uma menina sai do jardim e aproxima-se do lago. Ela atrai os cisnes e os alimenta com marzipã.

— Cisnes não comem marzipã! — interveio Fritz um pouco rude. Além disso, o padrinho não poderia construir um jardim inteiro. E nós, na verdade, nunca aproveitamos nada dos brinquedos que ele constrói, pois logo nos são tomados, nem podemos tocá-los. Para falar a verdade, eu prefiro os presentes que papai e mamãe nos dão: desde que sejamos cuidadosos, podemos brincar com eles quanto quisermos.

As crianças continuaram a imaginar qual seria a surpresa da vez. Marie comentou que a Senhorita Tristana — a boneca grande — estava muito mudada e desajeitada, caía a todo minuto no chão, esses tombos lhe marcaram o rosto, bem como as roupinhas que de alinho nada mais tinham. Zangar não adiantava. Mamãe também sorrira ao perceber que ela gostara da sombrinha de Gretchen.

Fritz, por sua vez, estava sentindo falta de um bom alazão para sua cavalaria, assim como de cavalos comuns para suas tropas, e papai já sabia disso.

Na verdade, eles tinham certeza de que os pais lhes haviam comprado uma variedade de presentes lindos, que ora colocavam em exposição. Acreditavam também que o Menino Jesus estaria ali ao seu lado, contemplando-as com um olhar ingênuo, amigo e bondoso; os presentes natalinos, como sabiam, eram como se fossem tocados por mãos abençoadas, e proporcionavam alegria como nenhum outro. Assim lembrava Luise, a irmã mais velha, aos pequenos, ainda a cochichar sobre brinquedos e presentes. Ela acrescentou que, por conhecer os sonhos das crianças melhor que as próprias, o Menino Jesus através dos pais sempre trazia objetos almejados. Não era preciso ficar desejando isso e aquilo, só aguardar quietas e devotas quanto lhes coubesse. A pequena Marie ficou pensativa, mas Fritz ainda expressou em voz alta:

— Na verdade eu gostaria é de ganhar um alazão e um pelotão de soldados hussardos.[94]

Escurecera por completo. Fritz e Marie, encostados um no outro, não ousavam dizer mais nada. Sentiram asas delicadas volutenado em torno deles, e escutaram uma música maviosa vinda de bem longe. Um forte clarão refletiu-se na parede, e então os dois souberam que naquele momento o Menino Jesus passara por eles em nuvens cintilantes em direção a outras crianças felizes.

---

94. Hussardo: soldado de cavalaria ligeira na França e na Alemanha.

Nesse mesmo instante, ouviram um nítido tinido do sino argentino:
— Kling-kling! Kling-kling!
As portas se abriram de par em par, e do salão refulgiu intensa luz.
— Ah! — exclamaram as crianças aos gritos, e permaneceram extasiadas no umbral, paralisadas. Mas papai e mamãe vieram buscá-las pelas mãos.
— Venham, venham, queridas crianças! Vejam o que o Menino Jesus deixou para vocês!

Os presentes

Eu me dirijo a você, meu caro leitor ou ouvinte Fritz, Theodor, Ernest, seja lá como se chama. Peço-lhe que você se recorde da sua última decoração natalina com belos e coloridos presentes. Então lhe será possível imaginar como os dois irmãos com olhos brilhantes emudeceram e ficaram boquiabertos, e também como Marie depois suspirava:
— Ah! Que lindo! Que lindo!
E Fritz tentou dar algumas piruetas de tanta alegria, e os saltos no ar até lhe saíram muito bem.
Mas as crianças devem ter sido bem obedientes e bondosas durante aquele ano, pois nunca haviam recebido tantos presentes bonitos e maravilhosos como dessa vez. O grande pinheiro de Natal no meio do salão estava repleto de maçãs douradas e prateadas. Como brotos e floradas germinavam, de todos os galhos, amêndoas açucaradas, balas coloridas e tudo o mais que existe de doces gostosos. É preciso, porém, enaltecer o que havia de mais belo na maravilhosa árvore de Natal: em seus galhos escuros cintilava uma centena de luzinhas como pequenas estrelas, e a árvore mesma — com seu intermitente e itinerante fulgor — parecia convidar gentilmente as crianças a colher frutos e florescências. Em torno dela tudo reluzia e resplandecia: que indescritível variedade de lindas surpresas!

Marie logo viu as finas bonecas, todo tipo de utensílios domésticos minúsculos e também o elegante vestido de seda com fitas multicores belamente adornadas, dependurado numa arara. Era possível contemplá-lo de todos os lados, e ela prontamente o fez:
— Ah! Que beleza! Que vestido lindo, maravilhoso; esse eu quero experimentar logo, logo!

Nesse ínterim, Fritz já galopara e trotara umas três ou quatro vezes ao redor da mesa com o alazão que ali encontrara atrelado. Ao apear novamente, afagou o dorso do animal e disse que aquela besta selvagem ainda precisava ser domada. Em seguida, inspecionou o novo pelotão de vistosos hussardos em vermelho e dourado, portando arminhas prateadas e montando cavalos brancos e brilhantes como se fossem de pura prata.

Um pouco mais tranquilas, as crianças já estavam prestes a mergulhar na leitura dos livros ilustrados ali expostos, todos abertos e mostrando desenhos de flores lindas e pessoas diversas, como também crianças brincando, pintadas com tamanha naturalidade, como se vivessem e falassem de fato. E justamente quando elas começaram a se entreter com esses livros bonitos, ouviu-se mais uma vez o toque do sino de prata. Elas sabiam que era a vez do Padrinho Drosselmeyer presenteá-las, e correram em direção à outra mesa que estava encostada na parede. De súbito, foi retirado o biombo que protegera o presente durante todo esse tempo. Que incrível visão!

Lá estava um magnífico castelo com muitas janelas espelhadas e portas douradas erguido sobre uma relva bem verde e toda salpicada de florezinhas multicores. Ouviu-se um suave repique de sinos, as portas e janelas abriram-se e deixaram ver delicadas figuras de cavalheiros e damas, com chapéus de plumas e vestidos de gala, caminhando dentro do castelo. No salão central, que até se assemelhava em chamas tal era a luminosidade dos lustres prateados, crianças dançavam com túnicas e saiotes ao som de música de campânulas. Um cavalheiro de paletó verde-esmeralda assomava de vez em quando a uma janela, acenava e se afastava novamente.

Outro, similar ao próprio Padrinho Drosselmeyer, mas pouco maior que o polegar do papai, chegava às vezes à porta do castelo, às vezes entrava, chegava à porta, entrava.

Com os braços apoiados sobre a mesa, Fritz contemplava atentamente o lindo castelo, e os bonequinhos dançando e passeando.

— Padrinho Drosselmeyer, deixe-me entrar no seu castelo!

O magistrado explicou-lhe que isso não era possível de jeito nenhum. Ele tinha razão. Lógico que era bastante ingênuo da parte de Fritz querer entrar no castelo, o qual, com as torrezinhas, não chegava a ser do tamanho dele. Fritz se convenceu. Depois de algum tempo, como os cavalheiros e as damas continuassem sempre da mesma maneira a passear, as crianças a dançar, o homem de paletó verde-esmeralda a surgir, Padrinho Drosselmeyer a assomar à porta da mesma maneira, Fritz foi perdendo a paciência:

— Padrinho Drosselmeyer, saia dessa vez pela porta de trás.

— Não tem jeito, querido Fritz.

— Então deixe o homem que espia pela janela caminhar com os outros.

— Isso tampouco dá certo! — respondeu o magistrado.

— Então faça as crianças descerem. Eu quero vê-las de perto.

— Ah! Não dá para fazer isso... — respondeu o magistrado aborrecido. — O mecanismo está programado dessa maneira, e assim precisa permanecer.

— Aaaaah, mesmo? Escute, padrinho, se as pequenas figuras enfeitadas do seu castelo não podem fazer outra coisa além disso, então elas não servem para nada e não me interessam. Quer saber? Nesse caso, eu prefiro ficar com meus soldados, que fazem manobras adiante e atrás, como eu quiser, e não estão presos numa casa.

Com isso, Fritz retornou à outra mesa e deixou seu esquadrão trotar e girar, lutar e atirar à vontade. Marie também saiu de mansinho quando começou a se enfastiar do passeio e da dança dos bonequinhos no castelo. Como era uma menina educada e bondosa, não queria, contudo, se fazer notar e ser grosseira como o irmão.

Bastante melindrado, o magistrado comentou com os pais:
— Esse engenho não é para crianças ignorantes, vou empacotar meu castelo novamente.

Mas a senhora Stahlbaum interveio e pediu para ver a estrutura interna e a engrenagem artística que permitia o movimento das pequenas figuras. O magistrado desmontou e montou tudo mais uma vez. Aos poucos ele voltou ao seu jeito amigável e ainda presenteou as crianças com bonitos homens e mulheres bronzeados com bochechas, mãos e pernas douradas. Fritz e Marie adoraram, pois aquelas figuras eram de Thorn[95] e exalavam cheiro delicioso e agradável de pão de mel.[96]

A pedido da mãe, a irmã Luise experimentara o lindo vestido novo, que lhe caiu muito bem. Quando perguntaram à caçula se ela também queria provar o seu, Marie pediu para admirá-lo ainda um pouco mais, e os pais permitiram com prazer.

O protegido

Marie ficou brincando em frente à mesa de Natal, porque descobrira algo que ainda não chamara a atenção de ninguém. Através das fileiras dos soldadinhos hussardos de Fritz perfilados junto à árvore via-se um homenzinho quieto e modesto aguardando sua vez. Certamente havia muito a dizer contra sua figura, pois assim como o tórax longo e largo era desproporcional em comparação às perninhas finas, a cabeça também parecia grande demais. Os trajes ajudavam muito, pois através deles denotava-se uma pessoa alinhada e de bom gosto. Ele vestia bela jaqueta de hussardo violeta cintilante com vários cordões e botões brancos, bem como calças e as mais

---

95. Figuras de Thorn: confeitos provenientes da cidade de Thorn (antiga Prússia, atual Polônia).
96. Pão de mel: *Pfefferkuchen* (literalmente, "bolo de pimenta") é, na verdade, uma espécie de pão de mel fortemente temperado. Apesar do nome *Pfeffer*, ele não contém o condimento pimenta. A explicação remonta provavelmente à Idade Média, quando todos os temperos exóticos e desconhecidos, usados para o *Pfefferkuchen* (canela, cravo, coriandro, etc.), eram assim denominados.

belas botinhas que já chegaram aos pés de um estudante ou mesmo de um oficial militar. Bastante ajustadas às perninhas finas, davam a impressão de serem pintadas.

Mas cômico era esconder a roupa marcial imponente sob touca de mineiro e gabardina leve, ao que tudo indicava, de madeira. Nisso, ocorreu a Marie que o Padrinho Drosselmeyer também vestia indumentária matinal bastante desajeitada e touca escandalosa, não obstante era um padrinho deveras afável. Marie ficou pensando, no entanto, e concluiu o seguinte: mesmo se se vestisse com esmero tal qual o pequeno, o padrinho jamais chegaria a ser tão lindo. Quanto mais observava o simpático homenzinho, que amara à primeira vista, ela descobria aos poucos mais e mais traços de bondade estampados em seu rosto. Os claros olhos verdes, um pouco grandes e pronunciados demais, apenas irradiavam amizade e benevolência. A barba de algodão branco aparada no queixo lhe ficava muito bem, pois fazia ressaltar o amável sorriso de sua boca bastante vermelha.

— Ah, querido papai! A quem pertence aquele homenzinho do lado da árvore?

— Ele, querida criança, há de trabalhar arduamente para todos vocês; deve quebrar as duras nozes para toda a família e pertence igualmente a Luise, a você e ao Fritz.

Com isso, o pai ergueu o homenzinho da mesa com cuidado e, ao levantar a capa de madeira, ele escancarou a boca mais e mais, expondo duas fileiras de dentes muito alvos e afiados. Marie, a pedido do pai, colocou uma noz ali dentro e — crec! — o homem a mordeu, as cascas caíram e deixaram na mão de Marie a saborosa castanha. Então todos souberam, e ela também, que o pequeno e elegante homenzinho provinha dos povos quebradores de nozes e desempenhava a profissão de seus antepassados.

Ela regozijou alto de alegria.

— Se você gosta mesmo do amigo Quebra-Nozes, querida Marie — aconselhou o pai —, nesse caso você é que vai guardá-lo e protegê-lo bem, independentemente de, como eu disse, Luise e Fritz terem igual direito a usá-lo.

Marie o tomou imediatamente nos braços e o encarregou de trincar diversas nozes, tendo o cuidado, porém, de escolher as menores, a fim de que o boneco não precisasse escancarar tanto a boca, porque isso na verdade não lhe convinha muito. Luise veio se juntar à irmã, para ela também o amigo Quebra-Nozes precisou prestar seus serviços, mas o pobre demonstrava fazê-lo com prazer, tendo em vista seu sorriso sempre amigável. Nesse meio-tempo Fritz cansou-se de volteios e cavalgadas e, ao ouvir tantos barulhos de nozes sendo quebradas, correu para perto das irmãs e pôs-se a rir daquele boneco atarracado e engraçado. Como ele também quisesse comer nozes, e o Quebra-Nozes passasse de mão em mão aparentemente sem querer mais parar de abrir e fechar a boca, Fritz escolhia sempre nozes maiores e mais duras, até que, num certo momento, aconteceu: crec, crec! — três dentinhos caíram da boca do homenzinho, seu queixo soltou-se e ficou bambo. Marie o pegou das mãos de Fritz e soluçou alto:

— Ah, meu pobre e querido Quebra-Nozes!

— Esse sujeito é bem bobo. Quer ser Quebra-Nozes sem ter dentadura apropriada — sinal de que não entende nada do ofício. Dê-me aqui esse boneco, Marie. Ele precisa quebrar algumas nozes para mim, mesmo que com isso perca os dentes restantes, até mesmo a mandíbula, assim deixa de ser imprestável.

— Não, não! Não vou lhe dar o meu querido Quebra-Nozes! — resistiu chorando a menina. — Veja só como ele me olha tristonho, mostrando-me a boquinha machucada! Ah, Fritz! Você tem coração de pedra! Bate nos seus cavalinhos, até fuzila soldadinhos!

— Ora, Marie! Brincadeira é assim mesmo — disse Fritz —, você não entende nada disso. E lembre-se: o Quebra-Nozes é tanto seu como meu, portanto me devolva!

Marie começou a chorar alto e enrolou rapidamente o Quebra-Nozes ferido num lencinho. Os pais e o Padrinho Drosselmeyer aproximaram-se das crianças e então, para grande decepção da menina, o querido amigo tomou o partido de Fritz.

— Eu coloquei o Quebra-Nozes sob a tutela de Marie — ponderou finalmente o senhor Stahlbaum. — Agora, como vejo que ele precisa justamente de proteção, doravante ela vai ter todo o direito sobre ele e ninguém precisa intervir. Aliás, muito me admira que Fritz exija esforço de um indivíduo acidentado e contundido. Como bom militar, ele deveria saber que feridos não formam fileiras.

Fritz envergonhou-se e saiu se esgueirando, sem se importar com nozes ou Quebra-Nozes, indo ao lado da mesa onde estavam seus hussardos. Esses, após a patrulha, preparavam-se para descansar. Marie juntou os dentinhos perdidos e, usando uma bela fita branca, enfaixou o queixo do ferido, cuja aparência era pálida e assustada. Cuidadosamente, enrolou em seguida o pobre pequenino como uma criancinha, embalando-o nos braços enquanto olhava as belas ilustrações do livro novo que encontrara entre os outros presentes.

A menina ficou bastante zangada, o que não era do seu feitio, quando o padrinho, caçoando muito, perguntou como ela podia ter paciência com um sujeito de tal modo feioso. Nesse momento, novamente lhe chamou a atenção a semelhança que à primeira vista percebera entre ambos:

— Quem sabe — respondeu ela bem séria —, quem sabe, querido padrinho, se você se enfeitasse como o bonequinho e calçasse botas brilhantes, quem sabe assim você pudesse ficar bonito como ele.

Marie não entendeu por que os pais rolaram de rir daquele comentário, e o magistrado, muito vermelho e sério, ficou bastante embaraçado. Deve ter tido suas razões.

Prodígios

Logo que se entra à sala de estar do Doutor Stahlbaum, junto à grande parede do lado esquerdo, há o alto armário de vidro no qual as crianças guardam os belos presentes de Natal que ganham todos os anos. Luise era ainda pequenina quando o pai encomendou o móvel a um famoso marceneiro, e o artífice empregou vidros bem claros na construção das laterais e soube montar tudo com habilidade. Os objetos tornavam-se bem visíveis, quase pareciam mais belos e brilhantes que quando nas mãos.

A prateleira superior, inacessível para Marie e Fritz, guardava os brinquedos engenhosos do Padrinho Drosselmeyer, logo abaixo ficavam os livros ilustrados; e as duas prateleiras inferiores estavam reservadas para os menores, que poderiam enchê-las à vontade. Normalmente a casa de bonecas ficava embaixo, e o quartel de Fritz na superior.

Assim igualmente estavam sendo dispostos os brinquedos naquela noite de Natal. Enquanto Fritz enfileirava seus soldados na prateleira de cima, Marie colocou de lado a Senhorita Tristana, acomodou a boneca nova na casinha bem mobiliada e se convidou também para comer um doce com ela. A habitação era bem mobiliada, como eu disse, e cada vez me convenço mais disso. Pois eu não sei se você, minha cara e atenciosa ouvinte que se chama Marie, da mesma maneira que a pequena Stahlbaum (você já soube que ela também se chama Marie), sim!, eu me pergunto se você, semelhante a ela, também possui um pequeno sofá florido, muitas poltronas delicadas, uma maravilhosa mesinha de chá e, mais lindo que tudo, uma caminha reluzente e aconchegante para bonecas?

Tudo isso ficava naquele canto do armário, cujas laterais eram até mesmo forradas com ilustrações coloridas, e a partir daí você pode ora imaginar quanto a boneca nova que, como Marie soube naquela noite, se chamava Senhorita Clara, sentia-se bem naquele aposento.

Já era tarde, quase meia-noite, e o Padrinho Drosselmeyer se fora. As crianças, contudo, não conseguiam afastar-se do armário de vidro, por mais que a mãe pedisse para finalmente irem dormir. Fritz acabou concordando:

— Está bem! Os pobres sujeitos (referia-se aos seus hussardos) querem sossego agora, e enquanto eu estiver aqui, nenhum deles ousa cochilar um pouco, isso eu sei!

Assim ele foi para o quarto de dormir. A irmã, ao contrário, insistia:

— Só mais um pouquinho, deixe-me ficar só um pouco mais, querida mamãe, porque ainda tenho tanta coisa para arrumar, quando tudo estiver pronto, aí irei imediatamente para a cama.

Marie era muito obediente e ajuizada, por isso a mãe podia deixá-la sozinha junto aos brinquedos por algum tempo, sem preocupar-se. Para evitar que a filha, no envolvimento com a nova boneca e os novos brinquedos, esquecesse a luz do lampião acesa ao lado do armário, a mãe a apagou suavemente, deixando o lustre pendente do teto, que espalhava opaca claridade.

— Não se demore acordada, querida! Se não será difícil se levantar amanhã à hora certa — recomendou a mãe, dirigindo-se ao quarto de dormir.

Ao ficar sozinha, a menina apressou-se em fazer o que pretendia, embora não soubesse por que razão o tentara ocultar da mãe. Durante todo o tempo, mantivera em seus braços o Quebra--Nozes enrolado no lencinho. Então, o depôs carinhosamente sobre a mesa, desembrulhou-o em silêncio, e observou-lhe as feridas. Ele estava extremamente pálido, mas mesmo assim sorria melancólico e amigável, comovendo o coração da amiga. Bem baixinho ela o consolou:

— Ah, Quebra-Nozes! Não fique zangado por Fritz ter-lhe feito mal, eu não acredito que seja por maldade, ele só se tornou um pouco cruel por causa das brincadeiras militares; mas em geral é um bom menino, sinceramente. O importante agora é cuidar bem de você, que restabeleça a saúde e fique contente; vou recolocar seus dentinhos no lugar; e os ombros, o Padrinho Drosselmeyer vai encaixar, pois disso ele entende.

Nem pôde terminar de falar, porque mal mencionou o nome Drosselmeyer, Quebra-Nozes torceu um muxoxo, e soltou chispas esverdeadas faiscantes dos olhinhos. Marie estava prestes a ficar assombrada com o surpreendente gesto do boneco, mas eis novamente a fisionomia sorridente e melancólica do seu estimado! A mudança certamente se devera a um movimento da luz difusa que provavelmente desfigurara daquela forma o rostinho.

— Que boba eu sou, assustando-me por nada e chegando a crer que um boneco de madeira possa fazer careta! Mas meu Quebra--Nozes de estimação, apesar de esquisito, é bondoso, por isso precisa ser acarinhado!

Dizendo isso pegou o amigo nos braços, aproximou-se do armário de vidro, ante o qual se ajoelhou e pediu à boneca nova:

— Eu lhe imploro, Senhorita Clara, deixe a caminha para o doente ferido e arranje-se como puder no sofá. Você está forte e saudável, ou não teria essas bochechas rosadas, e, além disso, muito poucas entre as mais belas bonecas possuem sofás macios.

Muito circunspecta em sua roupa natalina, a Senhorita Clara permaneceu elegante e silenciosa.

— Bem, não vou fazer cerimônia!

Sem se importar com a boneca, Marie puxou a caminha e a preparou para depositar nela, com muito cuidado, o amigo ferido. Envolveu o ombro dele com mais uma bela faixa que trazia amarrada ao peito e o cobriu até abaixo do nariz.

— Eu não vou deixá-lo, no entanto, perto da malcriada Clara! — prosseguiu Marie.

Resolveu, pois, transferir delicadamente a caminha na qual se encontrava deitado o Quebra-Nozes para a prateleira de cima, perto do vilarejo onde estavam estacionados os hussardos de Fritz. Fechou o armário, e quando pretendia dirigir-se ao quarto de dormir — escutem bem, meninos — começou a ouvir um leve ruído e um murmúrio atrás da estufa, das cadeiras e dos armários.

O mecanismo do relógio da parede soava mais e mais alto, mas não podia bater as horas. Marie olhou para ele, e o grande mocho dourado pousado sobre a caixa baixara as asas, tampando o mostrador das horas, esticando a cabeça feiosa como um felino e recurvando o bico bem para a frente. Ao mesmo tempo, ele ronronava cada vez mais alto as nítidas palavras:

— Tique-taque, tique-taque, soa suave, o Rei dos Camundongos tem ouvidos sutis, tique-taque, tique-taque, cante uma velha canção, tique-taque, soem suaves os sinos, doze vezes soem. Seu fim não tarda.

E dung-dung, soaram graves doze badaladas.

Ouvindo aquelas palavras estranhas, Marie começou a ficar horrorizada e amedrontada; já queria sair correndo espantada, quando viu Padrinho Drosselmeyer sentado sobre o relógio de parede no lugar do mocho — com as laterais do casaco pendentes sobre ambos os lados da caixa, como asas distendidas para baixo, e foi quando ela se encheu de coragem e falou alto, aos prantos:

— Padrinho Drosselmeyer, Padrinho Drosselmeyer, o que o senhor está fazendo dependurado aí? Venha para baixo, não me assuste desse jeito, malvado Padrinho Drosselmeyer!

Naquele instante, ela ouviu ao seu lado umas risadas malucas, apitos, e logo um ruído de trotes e corridas atrás das paredes, como de centenas de pés pequenos, enquanto centenas de pequenas centelhas cintilaram das frestas do assoalho. Mas não eram centelhas, não! Pequenos olhos faiscantes! Marie percebeu que de todos os lados assomavam camundongos espreitando e abrindo caminho. Logo começou um pocotó pocotó por toda a sala, mais densos os montes de camundongos galopavam para lá e para cá e, finalmente, puseram-se em formação, como Fritz fazia com seus soldados quando se preparavam para alguma batalha.

Marie achou aquilo bem engraçado, e, como ela não sentia igual a tantas outras crianças um horror natural por camundongos, o medo já ia se dissipar de todo. Mas foi então que, de repente, soou um apito cortante e um arrepio lhe percorreu a espinha! Ah, incrível!

Estou certo, querido leitor, de que você, assim como o General Fritz Stahlbaum, tem o coração no lugar, mas se tivesse visto o que Marie viu, sinceramente, você teria saído embalado, penso até que teria pulado na cama e se enfiado sob os cobertores, tampando as orelhas. Ah! Mas a pobre Marie não podia fazê-lo, pois, ouçam isso, leitores! Exatamente embaixo de seus pés brotaram, como se impelidos por força subterrânea, areia, cal e ladrilhos despedaçados. Sete cabeças de camundongo, com sete coroinhas reluzentes, surgiram silvando e apitando terrivelmente do solo. Logo em seguida saiu o corpo, ao qual pertenciam as sete cabeças, e o exército inteiro, guinchando três vezes em coro, aclamou com entusiasmo o grande camundongo adornado com sete diademas. Puseram-se em movimento e hott, hott — trott — trott — trott, avançaram em direção ao armário de vidro sem ocupar-se de Marie, que estava parada ao lado da porta envidraçada. O medo e o horror faziam-lhe o coração bater forte, palpitar e quase saltar do peito, e ela pensou que morreria, pois sentia o sangue congelando nas veias.

Meio desmaiada, retrocedeu e, aí — crás, crec —, o vidro da porta do armário, em que batera com o cotovelo, espatifou e os cacos soaram caindo no chão em pedacinhos. Ela sentiu prontamente lancinante dor no braço esquerdo, mas o coração aliviou-se de súbito, pois não escutava mais chiados nem apitos, tudo silenciou. Embora nem quisesse ver, estava certa de que os camundongos tinham se assustado com o tinido do vidro e se retraído novamente a seus esconderijos. Mas o que estava acontecendo agora? Do lado de Marie, começou um rumor estranho, vozinhas estridentes gritavam:

— Levantar, levantar! Preparar para lutar! Vamos lá! Às armas!

Ao mesmo tempo, campânulas retiniam harmônicas, produzindo acordes mágicos e quase divinos!

— Ah! É meu carrilhão! — exclamou Marie feliz, pulando rapidamente para o lado.

Foi nesse instante que percebeu luz e também enorme agitação provenientes do armário de vidro. Várias bonecas andavam de um lado para o outro com as mãos na cabeça. De repente, Quebra--Nozes levantou-se de um salto, atirou o cobertor para bem longe, pulou com os dois pés juntos para fora da caminha e exclamou alto:

— Dong, dong, dong — o bobo camundongo! Crac, crac, crac, quebra, quebra camundongo!

Assim dizendo, desembainhou a espadinha e deu um salto pelo ar:

— Queridos vassalos, amigos e irmãos, vocês estão me apoiando nesta dura luta? — discursou enfático e arrebatado.

A resposta veio de três escaramuças[97], um pantaleão, um limpador de chaminé, dois tocadores de cítara e um tambor:

— Sim, senhor! Nós nos unimos ao senhor com fidelidade. Vamos acompanhá-lo na morte, na vitória, na luta!

E lançaram-se com entusiasmo sobre o Quebra-Nozes, que se atreveu a tentar um perigoso salto do alto da prateleira superior até o chão. Os outros puderam alcançar o solo com facilidade, pois não apenas usavam trajes de tecido e seda como também os seus corpinhos tinham enchimento de algodão e palhinha em tiras, por isso caíram macios como saquinhos de lã. Mas o pobre Quebra-Nozes certamente perderia um braço ou uma perna porque, pensem bem!, eram mais de dois pés de altura de onde ele estava ao chão, e seu corpo era rijo como que feito de madeira de tília. Sim, bem provavelmente teria fraturado braço e perna se, justamente no instante em que pulara, a Senhorita Clara não tivesse se levantado ligeirinha do sofá e segurado em seus braços macios o herói com a espada desembainhada.

— Ah, Clara! — soluçou Marie. — Como me enganei com você. Foi certamente com prazer e bondade que cedeu a caminha a Quebra-Nozes!

A Senhorita Clara falava agora, segurando o jovem herói levemente junto ao peito de seda:

— O senhor pretende, enfermo e ferido, expor-se à luta e ao perigo? Veja como se preparam seus valentes vassalos, sedentos de batalha e seguros da vitória. Escaramuça, Pantaleão, Limpador de chaminé, Tocador de cítara e Tambor já estão lá embaixo, e as figuras

---

97. Escaramuça (*skaramuzze*): personagem-tipo ou máscara da *commedia dell'arte* italiana — fanfarrão, vestido com trajes espanhóis e rosto pintado de preto; Pantaleão (*pantalon*): igualmente figura da *commedia dell'arte* e da antiga comédia francesa — homem simples e pai bondoso, outras vezes velho avarento e crédulo.

com sábios provérbios[98] se movimentam aqui sobre a tábua da prateleira. Queira, senhor, descansar em meus braços e contemplar a marcha da vitória sob a aba de meu amplo chapéu de plumas.

Assim sugeriu Clara, mas Quebra-Nozes mostrava-se incomodado com o abraço e esperneou tanto que ela precisou colocá-lo no chão rapidamente. Naquele momento, ele ajoelhou-se com agilidade e sussurrou:

— Oh, Dama! Na luta e na batalha sempre me recordarei de suas expressões de misericórdia e benevolência!

Ao que Clara inclinou-se tanto que o colheu nos braços e o ergueu suave. Desatou então com habilidade o próprio cinto adornado de lantejoulas e quis colocá-lo no pescoço de Quebra-Nozes. Ele, no entanto, retrocedeu dois passinhos, levou a mão ao peito e falou enfatuado e solene:

— Não se incomode, senhora, em demonstrar-me sua graça, pois...

Interrompendo a frase, suspirou profundamente, desvencilhou-se da faixa que Marie lhe amarrara ao pescoço e segurou-a entre os lábios como uma bandeirola. Em seguida saltou, brandindo a pequena espada desembainhada, agitou-a com coragem, rápido e ágil como um passarinho pelas molduras do armário até o chão.

É possível perceber, prezado e muitíssimo estimado leitor, que Quebra-Nozes, desde que ganhara vida de fato, apreciava o amor e a bondade que Marie lhe demonstrara. Por isso, por estimá-la muito, ele recusou portar ou aceitar a faixa de Clara, apesar do brilho e da beleza do presente. Pelo visto, o fiel Quebra-Nozes enfeitava-se de preferência com a singela fita de Marie.

Mas e quanto ao conflito com os camundongos? O que sucedeu? Tão logo o herói atingiu o solo, voltaram os ruídos, os gritos agudos. Sob a grande mesa já se agrupavam os perigosos vermelhos,

---

98. Figuras com provérbios sábios: *Devisenfiguren*.

inumeráveis camundongos, entre eles destacava-se o terrível camundongo de sete cabeças. O que aconteceu em seguida?

A batalha

— Vassalo Tambor, toque de marcha! — gritou Quebra-Nozes bem alto.

Imediatamente Tambor obedeceu e rufou com muita arte, fazendo os vidros tinirem e o armário retumbar.

Dava agora para ouvir ruídos de craques e estalos do lado de dentro, e Marie percebeu que as tampas de todas as caixas, onde estavam estacionados os batalhões de Fritz, saltavam com força para cima e os soldados despencavam para fora, caindo na prateleira inferior. Lá embaixo, agrupavam-se em pelotões enfileirados. Quebra-Nozes movia-se de um lado para o outro, distribuindo palavras entusiásticas às tropas.

— Que nenhum cachorro de trompete se mova ou se mexa! — gritou irritado.

Mas, ato contínuo, virou-se rápido a Pantaleão, que empalideceu e ficou de queixo bambo.

— General — começou enfático —, eu conheço sua coragem e experiência. Nesta batalha o que está em jogo é a visão de estratégia capaz de tirar proveito da situação. Eu lhe confio o comando de toda a cavalaria e da infantaria. Um cavalo não lhe será necessário, pois o senhor tem pernas compridas e com elas poderá galopar o suficiente. De agora em diante, cumpra seu dever!

Pantaleão então aproximou os dedinhos finos e secos da boca e deu um assovio bem penetrante, que soou tal qual uma centena de pequenos e claros trompetes sendo tocados de maneira pouco harmoniosa. Aí se ouviu, vindo do armário, um relincho e a seguir passadas, lá estavam os encouraçados e os cavaleiros de Fritz, mas principalmente os novos e brilhantes soldados hussardos, se espalhando e formando fileiras no soalho da sala. Agora desfilavam regimento após regimento com flâmulas adejantes e fanfarra ruidosa diante de Quebra-Nozes, e formou-se uma larga fileira perpendicular sobre o chão do aposento. Logo, logo esses soldadinhos foram ultrapassados velozmente pelos canhões de Fritz, cercados pelos artilheiros, e começou o bum-bum. Marie viu como as ervilhas chicoteavam nos montes de camundongos, que assim se cobriam de pólvora branca e de vergonha.

O pelotão que se entrincheirara sob o tamborete da mamãe, sobretudo, causou grande prejuízo e, pum-pum-pum, atirou grãos de pimenta sem cessar, e os camundongos sofreram muitas baixas. Todavia, eles vinham se aproximando cada vez mais e chegaram a rodear alguns canhões, mas então seguiu-se prrr-prrr, prrr, e, devido à fumaça e à poeira, Marie mal podia ver o que estava acontecendo. O certo era que cada um se batia com bravura, e a vitória parecia comprometida. A armada camundonga se avolumava. Suas minúsculas pílulas prateadas, lançadas com excelente pontaria, já estavam alcançando o interior do armário.

Clara e Tristana corriam espavoridas de um lado para o outro e levantavam as mãozinhas escoriadas:

— Será preciso morrer no auge da minha juventude? Eu, a mais bela entre todas as bonecas? — gritava Clara.

— Foi para isso que me conservei bem, para morrer aqui e agora entre essas quatro paredes? — se perguntava Tristana.

Uma caiu nos braços da outra, e choraram tanto que apesar do barulho infernal era possível ouvir seu pranto.

Pois, estimado ouvinte, você não tem ideia do espetáculo que ali se descortinava. Era um tal de prrr-prrr, truim-truim-truim, bum-bum-bum burum ruidoso, ao mesmo tempo que o rei e seus camundongos guinchavam e gritavam, e novamente podia-se distinguir a voz agressiva de Quebra-Nozes, a maneira como distribuía comandos importantes e se esquivava dos batalhões em guerra. Pantaleão fez alguns brilhantes ataques de cavalaria e se encheu de glória, mas os hussardos de Fritz receberam feios e malcheirosos balaços da artilharia camundonga, os quais deixaram manchas funestas em seus casacos vermelhos, por isso eles não queriam seguir direto para a linha de frente.

Pantaleão deu ordem de volver à esquerda e, no entusiasmo do comando, seguiu a mesma tática para os couraçados e dragonados, ou seja, todos eles deram meia-volta e marcharam para casa. Com isso, expôs-se ao perigo o pelotão postado sob o tamborete. Não demorou a surgir um grande grupo de camundongos maiores e feios, rodeando o banquinho com tamanha violência que ele acabou virando, e ao poder inimigo caíram em consequência canhões e canhoneiros.

Quebra-Nozes parecia bastante contrariado e ordenou à ala direita que retrocedesse.

Você sabe, meu ouvinte e experiente estrategista militar Fritz, que esse movimento de tropas equivale, na guerra, quase a uma derrota e, por isso, você pode imaginar o azar daquele pobre exército do protegido de Marie. Desvie dessa desgraça, porém, seu olhar, e o dirija à ala esquerda da armada quebra-nozense, onde tudo está em seu devido lugar e muito ainda se pode esperar do general e de suas tropas.

No momento mais encarniçado da batalha foram saindo de baixo da cômoda, com muito sigilo, grandes massas da cavalaria dos camundongos e, aos estridentes e destemidos brados, lançaram-se com fúria contra a ala esquerda do exército de Quebra-Nozes, mas encontraram uma resistência inesperada!

Lentamente, como permitiam as dificuldades naturais do terreno, pois eles tinham de cruzar as molduras do armário, o corpo do exército foi conduzido por dois imperadores chineses e formou-se um quadrado.

Essas valorosas tropas, aliás, muito pitorescas e curiosas, pois compunham-se de jardineiros, tiroleses, tungues[99], cabeleireiros, arlequins, cupidos, leões, tigres e macacos, lutaram com nobreza, bravura e coragem! Com virtuosa valentia, o batalhão de elite teria

---

99. Tungue: povo da Sibéria.

assumido a vitória se um ousado ginete inimigo não houvesse penetrado com audácia entre as fileiras e cortado a cabeça de um dos imperadores chineses que, ao cair, arrastou consigo dois tiroleses e um macaco.

Abriu-se consequentemente uma brecha pela qual o inimigo avançou e logo destroçou o batalhão inteiro. Mas o inimigo tirou pouco proveito dessa vantagem. No momento em que outro ginete do exército camundongo, ansioso por sangue, lançava-se contra um valente soldado, ele recebeu ao pescoço uma tacada de bilhete impresso enrolado, o que provocou sua morte instantânea.

De que valeu, entretanto, a armada quebra-nozense, que recuou uma vez e teve de seguir recuando e perdendo gente até o infeliz Quebra-Nozes se deter acompanhado apenas por um pequeno grupo ante o armário de vidro?

— Avançar, reservas! Pantaleão, Escaramuça, Tambor, onde estão vocês? — comandava Quebra-Nozes, esperançoso de que ainda pudessem sair reforços de dentro do armário envidraçado.

De fato, surgiram dali alguns homenzinhos e mulherzinhas marrons de Thorn com faces douradas, chapéus e capacetes. Mas eles eram tão desajeitados na luta que não conseguiram abater nenhum inimigo e, no ardor do combate, quase arrancaram a touca da cabeça de Quebra-Nozes, seu próprio general-comandante.

Os caçadores inimigos mordiam-lhes as perninhas e, como se tivessem levado golpes de rasteira, muitos foram caindo, inclusive alguns diletos companheiros de armas de Quebra-Nozes. Este, agora, encontrava-se rodeado pelas forças inimigas no maior apuro e perigo. Quis saltar sobre as molduras do armário, mas as pernas eram curtas demais; Clara e Tristana jaziam desmaiadas e não poderiam socorrê-lo — hussardos, dragonados pulavam desengonçados de um lado para o outro. Desesperado, ele ainda gritou:

— Um cavalo — um cavalo — "um reino por um cavalo!"[100]

---

100. "Um reino por um cavalo": trecho da peça *Ricardo III*, de William Shakespeare.

Foi quando dois fuzileiros inimigos o agarraram pelo casaco de madeira, e, chiando pelas sete gargantas, surgiu em triunfo o Rei dos Camundongos.

Marie não se continha:

— Meu pobre Quebra-Nozes! Meu pobre Quebra-Nozes! — soluçava.

Sem saber direito o que fazia, pegou seu sapato esquerdo e o atirou com força sobre o monte mais compacto de camundongos, em cujo centro achava-se o rei. Nesse mesmo instante tudo se dissipou por completo. Marie, entretanto, sentiu no braço esquerdo uma dor ainda mais lancinante e tombou ao solo, desmaiada.

A doença

Quando despertou do sono profundo, Marie estava deitada em sua caminha e os raios de sol brilhavam alegremente no quarto através das janelas cobertas de neve. Junto dela sentava-se um homem desconhecido, o qual ela em seguida identificou como sendo o Cirurgião Wendelstern.

— Ela está acordando! — sussurrou o homem.

Sua mãe se aproximou em seguida, e a examinou com olhos temerosos. A pequena Marie falou-lhe bem baixinho:

— Ah! Querida mãezinha! Aqueles camundongos feios foram embora e o bondoso Quebra-Nozes foi salvo?

— Não fale bobagens, querida. O que os camundongos têm a ver com o Quebra-Nozes? Você, criança levada, nos preocupou muito. É o que acontece quando crianças são desobedientes e não seguem conselhos dos pais. Ontem você continuou brincando de boneca noite adentro. Sonolenta e cansada, talvez tenha visto um ratinho correndo por aí, embora pelo que eu saiba não exista nenhum na nossa casa. Enfim, assustada, você bateu contra um dos vidros do armário e cortou bastante o bracinho. O senhor Wendelstern, retirando-lhe os caquinhos da ferida, observou que você se arriscou até mesmo a comprometer o movimento do braço ou a sofrer uma hemorragia, caso uma veia tivesse se rompido.

— Graças a Deus eu despertei à meia-noite, levantei-me e, percebendo sua ausência, dirigi-me rápida à sala de estar. Lá estava você, caída inconsciente ao lado do armário, sangrando muito. Por pouco não desmaio também, de tanto susto! Lá estava você, e ao seu redor vi uma porção de soldadinhos de chumbo do seu irmão e outros bonecos, flâmulas quebradas, homens de pão de mel; o Quebra-Nozes estava aninhado sobre seu braço ensanguentado, não muito longe dali, seu sapatinho esquerdo.

— Mãezinha, mãezinha! — disse a menina. — Pois esses eram justamente os vestígios da grande batalha entre bonecos e camundongos, eu me machuquei quando, muito assustada, vi o pobre Quebra-Nozes, comandante do exército dos bonecos, preso pelos camundongos. Ainda me lembro de ter lançado meu sapato com força sobre os inimigos, mas não sei o que aconteceu depois.

O Cirurgião Wendelstern piscou um olho para a senhora Stahlbaum e falou brandamente com Marie.

— Deixe estar, querida Marie! Fique tranquila agora, pois os camundongos desapareceram e o Quebra-Nozes está bem guardado no armário.

Nesse momento entrou no quarto o Dr. Stahlbaum e conversou longamente com o Cirurgião Wendelstern. Em seguida ele sentiu o pulso da filha, que ouviu um comentário sobre febre traumática. Marie precisou fazer repouso e tomar remédios durante vários dias, embora à exceção de suaves dores no braço não se sentisse doente.

Soube que Quebra-Nozes saíra ileso da batalha e, às vezes, como num sonho, ele se aproximava dela e lhe confidenciava num sussurro melancólico, mas bem claro:

— Marie, estimada dama! Sinto imensa gratidão, mas você ainda pode fazer mais por mim!

Ela tentava atinar sobre o sentido daquelas palavras, mas não encontrava solução para o mistério. Não podia brincar por causa do braço ferido, e se tentasse ler ou folhear o livro de figuras, começava a ver estrelinhas e tinha logo de desistir. As horas passavam lentamente, e Marie esperava impaciente que anoitecesse, porque então sua mãe sentaria-se à cabeceira e lhe contaria belas estórias.

No momento em que ela acabava de ler a maravilhosa estória do Príncipe Fakardin[101], a porta se abriu e o Padrinho Drosselmeyer entrou:

— Quero ver com meus próprios olhos como está minha pequena doentinha.

Tão logo Marie viu o padrinho vestido com o casaco amarelo, voltou-lhe à lembrança a imagem viva daquela noite da terrível derrota do Quebra-Nozes na batalha contra o exército dos camundongos. Aos berros, Marie foi logo brigando com o magistrado:

— Oh, Padrinho Drosselmeyer! Você foi muito feio! Eu vi perfeitamente quando você se sentou no relógio de parede e o cobriu com suas asas para que as horas não soassem, pois não queria que as badaladas espantassem os camundongos. Eu ouvi sua nítida voz chamando os camundongos! Por que você não veio socorrer Quebra-Nozes, não veio socorrer a mim, seu feioso padrinho! Não é você o único culpado por eu ter me ferido e estar agora acamada?

A mãe acorreu aflita:

— Filha, o que aconteceu, querida?

Mas o padrinho, no entanto, passou a fazer caretas muito estranhas e a falar com voz estridente e monótona:

— Pêndulo precisa roncar. Picar, não quero continuar. Relógio, ógio. Pêndulo, dulo. Ronronam, ron-ron. Pêndulos de relógios ronronam baixinho. Repique de sinos, ding-dong. Rei dos Camundongos, caçar. Coruja em voo rasante pac-pic, pac-pic. Sininho ding-ding, Relógio dong-dong. Pêndulo ron-ron. Picar, não quer continuar, ron-ron, run, run. Tic-tac, tic-tac.

---

101. Estória de 1715, do livro *Contes de Féeries*, do escritor francês Antoine d'Hamilton (c. 1645-1719), um dos precursores dos irmãos Grimm no resgate de "contos maravilhosos" e "contos populares".

Marie observava o padrinho com olhos arregalados, achando-o diferente e mais feio do que nunca. Com o braço direito para cima e para baixo, ele mexia-se com movimentos de marionete. Ela poderia até ter ficado com medo daquela extravagância se a mãe não estivesse presente e se Fritz, que nesse ínterim entrara sorrateiro, não amenizasse a situação com uma sonora gargalhada:

— Padrinho, você hoje está bem engraçado e a cara, igualzinha à do fantoche que há muito tempo joguei atrás da chaminé.

Bem séria, a mãe perguntou:

— Caro senhor Drosselmeyer, estou achando essa brincadeira meio biruta. O que significa isso, afinal?

— Meu Deus! — respondeu ele rindo. — Vocês não conhecem minha canção do relojoeiro? Eu costumo cantá-la para pacientes como Marie.

Dizendo isso, sentou-se ligeiro bem juntinho a Marie e disse:

— Não fique brava comigo por eu não ter arrancado de imediato os quatorze olhos do Rei dos Camundongos; não era possível. Mas, em compensação, vou lhe dar uma surpresa bem engraçada.

O magistrado enfiou a mão no bolso e devagar, devagarinho, tirou de lá... o Quebra-Nozes, com os dentes e o queixo nos devidos lugares. Marie pulou de alegria, mas a mãe caçoou:

— Viu, Marie? O padrinho tem sido bondoso com o Quebra-Nozes!

— Mas você há de concordar comigo, Marie — falou o senhor Drosselmeyer, interrompendo a senhora Stahlbaum —, que a aparência do Quebra-Nozes é bem desajeitada e o rostinho dele, nada bonito. Isso é natural e congênito, trata-se de uma marca hereditária, aliás, posso lhe contar a estória da família, se você quiser entender a razão da feiura do coitado. Ou será que você já conhece a estória da Princesa Pirlipat, da Bruxa Ratonilda e do relojoeiro-artista?

— Padrinho — interveio abrupto o menino Fritz —, padrinho, você pregou os dentes, fixou o queixo, mas falta a espada. Por que você não colocou novamente a espada à cintura do Quebra-Nozes?

— Ora, Fritz! — reclamou mal-humorado o magistrado. — Você critica tudo, menino! Que me importa a espada do Quebra-Nozes. Eu consertei o corpinho, e de agora em diante, se quiser, ele que arranje uma espada.

— É verdade. Ele é um sujeito valente e encontrará as armas de que precisar.

— Pois, então, Marie! — continuou o senhor Drosselmeyer. — Diga-me se você conhece a estória da Princesa Pirlipat.

— Ah, não conheço! Conte, por favor, conte, padrinho!

— Espero que essa estória, querido senhor Drosselmeyer, não seja tão assustadora para as crianças como as outras que o senhor normalmente conta.

Mas o padrinho respondeu:

— Imagine, senhora Stahlbaum! Pelo contrário, é a estória mais engraçada e divertida que conheço!

— Conte, padrinho, conte! — pediram as crianças em coro.

E o magistrado começou assim:

A estória da noz dura

A mãe de Pirlipat era a esposa de um rei, logo era a rainha, e a própria Pirlipat foi desde seu nascimento princesa nascida em berço de ouro. O rei estava eufórico de contentamento com a bela filhinha que dormia tranquila, e ele manifestava seu júbilo bailando numa perna só e cantando:

— Viva! Viva! Quem já viu alguém mais lindo do que minha Pirlipatinha?

Os ministros, generais, presidentes e oficiais do Estado-maior bailavam também como o soberano do reino numa perna só e cantavam sem cessar:

— Nunca, nunca!

E, de fato, não havia mesmo naquela ocasião como discordar, pois, desde que o mundo era mundo, jamais nascera uma menina formosa como a Princesa Pirlipat. Seu rostinho parecia tecido com delicados lírios brancos e rosados flocos de seda; seus olhinhos eram de azul vivo, e talvez o traço mais marcante fossem os belíssimos cachinhos caindo na testa, semelhantes a fios de ouro encaracolados.

Além disso, Pirlipat trouxera ao mundo duas fileiras de dentinhos perolados com os quais, duas horas após seu nascimento, mordera o dedo do chanceler do reino, que quisera examinar de perto as linhas do rosto. De maneira que ele berrou:

— Cruzes! — embora alguns digam que foi "ai, ai!" e até os dias de hoje haja controvérsias a esse respeito.

Enfim, Pirlipatinha mordeu o dedo do chanceler, e com esse gesto o reino encantado soube que aquele pequeno corpinho angelical tinha também espírito, talento e inteligência.

Como foi dito antes, todos estavam contentes, somente a rainha sentia-se assustada, ninguém sabia por quê. Era impressionante como ela mantinha o bercinho da princesa sempre vigiado com cuidado. Não havia apenas dois guarda-costas de plantão à porta, mas também duas amas ao lado do berço e mais seis outras sentadas ao redor do quarto, noite após noite. A maior maluquice, porém, incompreensível e sem sentido para todo mundo, era o fato de cada uma das seis amas segurar ao colo um gato e acariciá-lo sem parar, a fim de mantê-lo sempre alerta e ronronando.

É impossível, queridas crianças, que vocês adivinhem o motivo desse espalhafato todo da mãe de Pirlipatinha, mas eu o sei e vou lhes contar.

Certa vez reuniram-se na corte do Rei Pirlipat vários reis poderosos e príncipes valentes, e, sendo assim, celebravam-se bailes, torneios de cavalheiros e apresentações de comédias. Desejando exibir aos convidados que ouro e prata não lhe faltavam, o rei resolveu fazer um ousado saque no tesouro real e preparar um evento extraordinário.

Quando soube pelo chefe de cozinha do palácio que o astrônomo real anunciara a abertura da época de abate de animais, então ele resolveu ordenar a realização de um imenso festim de salsichas. Saiu bem rápido o próprio rei a convidar pessoalmente alguns dos hóspedes príncipes e reis para saborearem uma colherada de sopa e comemorarem de antemão a delícia que sobreviria.

À sua esposa rainha, o rei confidenciou suavemente:

— Você é que sabe quanto eu gosto da salsicha, querida!

A rainha entendeu logo o que o marido estava sugerindo com aquelas palavras indiretas, ou seja, que ela própria teria de ir para a cozinha e assumir a tarefa do salsicheiro de temperar a comida, como, aliás, já fizera em outra ocasião.

O tesoureiro da corte precisou levar à cozinha a grande panela dourada para salsichas e as caçarolas de prata. A rainha mandou acenderem um grande fogo com lenha de sândalo[102], vestiu seu avental adamascado e, pouco depois, recendiam pelo ambiente, vindos da panela, os deliciosos aromas da sopa de salsicha. O agradável odor espalhou-se pelos ares, atingiu o salão do conselho; onde o rei, a boca cheia d'água, não conseguiu resistir.

— Com licença, senhores.

Dirigiu-se pulando rapidamente à cozinha, abraçou a rainha, mexeu o panelão com o cetro real de ouro e retornou aliviado ao salão do conselho.

Era chegado o momento crucial, no qual o toucinho é cortado em cubinhos e fritado em grelhas de prata. As mulheres da corte abriram passagem, porque a rainha queria desempenhar pessoalmente aquela função, por pura fidelidade e devoção ao cônjuge real.

Mal tinha o toucinho começado a frigir quando uma vozinha fina sussurrou ciciante:

— Dá pedacinho do toucinho frito, maninha! Quero festim, também sou majestade, dá toucinho!

A rainha compreendeu prontamente: quem assim falava era a senhora Ratonilda, que havia anos habitava o palácio real. Essa ratinha inclusive se arrogava certo parentesco com a família real, bem como o direito de governar o Reino Mausoléu, não à toa mantinha numerosa corte debaixo do fogão.

---

102. Madeira indiana resistente e aromática, empregada para trabalhos de entalhe.

A Rainha Pirlipat era uma mulher generosa. Não reconhecia, ao bem da verdade, a senhora Ratonilda como irmã, tampouco como rainha, mas permitia-lhe de coração participar dos festins.

— Venha, senhora Ratonilda, a senhora pode saborear meu toucinho.

Logo veio chegando leve e serelepe a ratinha, saltou sobre o fogão, agarrou com delgadas patinhas um pedacinho e logo outro, conforme lhe oferecia a rainha. Mas em seguida vieram os parentes, compadres e os sete filhotes da senhora Ratonilda, molecada mal-educada que avançou sobre o fogão de maneira que a pobre rainha não conseguia mais se ver livre deles. Por sorte acudiu a tempo a chefe das camareiras reais e logrou espantá-los salvando por milagre um resto de toucinho, o qual, seguindo orientações de um matemático da corte chamado às pressas, foi distribuído artisticamente entre as salsichas.

Trombetas e tambores soaram, todos os potentados e príncipes apresentaram-se para participar do grande festim vestidos com fatos engalanados, uns chegavam montados sobre alvos palafréns[103], outros em coches de cristal. O rei soberano recebia a todos com cordial amizade e benevolência, e se sentou, depois disso, à cabeceira da mesa, segundo convém a soberano do reino honrado por coroa e cetro.

Já na rodada das salsichas de fígado, o rei empalideceu e revirou os olhos ao céu, dando suaves suspiros. Parecia estar sentindo dor pungente no seu íntimo. Inesperadamente, na rodada das morcelas, ele tombou no encosto da cadeira, cobrindo o rosto com as mãos, soluçou e gemeu alto.

Todos nesse ínterim se levantaram e vieram acudir, o médico pessoal tentava em vão pegar o pulso do infeliz soberano, tendo em vista que uma dor profunda e inominável parecia comovê-lo. Finalmente, após muitas discussões e doses de remédios eficazes, tal como asas de galináceas queimadas e similares, quando o rei, ao que tudo indicava, estava se recobrando lentamente, saíram de sua boca as seguintes palavras, quase inaudíveis:

---

103. Cavalo elegante de nobres e reis na Idade Média.

— Pouco toucinho!
Inconsolável, a rainha prostrou-se aos pés do marido, aos soluços:
— Oh, meu querido e infeliz esposo real! Que dores você precisa suportar! Eis, aqui, a culpada de tudo! Castigue-me, castigue-me severamente! A senhora Ratonilda com seus parentes, comadres e sete filhotes comeram todo o toucinho!
E, sem pronunciar mais uma palavra que fosse, caiu dura para trás. Mas o rei ao ouvir aquilo levantou-se furioso e esbravejou:
— Camareira real, como pôde acontecer isso?
A chefe das camareiras reais contou tim-tim por tim-tim tudo o que sabia, e o soberano decidiu vingar-se da senhora Ratonilda e da família dela por eles terem lhe devorado o toucinho destinado às salsichas.
O conselho secreto foi convocado e, resoluto, abriu processo contra a senhora Ratonilda, no sentido de desapropriá-la de todos os bens. Inconformado, porque mesmo assim ela seguiria comendo o toucinho que lhe cabia por direito, o rei resolveu depositar o assunto nas mãos do relojoeiro e alquimista[104] da corte. Esse homem era um homônimo meu, portanto se chamava também Christian Elias Drosselmeyer. Munido com um plano ardiloso, ele prometeu ao rei afugentar a família da senhora Ratonilda para sempre ali do palácio.
Para essa finalidade, deste modo, inventou de fato máquinas minúsculas e satisfatoriamente engenhosas, nas quais inseria um cubinho de toucinho frito preso por um cordão, e as espalhou em torno da morada da dondoca devoradora de torresmo. Mas a velha era ladina o bastante para captar a intenção de Drosselmeyer, muito embora todas as suas advertências não fossem suficientes para

---

104. Alquimista: *Arcanist* (do latim *arcanum*, "mistério"): pessoa dedicada à antiga tradição da alquimia, que combinava elementos científicos com a magia, o sobrenatural e a superstição. Sua prática objetivava a transmutação de metais em ouro, a busca do elixir da longa vida (ambos acessíveis através da pedra filosofal, uma substância mítica) e a criação da vida humana artificial. Vide a personagem Coppola/Coppelius, do conto "O Homem-Areia".

proteger os sete filhotes, nem outros tantos parentes e compadres. Um a um, eles foram entrando nas máquinas chamadas ratoeiras, seduzidos pelo aroma do toucinho, e, antes que começassem a comer, uma grande grade caía subitamente, fazendo-os prisioneiros; foram finalmente massacrados sem piedade.

Em seguida, com o reduzido séquito que lhe restou, a senhora Ratonilda abandonou ofendida o local da tragédia. Desgosto, desespero, desforra: sua alma era pura mágoa. A corte se alegrava, mas a rainha se preocupava, porque conhecia a senhora Ratonilda e sabia que ela não deixaria impune a morte dos seus.

De fato, a velha voltou, justamente quando a rainha preparava para o venerando esposo uma *mousse* de língua que ele adorava. E disse o seguinte:

— Meus filhos, parentes e compadres foram assassinados. Tome cuidado, soberana, para que a Rainha dos Camundongos não morda sua princesinha, tome cuidado!

Após proferir a ameaça, desapareceu sem deixar rastros. A rainha assustou-se tanto que deixou empelotar a *mousse* no fogo brando e, pela segunda vez, a senhora Ratonilda estragou um dos pratos preferidos do soberano, deixando-o possesso de raiva.

— Bem — interrompeu o Padrinho Drosselmeyer —, por hoje chega, continuarei outro dia.

Por mais que Marie insistisse e pedisse que o padrinho contasse mais, porque ela estava enlevada pela estória, ele não se deixou convencer. Levantou-se sem hesitar:

— Tudo de uma vez só não é saudável. Amanhã prosseguiremos!

Quando o Magistrado Drosselmeyer estava prestes a sair, Fritz ainda perguntou se era verdade que ele havia inventado a ratoeira.

— Que pergunta tola, filhinho! — interveio a senhora Stahlbaum.

Mas o magistrado sorriu com um jeito meio sinistro, e respondeu baixo:

— Eu não sou um relojoeiro hábil? Não seria natural, portanto, que eu pudesse inventar uma ratoeira?

Continuação da estória da noz dura

— Bem, crianças, vocês agora já sabem — prosseguiu o padrinho na noite seguinte —, vocês já sabem por que a rainha mandava vigiar a formosa Princesinha Pirlipat com aquele estardalhaço. Não era mesmo de se temer que a senhora Ratonilda surgisse de um dia para outro e cumprisse, determinada, a terrível ameaça de morder a menina até a morte? As máquinas de Drosselmeyer não ajudavam nada contra a prudência e a perspicácia da ratinha; o astrônomo da corte, que era ao mesmo tempo astrólogo, resolveu pesquisar o mapa para saber se a família do gato Ronron era capaz de manter a senhora Ratonilda afastada do berço. Em consequência da conjuração astral, ficou decidido que, a partir daí, cada uma das amas receberia um filho daquela estirpe, destinados à corte como conselheiros de legação secreta, e as amas compulsoriamente os manteriam no colo, acariciando-os a fim de tornar mais agradável a penosa missão dos bichanos.

Certa vez, por volta da meia-noite, uma das amas encarregadas da vigilância ao lado do berço principesco despertou de repente sobressaltada. Reinavam a paz e o silêncio no quarto, podia-se ouvir o menor ruído. Imagine só como ficou a chefe das camareiras reais quando abriu os olhos e se deparou com uma feiosa ratinha apoiada nas patinhas traseiras, com a fatídica cabeça erguida ao lado do rosto da princesinha. Dando um berro pavoroso ela acordou o palácio inteiro, aí ela se levantou, mas arisca a senhora Ratonilda (a ratinha no berço de Pirlipat era ninguém menos que a própria!) correu rapidamente para um cantinho do quarto. A legação secreta em peso pulou atrás dela, no entanto... tarde demais, a danada se safou, enfiando-se por uma brecha do assoalho.

Pirlipatinha despertou com o tumulto e chorou amedrontada.

— Graças a Deus! Ela está viva! — exclamaram as guardiãs.

Porém, qual não foi seu susto quando olharam para a princesa e perceberam a transformação que ocorrera com a bela e encantadora criança. Em vez do anjo de faces rosadas e cabelos dourados cacheados, elas tinham diante de si uma cabeça informe e grandona colada a um corpinho miúdo e atrofiado. Os olhinhos azuis eram agora pronunciados e arregalados olhos verdes, a boca se escancarava rasgada de uma orelha à outra.

A rainha quase morria de paixão e desgosto, foi necessário almofadar as paredes do gabinete do rei, pois ele passava o dia dando cabeçadas contra a parede, queixando-se inconsolável:

— Oh, infeliz monarca!

Não chegou a admitir, porém, que teria sido melhor comer salsicha sem toucinho e deixar a senhora Ratonilda com estirpe e prole viverem sossegadamente embaixo do fogão; não, sobre isso nem cogitou o Rei Pirlipat. Procurando um bode expiatório, jogou de uma hora para outra toda a culpa no cabalista e relojoeiro Christian Elias Drosselmeyer de Nürnberg. Para selar isso, ditou sábio decreto, concedendo a Drosselmeyer prazo de quatro semanas para restabelecer a condição original da princesa, ou pelo menos indicar meio eficaz de fazê-lo, e, caso não conseguisse, deveria morrer sob o machado do carrasco.

Drosselmeyer estava sobressaltado com o decreto, embora confiasse plenamente em sua própria arte e sorte. Refletiu que seria melhor executar sem mais demora a primeira operação que lhe pareceu sensata. Desmontou com habilidade todo o corpinho da Princesa Pirlipat, inspecionou pés, mãos, depois concentrou-se na estrutura interna, mas infelizmente teve de constatar que, quanto mais crescesse, mais disforme se tornaria a menina, não tinha mesmo recurso. Voltou, pois, a montá-la com cautela, e a depositou no berço junto ao qual ele permaneceu melancólico.

A quarta semana chegou, já era quarta-feira, quando o rei com olhar colérico fitou o relojoeiro e o ameaçou apontando com o cetro:

— Christian Elias Drosselmeyer, ou você cura a princesa, ou você morre!

Drosselmeyer começou a chorar amargamente, enquanto a Princesa Pirlipat muito satisfeita quebrava nozes. Pela primeira vez chamou a atenção do alquimista o peculiar apetite da menina por nozes e, além disso, a circunstância de ter nascido com dentes. Na verdade a princesa chorara muito logo após a metamorfose, até que para sossegá-la alguém lhe deu uma noz, a qual ela partiu, comeu a polpa e ficou quieta. A partir daí as camareiras descobriram que não tinha método mais eficaz para acalmá-la e viviam lhe dando nozes.

— Oh, divino instinto da natureza, eterna e imperscrutável simpatia entre todos os seres! — conclamou o alquimista Drosselmeyer. — Tu me indicaste as portas que cerram o segredo, e elas hão de se abrir para mim!

Pediu permissão para falar com o astrônomo da corte e, acompanhado por rígido esquema de segurança, foi conduzido até o cientista. Os dois homens se abraçaram, derramaram muitas lágrimas, porque eram grandes amigos, fecharam-se depois num gabinete secreto, onde folhearam livros antigos, que tratavam de instinto, simpatias, antipatias e outros fenômenos ocultos. Quando anoiteceu, o astrônomo consultou as estrelas com o auxílio de Drosselmeyer, igualmente erudito especialista naquela arte divinatória, e tirou o horóscopo da Princesa Pirlipat. Foi um trabalho árduo, pois as linhas se embaralhavam mais e mais, porém finalmente — que alegria! — conseguiram prever que, para desfazer a magia da feiura e tê-la novamente formosa como dantes, ela precisava saborear a doce polpa da noz cracatuc.

A noz cracatuc possuía casca tão dura que até um canhão pesado poderia passar por cima sem quebrá-la. A polpa dessa noz específica deveria ser levada à boca da princesa por um jovem ainda imberbe, de olhos fechados, que jamais tivesse usado botas. Somente após dar sete passos para trás sem tropeçar ele poderia então reabrir os olhos.

Três dias e três noites trabalharam ininterruptamente Drosselmeyer e o astrônomo, e estava o rei à mesa do almoço ao meio-dia do sábado quando o relojoeiro, cuja morte estava prevista para o domingo bem cedinho, apresentou-se de repente bem airoso, anunciando que tinha em mãos a fórmula que devolveria à Princesa Pirlipat a formosura perdida.

O rei o abraçou com cordial afeição, prometeu-lhe uma espada de diamantes, quatro condecorações e dois trajes de domingo.

— Logo após o almoço, vamos pôr mãos à obra. Cuide, senhor Alquimista, para que o jovem imberbe, usando sapatos, esteja por perto com a noz cracatuc à mão, e não o deixe tomar vinho antes, a fim de ele que consiga dar sem tropeçar os sete passos para trás como caranguejo. Depois pode beber à vontade!

Drosselmeyer ficou bastante aturdido com o discurso real e, muito hesitante, balbuciou que, sim, estava certo quanto ao meio, mas ainda tinha dúvidas quanto à possibilidade de encontrar ambos, a noz e o jovem para parti-la.

O rei, muito nervoso, agitava no ar o cetro e rugia como um leão:
— Nesse caso sua cabeça vai rolar!

Sorte do apurado Drosselmeyer que o rei tivesse comido ainda havia pouco uma refeição bastante saborosa e estivesse, por isso, bem-humorado para dar ouvidos aos prudentes protestos da generosa rainha, compadecida do destino do sábio.

Drosselmeyer juntou todas as forças e logrou enfim expressar que cumprira sua missão e ganhara o direito à vida ao descobrir a fórmula para desencantar a princesinha. O rei chamou isso de desculpa esfarrapada e pura lorota, mas, após beber um copinho de licor digestivo, mandou que astrônomo e relojoeiro se pusessem a caminho e não voltassem sem a noz cracatuc no bolso. O homenzinho que iria mordê-la deveria ser convocado, segundo a rainha, através de reiterados anúncios pelos jornais do reino e do estrangeiro.

O magistrado interrompeu nesse ponto a estória e prometeu contar o restante na noite seguinte.

Fim da estória da noz dura

Na noite seguinte, antes mesmo que acendessem as velas da casa da família Stahlbaum, lá estava, conforme prometera, o Padrinho Drosselmeyer para terminar a narrativa:

— O Drosselmeyer e o astrônomo da corte estavam havia quinze anos à procura de vestígios da noz cracatuc. Sobre os lugares exóticos onde estiveram e as extraordinárias constelações que os guiaram, eu poderia falar a vocês, crianças, durante cerca de quatro semanas. Mas nem vou contar isso agora, porque preciso dizer que o senhor Drosselmeyer começou a sentir imensa saudade da terra natal, Nürnberg. Forte mesmo bateu a saudade certo dia, justamente no momento em que ele estava no meio de uma grande floresta asiática fumando cachimbo com seu amigo.

— Oh, Nürnberg maravilhosa, minha bela cidade natal Nürnberg! Quem te conhece não esquece jamais! Quem jamais a esquece pode até mesmo ter ido a Londres, Paris e Petrovaradin[105], mas não será feliz sem revê-la! Oh, Nürnberg, cidade bela com tantas primorosas casas e janelas!

Ouvindo o amigo lamentar de maneira tão melancólica, o astrônomo condoeu-se daquele sofrimento e passou a chorar em alto e bom-tom, de modo que seus lamentos se espalharam pelos quatro cantões asiáticos. Pouco a pouco se recompôs, enxugou as lágrimas e perguntou:

— Mas, meu muito estimado colega, por que estamos sentados chorando? Onde quer que procuremos a malfadada noz cracatuc, tanto faz!

— Concordo plenamente! — respondeu consolado Drosselmeyer.

Ambos se levantaram, bateram os cachimbos, e passaram a caminhar em linha reta, diretamente da floresta do continente asiático para Nürnberg. Mal haviam chegado, Drosselmeyer dirigiu-se à casa de um primo que não encontrava havia anos, o fabricante de bonecas, dourador e banhador de metais Christoph Zacharias

---

105. Cidade sérvia. Localizada na margem direita do rio Danúbio, pertencia à monarquia austríaca. Em 5 de agosto de 1716, o Príncipe Eugênio de Savoia, herói militar citado com frequência por Hoffmann, conquistou ante essa fortaleza importante vitória contra o Império Otomano.

Drosselmeyer. Ao primo, o sábio relatou logo toda a estória da Princesa Pirlipat, da senhora Ratonilda e da noz cracatuc. Nos trechos mais emocionantes do caso o parente levava as mãos ao alto da cabeça, ou o cutucava com expressões de admiração:

— Mas, primo, o que que é isso? Que coisas extraordinárias!

Drosselmeyer continuou relatando as peripécias da longa viagem: como passara anos com o Rei de Tâmara, como foi enxotado pelo Príncipe de Amêndoa, como pediu em vão a ajuda do naturalista Esquilo, enfim, como ele só encontrara dificuldades e obstáculos na busca por uma pista que fosse da noz cracatuc.

Durante a narrativa, Christoph Zacharias estalou os dedos várias vezes pensativo, de súbito se levantou, equilibrou-se num pé só e murmurou:

— Sei, não! Isso até parece coisa do diabo!

Jogou então peruca e carapuça para o alto e abraçou efusivo o primo:

— Primo, primo! Vocês estão salvos, vocês estão salvos! Porque, se não me falha a memória, eu mesmo tenho em meu poder a noz cracatuc!

Correu a buscar uma caixinha, de onde retirou uma noz dourada de tamanho médio.

— Vejam! — disse mostrando a noz —, vejam! E a estória dessa noz é bem curiosa: há muitos anos, no dia de Natal, surgiu na cidade um forasteiro munido dum grande saco à cacunda oferecendo nozes. Pois exatamente em frente à minha oficina de bonecas o sujeito entabulou briga e descansou o saco no chão para melhor se defender contra o vendedor de nozes daqui, que não admitia a concorrência do estranho e, por isso, o agredira. Foi quando passou uma carroça carregada sobre o saco e quebrou todas as nozes, exceto uma, que o forasteiro, sorrindo sinistramente ofereceu-me pela bagatela de uma moeda de ouro de 1720. Aquela coincidência me pareceu extremamente insólita, eu tinha no bolso exatamente a moeda que o homem pedira. Comprei a noz e a esmaltei, embora eu não soubesse na ocasião por que pagava aquele preço por uma simples noz e a guardava como preciosidade.

Qualquer dúvida que ainda pairasse no ar quanto à autenticidade da noz cracatuc foi definitivamente dissipada quando o astrônomo da corte descascou a fina camada de ouro e encontrou gravada na emenda da noz, em caracteres chineses, a palavra *cracatuc*.

A alegria dos viajantes foi incomensurável, o primo considerou-se o homem mais feliz do planeta, porque Drosselmeyer lhe assegurou que ele assim selara a própria sorte. Além de pensão vitalícia, certamente ele poderia contar em futuro vindouro com ouro para dourar e banhar o que bem quisesse.

Ambos, astrônomo e relojoeiro, já haviam colocado suas touquinhas de dormir e pretendiam dirigir-se às suas camas quando por fim o astrônomo ainda revelou:

— Meu prezado colega, a sorte nunca vem desacompanhada. Acredito que encontramos não somente a noz cracatuc, mas ao mesmo tempo o jovem que deverá quebrá-la e dar a polpa à princesa, a fim de que ela recupere a original formosura. Estou me referindo ao filho deste seu primo. Pensando bem, não! Nada disso! — prosseguiu com entusiasmo. — Não quero dormir! Preciso conferir o horóscopo do jovem ainda esta noite!

Dito e feito. Num zás-trás ele tirou a touquinha de dormir e começou logo a observar as estrelas. O filho do primo era mesmo um simpático rapaz ainda imberbe que jamais usara botas. Quando mais novo fora, durante alguns natais, boneco de engonço, isso nem dava para notar graças aos solícitos cuidados paternais. Naquele Natal ele estava vestindo um belo traje vermelho com pespontos dourados, trazia uma espada sob o braço e um interessante coque preso em telinha. Lá estava ele, muito garboso na sala de estar do primo, quebrando nozes para as meninas num gesto natural de galantaria, motivo pelo qual elas o apelidaram Quebra-Nozes.

Na manhã seguinte, o astrônomo pulou ao pescoço do alquimista, cheio de contentamento:

— É ele! Nós o encontramos! Mas preciso fazer duas ressalvas importantes: primeiro o senhor precisa confeccionar ao seu simpático priminho uma trança de madeira presa à mandíbula para que fique bem resistente e possa ser puxada com força. O nosso segundo cuidado é quanto à discrição. Ao adentrarmos a corte devemos ocultar o fato de termos conosco o jovem que quebrará a noz cracatuc. Por que ele deverá se anunciar mais tarde? Porque, de acordo com o horóscopo, ao constatar que vários jovens quebram os dentes na tentativa de partir a noz, o rei oferecerá em contrapartida, como recompensa àquele que o consiga, a mão da princesa e a sucessão no reino.

O primo fabricante de bonecas estava muito satisfeito ante a perspectiva de ver o filho casado com a Princesa Pirlipat e tornando-se príncipe herdeiro do reino. Portanto entregou-o e confiou-o aos dois embaixadores. A trança que Drosselmeyer teceu para o esperançoso sobrinho logrou bastante êxito, tanto que, com esse reforço extra, o rapaz agora podia quebrar até sementes duríssimas, inclusive caroço de pêssego.

Drosselmeyer e o amigo enviaram à corte a alvissareira notícia sobre a noz cracatuc. Foram feitos, por conseguinte, todos os preparativos necessários para quando os dois viajantes chegassem com o remédio cosmético. Lá aguardavam numerosos moços auspiciosos, dentre eles inclusive príncipes, almejando desencantar a princesa e cheios de confiança na própria dentadura.

Os embaixadores surpreenderam-se quando reviram Pirlipat. O corpo franzino, os pés e braços diminutos, ela mal podia suster a cabeça desproporcional. A feiura das feições agravara-se com a barba branca de algodão presa ao redor da boca e do queixo. Tudo correspondia exatamente à previsão do horóscopo.

Jovens imberbes, calçando sapatos, faziam fila a fim de ferir dentes e mandíbula com a noz cracatuc, sem ajudar em nada a princesa, e cada um que era levado dali pelos dentistas de plantão se queixava meio inconsciente:

— Dura de roer!

Somente quando o rei, triste e ansioso, prometeu princesa e reino a quem conseguisse quebrar o encantamento, o gentil e amável jovem Drosselmeyer fez-se anunciar, e indagou se poderia também tentar. Nenhum outro pretendente agradara tanto a princesa quanto aquele. Ela colocou as mãozinhas no coração, suspirou e desejou ardentemente:

— Ah! Tomara que *ele* consiga quebrar a noz e tornar-se meu marido!

Após cumprimentar muito cortesmente o rei, a rainha e a princesa, o jovem Drosselmeyer recebeu das mãos do mestre de cerimônia a noz cracatuc e a enfiou sem pestanejar entre os dentes, puxou a trança e — crac, crac — despedaçou a casca em migalhas. Limpou os fragmentos que ainda permaneciam grudados à polpa e a deu com humilde deferência à princesa, cerrando em seguida os olhos e retrocedendo sete passos.

A princesa engoliu logo a polpa e — que maravilha! — a feiura sumiu e surgiu em seu lugar uma imagem angelical de mulher, com rosto tecido em flocos de seda rosados e alvíssimos, olhos azuis brilhantes e abastados cabelos cacheados em caracóis quais fios de ouro.

Trombetas e tambores mesclaram-se aos gritos de júbilo do povo. O rei e toda a corte dançavam como antigamente no nascimento de Pirlipatinha com um pé só, e a rainha precisou ser socorrida com lencinho de água-de-colônia, pois desmaiara de alegria e emoção.

O grande tumulto perturbou um pouco o jovem Drosselmeyer, que ainda não terminara os sete passos, mas ele conseguiu dominar-se, esticar a perna direita para dar a sétima passada; mas, nesse instante, eis a senhora Ratonilda que se ergueu arrebentando o assoalho e guinchou alto. Ao baixar o pé ao chão o jovem Drosselmeyer a pisou, cambaleando meio trôpego e quase caiu. Oh! Que desgraça! De repente ele estava deformado como a Princesa Pirlipat estivera antes.

O corpinho se atrofiara, ele mal podia sustentar a imensa cabeçorra com olhos esbugalhados e arregalados, e o horrível focinho arreganhado. Em vez da trança pendia-lhe às costas uma leve capa de madeira presa à mandíbula inferior.

Relojoeiro e astrônomo estavam atônitos de medo e raiva, mas viram como a senhora Ratonilda jazia ao solo ensanguentada. É que a maldade não ficara impune, o jovem Drosselmeyer bem decidido pisoteara a ratinha com o taco do sapato, ferindo-a de morte. Contudo, mesmo moribunda ela ainda chiou e apitou lastimavelmente:

— Oh, cracatuc! Noz dura de roer, causa da minha morte! Hi, hi, hi! Quebra-Nozes, você morrerá em breve! Filhote com sete coroas há de dar-lhe a merecida desforra, há de vingar a morte da mãe, Pequeno Quebra-Nozes! Oh, vida cor-de-rosa e feliz! Eu me despeço em agonia!

Com esse grito a senhora Ratonilda expirou e foi levada pelo aquecedor real.

Ninguém se ocupara do pobre Drosselmeyer, mas a Princesa Pirlipat lembrou ao pai da promessa real, e o rei então imediatamente ordenou que trouxessem o rapaz à sua presença. Nem bem o moço desfigurado se aproximou, porém, a princesa cobriu o rosto com as mãos e exclamou:

— Fora, fora com o monstruoso Quebra-Nozes!

O mordomo o agarrou pelos pequenos ombros e o pôs para fora do salão.

O rei enfureceu-se ao pensar que pretendiam impingir-lhe um genro Quebra-Nozes, jogou toda a culpa no astrônomo e no relojoeiro, e os expulsou para sempre da corte. Nada disso constava do horóscopo tirado em Nürnberg, mas o astrônomo não se deteve, voltou a observar e agora parecia ler nas estrelas.

O jovem Drosselmeyer se portará muito bem na sua nova condição e, por isso, mesmo feio há de se tornar príncipe e rei. Sua forma nobre ele poderá recuperar caso elimine o filho da senhora Ratonilda, nascido com sete cabeças após a morte dos sete irmãos e feito rei dos camundongos; e caso uma dama o ame independentemente da grotesca figura. Dizem que o jovem Drosselmeyer de fato foi visto em Nürnberg à época do Natal no papel de Quebra-Nozes, isso é verdade, mas também no papel de príncipe!

Essa é a estória da noz dura, crianças, e vocês agora sabem por que as pessoas sempre dizem "duro de roer!" e por que Quebra-Nozes são feios.

Dessa maneira o magistrado encerrou a estória. Marie achou a Princesa Pirlipat maldosa e mal-agradecida. Fritz, por sua vez, era de opinião que, se o Quebra-Nozes quisesse mesmo ser valente, então não perderia muito tempo com o Rei dos Camundongos, assim sendo haveria de recuperar em breve a bela aparência original.

Tio e sobrinho

Se um dos meus estimadíssimos leitores ou ouvintes tiver algum dia por acaso se cortado com vidro, este saberá por experiência própria como dói e que horrível é essa ferida, pois se cicatriza com dificuldade. Marie teve de ficar quase uma semana inteira na cama, porque se sentia tonta e passava mal sempre que se levantava. Finalmente, entretanto, ela se restabeleceu e podia brincar contente pela casa como antes. Dentro do armário de vidro o arranjo estava muito lindo, pois limpas e novinhas em folha lá estavam árvores, rosas, casinhas e lindas bonecas brilhantes. A maior alegria de Marie, no entanto, foi reencontrar seu querido Quebra-Nozes, sorrindo para ela com dentes novos e perfeitos, guardado em cima da segunda prateleira.

Contemplando ternamente seu dileto, recordou-se ainda de tudo que o padrinho havia contado, a estória do Quebra-Nozes, suas desavenças contra a senhora Ratonilda e o filho varão. Ela estava convencida de que seu Quebra-Nozes não podia ser outro senão o próprio jovem Drosselmeyer de Nürnberg, o afável sobrinho do padrinho, porém infelizmente enfeitiçado pela senhora Ratonilda. Tampouco durante a longa narrativa, nem por um instante, ela tivera dúvida de que o relojoeiro da corte do reino de Pirlipat era outro senão o Magistrado Drosselmeyer em pessoa.

— Mas por que o tio não o ajudou, por que ele não o ajudou? — queixava-se Marie, rememorando com vívida nitidez a batalha que presenciara e na qual estiveram em jogo reino e coroa.

Não eram todos os demais bonecos súditos do Quebra-Nozes e não estava, portanto, correta a profecia do astrônomo real? Não se tornara o jovem Drosselmeyer por consequência soberano no reino dos bonecos? Enquanto a sensata Marie ponderava intimamente essas questões, ela pensou ver o Quebra-Nozes e os respectivos vassalos naquele momento, quando os supunha vivos e autônomos, adquirindo de fato vida e autonomia. Mas isso não era verdade, tudo no armário de vidro permanecia inerte e imóvel. Longe de renunciar à sua convicção, Marie atribuiu isso a um efeito tardio da bruxaria da senhora Ratonilda e do filho, o camundongo de sete cabeças.

— Mesmo não podendo se mover ou me dizer palavra que seja, querido senhor Drosselmeyer; mesmo assim eu sei que o senhor me compreende e conhece minha afeição. Conte comigo para o que precisar. Eu poderei ao menos recorrer ao seu habilidoso tio para fazer algum conserto necessário.

Quebra-Nozes manteve-se mudo e quieto, mas Marie teve a impressão de ouvir vindo do armário um suspiro suave que, ao vibrar os cristais, produzia tons melodiosos como de campânulas, e era como se uma voz maviosa cantasse:

— Marie, pequena — meu anjo da guarda — serei seu, minha Marie.

No calafrio que a percorreu dos pés à cabeça, Marie sentiu simultaneamente um agradável bem-estar.

Anoiteceu. O Dr. Stahlbaum entrou com o Padrinho Drosselmeyer, pouco tempo depois Luise preparou o chá e toda a família se reuniu em torno da mesa conversando animadamente sobre os mais diversos assuntos. Em silêncio, Marie buscou seu tamborete e sentou-se aos pés do padrinho. Quando todos se calaram por um instante, ela contemplou o Magistrado Drosselmeyer com seus grandes olhos azuis e disse:

— Agora já sei, querido padrinho, que meu Quebra-Nozes é seu sobrinho, o jovem Drosselmeyer de Nürnberg. Ele se tornou príncipe, talvez rei, deste modo cumpre-se a profecia prevista pelo seu companheiro astrônomo. Se você está ciente da guerra entre ele e o filho da senhora Ratonilda, o feioso Rei dos Camundongos, por que razão não interfere e o ajuda?

Ela voltou a falar sobre a batalha que presenciara, e vez ou outra foi interrompida pelas risadas da mãe e de Luise. Só Fritz e o padrinho permaneceram sérios.

— De onde essa menina tira tantas bobagens? — perguntou o médico Stahlbaum.

— Marie tem uma imaginação fértil — explicou a mãe. — Na verdade são apenas sonhos provocados pela febre traumática.

— Não. Nada do que ela disse aconteceu de fato! Meus soldadinhos hussardos não são medrosos! Macacos me mordam![106] Eu jamais permitiria a covardia!

Sorrindo de maneira enigmática, o Padrinho Drosselmeyer pegou a pequena Marie no colo e falou terno como nunca:

— Você, querida Marie, possui mais espírito que todos nós, você é como Pirlipat, princesa nata, que rege belo reino brilhante. Mas você padecerá muito se quiser proteger o pobre e feio Quebra-Nozes, porque o Rei dos Camundongos o persegue pertinaz por toda parte. Não sou eu quem poderá salvá-lo, mas você sozinha! Seja forte e fiel!

Ninguém fazia ideia do que o padrinho queria dizer com aquelas palavras estranhas. O médico achou o amigo tão esquisito que lhe tomou o pulso e explicou:

— Prezado amigo, você está com congestão cerebral, quero prescrever-lhe um medicamento.

A mãe meneou a cabeça, refletindo:

---

106. *Potz Bossa Manelka!*

— Suponho estar finalmente compreendendo as palavras do magistrado, mas ainda não sou capaz de me articular com clareza sobre isso.

A vitória

Não passou muito tempo, numa clara noite de luar, Marie foi despertada por um ruído, que parecia provir do canto do quarto. Era como se atirassem e rolassem pedrinhas e, ao mesmo tempo, fizessem sons de assovios e chiados bem agudos.

— Ah, os camundongos! Os camundongos! Lá vêm eles novamente — gritou a menina querendo acordar a mãe, mas não pôde se mover nem pronunciar uma palavra, chocada com o que via.

O Rei dos Camundongos foi saindo de um orifício da parede, com olhinhos chispeantes e coroas, andou às tontas pelo quarto e em seguida, com enorme salto, alcançou a mesinha de cabeceira de Marie:

— Hi, hi, hi! Dê-me ervilha tenra, dê-me marzipã, menininha! Ou morderei seu Quebra-Nozes!

Assim ameaçava chiando o Rei dos Camundongos, enquanto rangia e trincava os dentes terríveis, e depois pulou e desapareceu mais uma vez pelo buraco da parede.

Marie ficou tão horrorizada com aquela aparição que acordou na manhã seguinte pálida e comovida, mal se atrevendo a falar. Cem vezes pensou em queixar-se à mãe, à Luise, ou pelo menos ao Fritz, contar sobre sua angústia, mas por outro lado pensava:

— Ninguém vai acreditar em mim, e ainda por cima vão rir!

Para ela de repente ficou claro que para salvar Quebra-Nozes era preciso entregar ervilhas tenras e marzipã ao inimigo. Na noite seguinte, então, colocou perto da moldura do armário de vidro tudo que tinha. E de manhã, a mãe veio lhe dizer:

— Não sei por onde esses ratinhos estão entrando na nossa casa. Veja, pobre Marie, veja o que fizeram com seus docinhos! Comeram tudo!

De fato. O marzipã recheado talvez não tivesse agradado tanto ao Rei dos Camundongos, pois ele apenas roera os lados com os dentinhos afiados, inutilizando tudo.

Marie não se importava de jogar fora as guloseimas, ao contrário, sentia no íntimo um imenso alívio porque acreditava ter salvado Quebra-Nozes. Qual não foi, portanto, seu susto quando na noite seguinte voltou a ouvir chiados ao pé do ouvido. O rei dos camundongos lá estava mais uma vez, os olhinhos cintilavam mais asquerosos do que na noite anterior e ele batia os dentes com força ao dizer:

— Quero presentes de açúcar, menina, e bonecos de goma, senão morderei Quebra-Nozes! — e ao pronunciar essas palavras o Rei dos Camundongos pulou e sumiu.

Marie ficou muito acabrunhada. De manhã ela foi até o armário de vidro e contemplou com olhar melancólico os bonecos de açúcar e goma. Sua dor era compreensível, pois você não é capaz de imaginar, minha atenta leitora Marie, que figuras e doces graciosos feitos de goma e de açúcar a pequena Marie Stahlbaum possuía. Além de um pastorzinho bem lindo com pastora e rebanho completo de ovelhinhas brancas como leite com cão pastor saltitante ao redor, ela ainda tinha dois carteiros andando com cartas na mão e quatro pares de moços e moças, todos bem-vestidos, brincando num balanço de jardim. Atrás de uns bailarinos estava o arrendatário Feldkümmel com a jovem de Orleans[107], com os quais Marie nem se importava, mas ali no cantinho estava uma criancinha de bochechas rosadas, a sua preferida! Lágrimas rolaram pelo rostinho de Marie:

— Ah, querido senhor Drosselmeyer — chorou, voltando-se para o amigo Quebra-Nozes. — O que eu não faria para salvá-lo? Mas é duro demais!

---

107. O escritor menciona duas personagens que protagonizam dramas teatrais respectivamente homônimos: o *Arrendatário Feldkümmel de Tippelskirchen* (1812), do escritor August von Kotzebue, e a *Jovem de Orleans* (1801), de Friedrich Schiller.

O aspecto de Quebra-Nozes era lamentável. Como Marie teve a impressão de ver o camundongo com sete gargantas escancaradas devorando o pobre jovem, ela finalmente decidiu sacrificar tudo. Assim, naquela noite pôs todos os bonecos de açúcar e goma ao lado do armário de vidro, como fizera antes com os outros doces.

Ela beijou o pastor, a pastorinha, as ovelhinhas, e por último buscou sua predileta, a menina de bochechas rosadas feita de goma adraganta, mas a colocou bem mais para trás. O arrendatário Feldkümmel e a jovem de Orleans ocuparam a fileira da frente.

— É repugnante! — disse a senhora Stahlbaum de manhã. — Deve haver um rato nojento aninhado no armário de vidro, pois todos os bonitos bonequinhos de açúcar da Marie estão roídos e mordidos.

Marie não conseguiu conter as lágrimas, no entanto ela logo voltou a sorrir, pois pensava:

— Não há de ser nada. Espero que com isso Quebra-Nozes esteja salvo!

À tardinha, quando a senhora Stahlbaum contava ao magistrado sobre aquele gesto abusado dos ratos, de se esconderem no armário de vidro das crianças, o senhor Stahlbaum comentou:

— Precisamos acabar de vez com esse rato asqueroso oculto em algum cantinho do armário de vidro, devorando todas as guloseimas de Marie!

— Vejam! — mostrou Fritz satisfeito. — O padeiro de baixo tem uma cinzenta legação secreta bem eficaz. Vou colocar esse gato na prateleira de cima e tenho certeza de que ele em breve comerá a cabeça desse rato, seja da senhora Ratonilda ou do filho, Rei dos Camundongos.

Rindo, a senhora Stahlbaum levou o chiste adiante:

— Para isso subirão pelas cadeiras e mesas, quebrando vasos, taças e tudo o que estiver pela frente.

— Não, mamãe! O gato do padeiro é muito hábil, quem me dera poder subir no telhado com tanta destreza como ele!

— Por favor, nada de gatos pela casa — pediu Luise, que não suportava aqueles animais.

— Fritz tem razão! — apoiou o pai. — Mas em vez de gato podemos usar ratoeira. Será que temos alguma aqui em casa? O melhor seria o Padrinho Drosselmeyer construir uma, pois ele mesmo a inventou.

Todos riram muito de Fritz, e ante a informação da senhora Stahlbaum de que não tinham ratoeiras, o magistrado informou possuir uma porção delas e foi a sua casa buscar a melhor.

Marie e Fritz se recordavam da estória da noz dura contada pelo padrinho. Quando a cozinheira fritava toucinho, Marie passou a tremer e a balbuciar:

— Senhora rainha, tome cuidado com a senhora Ratonilda e sua família!

Desembainhando a espada, Fritz ameaçou:

— Pois que venham todos, e os mandarei para longe!

Nenhum ruído, contudo, fez-se ouvir vindo de cima ou de baixo do fogão. Quando o magistrado acabou de prender o toucinho ao fino barbante e armava a ratoeira em frente ao armário de vidro, Fritz lhe disse:

— Cuidado, padrinho relojoeiro! Não deixe que os camundongos o passem para trás.

Ah! Como Marie passou mal naquela noite! Algo frio como gelo lhe tocava o braço, uma sensação de aspereza lhe corria as faces, ela escutava chiados bem rentes aos ouvidos:

— Não vou, não quero festim, nessa cilada não caio. Dê-me livro ilustrado, dê-me vestido bordado, dê mais para mim. Se não for assim, Quebra-Nozes morderei!

Marie se entristeceu sinceramente desolada, de manhã estava bem pálida e confusa quando a mãe informou:

— O malvado camundongo ainda não caiu na armadilha!

A mãe supôs que a tristeza e o medo da menina se devessem aos doces perdidos.

— Fique tranquila, querida criança! Nós vamos pegar o danado camundongo. Se a ratoeira não ajudar, recorremos ao gato de Fritz.

Logo que se viu sozinha, Marie aproximou-se do armário de vidro aos suspiros para conversar com Quebra-Nozes:

— Ah, meu querido senhor Drosselmeyer! O que mais posso fazer por você? Se dou ao asqueroso Rei dos Camundongos meus livros ilustrados e meu vestido novo, presentes do Menino Jesus, então ele continuará pedindo mais e mais até que nada mais eu tenha a dar senão me oferecer, eu mesma, para ser mordida em seu lugar! Oh, pobre de mim! Que vou fazer? Que vou fazer?

Enquanto a pobre Marie assim se lamentava e lastimava, ela notou que agora o pequeno Quebra-Nozes trazia uma mancha de sangue no pescoço. Desde que soubera estar tratando com o jovem Drosselmeyer, sobrinho do padrinho, ela não o carregara mais no colo, nem o acarinhara e o beijara mais, talvez devido a uma espécie de respeito deixara inclusive de tocá-lo. Nessa noite, entretanto, tirou-o cuidadosamente da prateleira e pôs-se a limpar o sangue do seu pescoço com um lencinho. Qual não foi a emoção de Marie quando, de repente, ela sentiu em suas mãos o Quebra-Nozinho se aquecendo e também começando a se movimentar. Bem rápido ela o recolocou no lugar, e viu que a boca se mexia para cima e para baixo, deixando-o falar com dificuldade:

— Ah, querida *Demoiselle* Stahlbaum, caríssima amiga, como lhe sou grato! Você não deve sacrificar livros nem vestidinhos de Natal! Providencie uma espada, eu me virarei sozinho! Se ele...

Nesse ponto Quebra-Nozes perdeu a fala, seus olhos que haviam adquirido certa expressão de profunda melancolia voltaram a ser frios e opacos. Marie não sentia medo, muito ao contrário, extasiou-se de alegria por conhecer um meio de salvar o amigo sem maiores sacrifícios. Onde conseguiria, porém, uma espada para o pobre amiguinho?

Decidiu pedir conselho ao irmão. À tardinha, tão logo os pais saíram e os dois se encontraram a sós na sala de estar em frente ao armário de vidro, ela contou a Fritz tudo o que havia ocorrido entre Quebra-Nozes e o Rei dos Camundongos, ponderando uma maneira que julgava adequada para salvar o amigo. Nada o preocupou tanto como saber, pelo relato de Marie, da covarde atitude de seus hussardos na batalha. Ele persistiu perguntando muito sério se eles realmente tinham se comportado daquele jeito, e, como ela deu a palavra de honra, o menino aproximou-se dos soldadinhos e passou-lhes um sermão severo. Para castigá-los pela covardia e egoísmo, retirou-lhes as divisas dos quepes, de um a um, e proibiu durante um ano a marcha de guarda dos hussardos. Após comandar essa reprimenda, voltou-se para Marie:

— Quanto ao sabre, acho que posso ajudá-la, porque ontem um dos coronéis dos couraçados retirou-se das funções, não precisando mais, por conseguinte, do seu sabre.

O mencionado coronel desfrutava seu afastamento na parte mais distante da prateleira, de onde as crianças o retiraram. Tomaram-lhe o sabre com incrustações de prata e o deram a Quebra-Nozes.

Marie não podia dormir à noite, de tanto medo. Por volta da meia-noite, pareceu ouvir ruídos estranhos na sala de estar, rumores, tinidos e sussurros. De súbito, ela escutou:

— Quiec!

— O Rei dos Camundongos, o Rei dos Camundongos! — gritou e pulou da cama ligeira e plena de horror.

Silêncio absoluto! Em seguida, porém, ela ouviu uma delicada batida à porta do quarto e uma vozinha aguda chamou:

— Minha estimada *Demoiselle* Stahlbaum, esteja sossegada! Trago boas notícias!

Marie reconheceu a voz do jovem Drosselmeyer, colocou rapidamente o vestido e abriu a porta. Lá estava Quebra-Nozinho com o sabre ensanguentado na mão direita e uma vela acesa na esquerda. Logo que a viu, postou um joelho no chão e falou solenemente:

— Você, prezada dama! Você me proporcionou alento e entusiasmo, e me armou para derrotar o insolente, que se permitiu insultá-la. Vencido e caído sobre o próprio sangue jaz o Rei dos Camundongos! Deixe-me, ó prezada dama, oferecer-lhe o troféu da vitória! Digne-se a aceitá-lo das mãos desse seu dedicado cavalheiro!

Assim dizendo, Quebra-Nozes mostrou as sete coroas do Rei dos Camundongos enfiadas no braço esquerdo e as entregou à amiga, que as recebeu com alegria. Ele ergueu-se e prosseguiu:

— Ah, prezada *Demoiselle* Stahlbaum, agora que o inimigo está derrotado, eu teria gosto em apresentar-lhe coisas belíssimas, se você tiver a bondade de me acompanhar uns passos! Faça isso, ó estimada *Demoiselle* Stahlbaum!

O reino das bonecas

Eu acredito que nenhuma de vocês, crianças, hesitaria por um instante que fosse em seguir o bondoso Quebra-Nozes, que nunca tinha maldade no coração. Marie tinha ainda mais razões para isso, pois ela sabia que podia apelar para o sentimento de gratidão e estava convencida de que ele cumpriria sua palavra e lhe mostraria muitas maravilhas. Por isso ela aceitou o convite:

— Irei acompanhá-lo, senhor Drosselmeyer, contanto que o passeio seja curto e breve, pois eu ainda nem dormi direito.

— Certo. Nesse caso, escolho uma trilha que não é muito longa, embora seja árdua e penosa.

Dizendo isso, Quebra-Nozes foi abrindo caminho, Marie o seguiu até chegarem à frente do pesado armário de roupas do saguão de entrada. Para sua grande surpresa, Marie observou que as portas do guarda-roupa, normalmente fechadas, encontravam-se abertas de par em par, deixando bem descoberta a pele de raposa, sempre pendurada à frente, que o pai usava em viagens.

Quebra-Nozes escalou com muita agilidade as molduras e adornos do móvel e conseguiu atingir uma grande trama suspensa por um cadarço, uma espécie de ponta esgarçada de cordão que pendia da parte de trás do casaco. À medida que ele puxava com força esse fio, uma estreita escadinha de madeira de cedro baixava rapidamente da manga.

— Faça o favor de subir, *Demoiselle*! — gritou Quebra-Nozes.

Marie o fez, mas mal entrou pela manga do casaco, mal olhou para fora pelo buraco da gola, quando uma luz bem forte brilhou e a cegou, e ela de um instante ao outro se encontrava sobre uma linda e perfumada pradaria, uma relva onde cintilavam milhões de faíscas parecendo pedras preciosas reluzentes.

— Nós estamos no jardim de açúcar-cande! — explicou o guia.
— Mas nosso caminho prossegue além daquele portão.

Naquele momento Marie, levantando os olhos, notou o belo portão que se erguia ali na pradaria, poucos metros acima, e parecia construído com mármore salpicado de branco, marrom e ocre. No entanto ela percebeu, quando se aproximou mais, que na verdade a grande massa constituía-se de amêndoas doces e uvas-passas assadas juntas, e assim justificava-se, segundo esclarecia Quebra-Nozes, o nome do Portão das Amêndoas e Passas que ora cruzavam. Pessoas simples o denominavam sem reverência Portão de Merenda.

Seis macaquinhos vestidos de gibão vermelho tocavam a música turca mais linda que se possa ouvir, de forma que Marie nem percebeu como ela e Quebra-Nozes seguiram caminhando sempre adiante pelos coloridos ladrilhos de mármore, que eram nada menos que morcela[108] bonita. Logo eles foram inebriados por doces aromas, provenientes de um bosquete maravilhoso que se abria de ambos os lados. Na folhagem escura, centelhas e faíscas cintilavam com tanto brilho que era possível ver nitidamente os frutos dourados e prateados pendentes das hastes coloridas, e também os troncos e galhos enfeitados com fitas e buquês de flores, como se fossem noivos felizes e divertidos convidados de bodas. E quando os odores de laranja se agitavam como o Zéfiro ondeante, ouvia-se nos galhos e folhas um murmúrio, e o ouro de flandres se amarfanhava e crepitava, criando música alegre ao som da qual as luzinhas resplendentes precisavam saltitar e dançar.

— Ah! — prosseguiu Marie encantada. — Quem dera eu pudesse me demorar um pouco mais aqui! É tudo tão bonito!

— Nós estamos no Bosque de Natal, querida *Demoiselle*!

Quebra-Nozes bateu palmas e imediatamente surgiram pastores e pastoras, caçadores e caçadoras cuja brancura e textura levavam a crer que eram de pura nata, e Marie, embora eles estivessem já

---

108. Uma espécie de chouriço.

passeando pelo bosque, nem os tinha visto ainda. Eles vieram trazendo uma poltrona de ouro sobre a qual colocaram uma almofada branca de alcaçuz[109] e convidaram-na gentilmente a se acomodar. Ela mal tomara assento, quando os pastores e as pastoras começaram a bailar uma coreografia artística. Caçadores saltitantes tocavam flauta com narizinhos empinados, e bem rápidos sumiam por entre moitas de plantas.

— Desculpe — falou Quebra-Nozes —, desculpe, senhorita Stahlbaum, pois a dança foi bastante medíocre. Mas acontece que todos eles provêm do nosso balé de arame e não podem fazer mais que repetir perpétua e eternamente o mesmo bailado. Tem também um motivo para os caçadores entoarem cantilena tão monótona com narizes arrebitados ao alto: é que nas árvores de Natal um cesto cheio de açúcar de baunilha fica dependurado bem acima de seus narizes, num ponto bem elevado.

E virando-se para ela, perguntou:

— Vamos continuar o passeio?

— Ah! Foi tudo muito bonito e me agradou demais! — exclamou Marie levantando-se da poltrona e seguindo Quebra-Nozes, que voltara a caminhar.

Os dois foram passeando ao longo de um riacho ciciante e alegre, donde pareciam provir todos os olores delicados que impregnavam o ar do bosque.

— É o Riacho das Laranjas — satisfez Quebra-Nozes a curiosidade de Marie. — Mas, tirando a fragrância suave, ele não se compara em grandeza e beleza à Cachoeira de Limonada, que também flui para o Lago Amendoado.

De fato, Marie percebeu um rumor surdo, e aí logo avistou a extensa Cachoeira de Limonada que se encrespava em belas ondas de cores pardacentas, ladeadas por moitas de arbustos viçosos e vicejantes como esmeraldas. Da água sussurrante emanava uma aragem fresca e reconfortante para o peito e o coração.

---

109. Arbusto da família das leguminosas, cuja raiz, doce, é medicinal.

Não muito longe dali corria uma água amarela mais turva que espalhava incomum perfume adocicado. Às suas margens, diversas crianças encantadoras sentavam-se e, tão logo pescavam pequenos e gordos peixinhos, os consumiam.

Só ao aproximar-se ela reparou que os peixinhos na verdade eram muito parecidos com avelãs. A certa distância dali erguia-se um vilarejo muito agradável à beira do mesmo riacho: casas, igrejas, casa paroquial, celeiros, tudo enfim era marrom-escuro, mas com os telhadinhos decorados. Vários muros estavam pintados com cores vivas, deixando dúvida se não teriam sido coladas cascas de cidra e sementes de amêndoa.

— Este é o vilarejo Pãozinho de Mel com Canela! — explicou Quebra-Nozes. — Está situado às margens do Rio de Mel e os habitantes são pessoas lindas, mas, infelizmente, eternos descontentes devido às constantes dores de dentes, por isso acho melhor nos enveredarmos por essa cidade.

Logo em seguida, Marie divisou ao longe uma cidadezinha composta por casas transparentes claras, um conjunto bonito de se ver. Quebra-Nozes dirigiu-se diretamente para lá; nisso ela ouviu uma bulha danada, viu milhares de pessoas pequeninas que examinavam várias carroças bem carregadas estacionadas no mercado, e elas se dispunham a descarregá-las. Dava até para ver o que as pessoinhas traziam: era como se fosse papel colorido e barras de chocolate.

— Nós estamos na Cidade dos Doces! — esclareceu Quebra--Nozes. — E acaba de chegar uma remessa da Papelândia e do rei dos chocolates. Ainda há pouco tempo os doceiros foram seriamente ameaçados pelo exército do General Mosquito, por isso estão cobrindo suas casas com os donativos recebidos da Papelândia e armando barricadas com as preciosas peças enviadas pelo rei dos chocolates. Enfim, querida *Demoiselle* Stahlbaum, nós não vamos querer visitar tudo quanto é cidade e arraial do reino — seguiremos diretamente para a capital!

Dizendo isso, Quebra-Nozes adiantou-se ligeiro pelo caminho e ardendo de curiosidade Marie o acompanhou. Não demorou muito e ascendeu até eles um cheirinho gostoso de rosas e tudo foi inundado por ameno e exalante vislumbre das flores, naturalmente proveniente da cintilante água vermelho-rosácea que em pequeninas ondas cor-de-rosa prateadas marulhava e murmurava diante deles tons e melodias maviosos.

Nesse regato gracioso que se alargava cada vez mais parecendo um grande lago, alguns cisnes alvíssimos portando colares dourados nadavam em conjunto e cantavam à porfia as mais belas canções, as quais peixinhos prateados da correnteza de rosas acompanhavam emergindo e imergindo em ritmo de dança cômica.

— Ah! — exclamou Marie bastante entusiasmada. — Esse lago é exatamente como o Padrinho Drosselmeyer queria fazer para mim. É mesmo! Eu seria a menina que faria festa para os cisnes!

Quebra-Nozinho sorriu trocista como Marie nunca o tinha visto fazer:

— O tio jamais conseguiria realizar algo assim, mas você mesma talvez consiga, querida *Demoiselle* Stahlbaum. Mas deixemos isso para lá, vamos atravessar o Lago das Rosas e navegar em direção à capital.

A capital

Quebra-Nozes bateu algumas palmas com suas minúsculas mãozinhas, e incontinenti o Lago das Rosas agitou-se e o marulho das ondas bramiu mais alto. Marie viu como dois golfinhos de escamas douradas vinham puxando um carro de conchas adornado com puras pedras preciosas coloridas e resplendentes ao sol. Doze pequenos mouros primorosos com touquinhas e aventais tecidos com penas brilhantes de colibris saltaram à margem e carregaram Marie e depois Quebra-Nozes, deslizando mansamente sobre as ondas até o carro que logo se deslocou através das águas.

Como foi maravilhoso aquele momento em que Marie partia no carro de conchas, aspirando o perfume de rosas e cercada pelas ondas róseas. Quando ambos os delfins de escamas douradas erguiam ao alto suas narinas e esguichavam jatos cristalinos, e voltavam a cair em arcos vibrantes e faiscantes, era como se duas melodiosas vozes argentinas cantassem:

— Quem vem vagando pelo Lago Rosado? A fada! Mosquitinhos! Zum, zum, zum! Peixinhos dourados zim, zim, zim! Cisnes, quá, quá, quá! Passarinhos, piu, piu, piu! Ondas da corrente: revolvam-se, soem, cantem, volteiem-se e espiem: a fadinha vem! Ondas rosáceas, agitem-se, refresquem, assoprem adiante, adiante!

Os doze emplumados mouros, porém, que haviam se acomodado na parte de trás do carro de conchas, pareciam não estar gostando nada daquela arenga com jatos d'água, pois balançavam seus guarda-sóis feitos de folhas de tâmara e elas castanholavam, enxovalhavam, e eles acompanhavam o ritmo batendo pés em cadência bem estranha, simultaneamente cantando assim:

— Clip, clap, clip, clap! O cortejo de mouros não pode se calar! Vamos, nadem os peixes, deslizem os cisnes, ressoe o carro de conchas, ressoe clip, clap, clip, clap para lá e para cá!

— Os mouros são bem alegres — se afligiu Quebra-Nozes. — Mas vão acabar alvoroçando as águas do lago.

De fato, logo se ouviu um ruído de vozes prodigiosas saindo talvez do fundo das águas e reverberando pelo ar. Marie, contudo, nem se fixou nisso, mas sim olhou as vagas rosadas e perfumadas, e delas lhe sorria um gracioso e encantador rosto de menina.

— Ah! — exclamou batendo palmas de alegria. — Olhe, meu caro senhor Drosselmeyer! Olhe lá embaixo a Princesa Pirlipat que me sorri de maneira tão gentil. Olhe só, estimado, senhor Drosselmeyer!

Quebra-Nozes suspirou tristemente, meneando a cabeça:

— Querida *Demoiselle* Stahlbaum, ela não é a Princesa Pirlipat, mas você e é sempre você mesma; sempre e somente seu próprio e encantador rostinho lhe sorri tão docemente das ondas cor-de-rosa.

Marie, encabulada, virou a cabeça para o outro lado, fechou os olhos e se envergonhou muitíssimo. No mesmo instante ela foi novamente carregada para fora do carro de conchas pelos doze mouros e colocada em terra firme.

Agora ela se encontrava numa pequena mata quase mais linda que a floresta do presépio de Natal, tão intensos o brilho e a cintilação. Naquele recanto, principalmente os frutos peculiares pendentes das árvores em redor eram dignos de admiração, pois eles não apenas aparentavam coloridos de cores extraordinárias como também exalavam aroma bastante agradável.

— Nós estamos no Bosque das Geleias — explicou Quebra-Nozes. — Eis lá adiante a capital.

Vocês não podem imaginar o cenário que Marie contemplava bem diante dos olhos! Eu nem sei como poderia começar a lhes descrever, queridas crianças, a beleza e a magnificência da cidade que dali se descortinava espalhada sobre a pradaria florida. Não somente porque muros e torres ostentavam cores maravilhosas, mas também porque, quanto às formas das edificações, nada semelhante poderia encontrar-se sobre a Terra! É que, em vez de telhados, cobriam as casas delicadas coroas trançadas, e as torres, grinaldas de folhas verdejantes do tom mais belo que se possa imaginar.

Ao atravessarem o portal que parecia construído de bolo de amêndoa e frutos caramelados, soldados prateados apresentaram armas, e um homenzinho vestindo robe de brocado furta-cor atirou-se ao pescoço de Quebra-Nozes:

— Bem-vindo, prezado príncipe! Bem-vindo a Confeitoburgo!

O espanto de Marie foi imenso ao notar que o jovem Drosselmeyer era reconhecido como príncipe por um senhor distinto.

Um alarido confuso de várias vozes se esganiçando fez-se ouvir vindo de longe. Era tanta euforia e tantas gargalhadas, tamanha folia e cantoria, e como não conseguisse atinar para o sentido daquilo, a menina teve logo de voltar-se para Quebra-Nozes a fim de perguntar-lhe o que se passava; mas ele a tranquilizou:

— Isso é comum aqui, prezada Senhorita Stahlbaum. Confeitoburgo é uma cidade populosa e vital, os dias transcorrem assim mesmo. Vamos entrar na cidade, por favor!

Mal tinham dado alguns passos e já entravam na central praça do mercado, donde se divisava um panorama estupendo. Todas as casas ao redor eram de açúcar vítreo com galerias superpostas. No centro erguia-se um bolo cristalizado em forma de árvore contendo um obelisco, equipado com quatro chafarizes ornamentais por onde jorravam com volteios artísticos leite de amêndoa[110], limonada e outros deliciosos refrescos. No largo cálice remansava o puro creme que se podia tomar às colheradas. Porém, o mais lindo de tudo eram as pessoinhas miúdas e interessantes, milhares de cabecinhas aglomeradas, jubilando, rindo, brincando e cantando, armando enfim aquela balbúrdia cômica que Marie ouvira a distância.

Encontravam-se ali damas e cavalheiros vestidos com apuro, armênios e gregos, judeus e tiroleses, oficiais e soldados e padres e pastores e bufões, toda a sorte de pessoas que possa existir no mundo.

Numa das esquinas o tumulto era maior, pois passava o grande mongol[111] em seu palanquim[112], acompanhado por 93 grandes do reino e setecentos escravos. Aconteceu, todavia, que justamente um pouco adiante se reunia a corporação dos pescadores, composta por quinhentas cabeças, e, como se não bastasse, para piorar tudo o sultão turco teve a infeliz ideia de sair cavalgando pelo mercado com milhares de janízaros[113] e interrompeu o longo cortejo de devotos que peregrinava em romaria rumo ao obelisco central tocando e cantando "demos graças ao poderoso sol". Era um tal de aperta, tropeça e empurra e chia... E logo se somaram ao barulho clamores insatisfeitos, pois um pescador em meio ao tumulto acabou

---

110. Leite de amêndoa: *Orsade*, até o século XIX, era o refresco mais conhecido, juntamente com a limonada.
111. Alguns séculos após a decadência do Império Mongol, o poder dos mongóis voltou a reviver com o descendente Baber, Rei de Cabul, no Afeganistão. Baber invadiu a Índia e após a batalha de Panipat fez-se senhor e estabeleceu um novo Império Mongol na Índia conhecido pelo nome de Império Mogol, que durou até meados dos anos de 1700, quando os britânicos obtiveram o poder supremo na Índia. No seu período áureo, o Império Mogol cobriu quase toda a moderna Índia, Paquistão e Bangladesh.
112. Espécie de liteira usada na Índia e na China.
113. Militares que constituíam a elite do exército dos sultões otomanos.

quebrando a cabeça de um brâmane, e o grande mongol por pouco não foi derrubado por um bufão. Cada vez mais ensurdecedora se tornava a algazarra, e o pessoal já estava quase partindo para empurrão e briga quando, de repente, o homenzinho em robe de brocado, que saudara Quebra-Nozes como príncipe ainda ao portão, galgou o bolo em forma de árvore e, após três límpidos e claros toques de sino, gritou três vezes bem alto:

— Confeiteiro, confeiteiro, confeiteiro!

Num piscar de olhos cessou a bagunça e cada um procurava ajudar o outro como pudesse e, tão logo os complicados cortejos tornaram a evoluir, o manchado mongol foi escovado e o brâmane recebeu sua cabeça de volta, reiniciou a engraçada balbúrdia anterior.

— O que ele quis dizer com confeiteiro, meu caro senhor Drosselmeyer? — perguntou Marie ao amigo.

— Querida *Demoiselle* Stahlbaum, esse nome se refere aqui a uma potência desconhecida e atroz. Segundo se acredita, essa potência poderia usar o ser humano a seu bel-prazer: é uma espécie de fatalidade cruel, capaz de reger o pequeno e simpático povo. Os habitantes da cidade o temem tanto que a simples menção do nome sossega o pior dos tumultos, segundo acabou de demonstrar o senhor Prefeito. Ninguém se atém mais ao nível terreno se preocupando com fraturas de ossos ou galos na cabeça; todos passam nessas ocasiões a meditar sobre a existência humana e o sentido da vida.

Marie não pôde conter uma exclamação de alegria e grande admiração ao perceber que de um instante ao outro estava em frente a um castelo claramente iluminado por brilho vermelho-rosado e coberto por centenas de torrinhas altivas. Aqui e acolá sobre os muros espalhavam-se ricos buquês de violetas, narcisos, tulipas e alelis, flores cujas cores ardentes e escuras só faziam destacar o branco meio furta-cor e rosado da pintura. A grande cúpula do edifício central, bem como os telhados piramídicos das torres eram salpicados por milhares de faiscantes estrelinhas prateadas e douradas.

— Nós estamos chegando ao Castelo de Marzipã![114] — anunciou o amigo.

Marie perdeu a fala ao ver o palácio mágico, mas não lhe passou despercebida a falta do telhado numa das grandes torres. Tudo indicava que os pequenos homenzinhos empoleirados sobre andaimes construídos com gravetos de canela estavam fazendo o conserto. Antes que perguntasse qualquer coisa, Quebra-Nozes se adiantou:

— Há pouco tempo uma árdua devastação ameaçou esse bonito castelo e quase lhe custou a queda. O Gigante Guloso passou por aqui, comeu aquela torre e chegou a roer a cúpula principal, no entanto os cidadãos confeitoburguenses ofereceram-lhe em tributo um bairro inteiro, bem como considerável porção do Bosque das Geleias. Ele se satisfez e foi embora.

Naquele instante, fez-se ouvir uma música melodiosa e terna, os portões do castelo abriram-se de par em par e deram passagem a doze pajens nanicos portando nas minúsculas mãozinhas hastes de perfumados cravos acesas, bem erguidas como se fossem tochas. Suas cabeças eram constituídas por uma pérola, os corpos por esmeraldas e rubis; além disso caminhavam sobre belos pezinhos trabalhados em ouro maciço.

Atrás deles vinham quatro damas, quase do tamanho da boneca Clara, e estavam tão maravilhosamente bem-vestidas que Marie nem por um instante hesitou em reconhecer nelas princesas de berço. As mocinhas abraçaram Quebra-Nozes com candura e exclamaram com saudade e alegria:

— Oh, Príncipe! Querido Príncipe! Maninho!

Quebra-Nozes, muito comovido, limpava as lágrimas abundantes do rostinho, e foi então que tomou Marie pela mão e a apresentou arrebatado e cheio de cerimônia:

— Esta *Demoiselle* Stahlbaum, filha de respeitável médico, salvou-me a vida! Se ela não tivesse atirado a pantufa naquele exato

---

114. Marzipã é uma cobertura para bolos e biscoitos de origem árabe, feita à base de pasta de amêndoas, açúcar e ovos.

momento, eu não teria como pegar o sabre do coronel de reserva e estaria no túmulo mordido pelo abominável Rei dos Camundongos. Oh! Essa Demoiselle Stahlbaum! Será que ela deve ser comparada à Pirlipat — embora a outra seja princesa — em beleza, bondade e virtude? Não, eu digo: não, não e não!

Ao que todas as damas repetiram:

— Não! — e pularam ao pescoço de Marie, aos soluços.

— A nobre salvadora do nosso amado príncipe-irmão, primorosa *Demoiselle* Stahlbaum!

Depois as damas conduziram Marie e Quebra-Nozes ao interior do castelo, mais exatamente ao salão cujas paredes eram de puríssimos cristais multicores e reluzentes. Acima de tudo, o que mais agradava a Marie eram as pequenas cadeirinhas, mesas, cômodas, escrivaninhas, etc.; os móveis daquele salão, todos confeccionados com cedro ou pau-brasil aqui e acolá machetados com flores douradas. As princesas ofereceram poltronas aos dois jovens e informaram que elas próprias preparariam a refeição.

Imediatamente buscaram uma quantidade enorme de panelinhas e tigelinhas da mais fina porcelana japonesa, colheres, facas e garfos, frigideiras, caçarolas e outros utensílios domésticos em ouro e prata. Logo trouxeram ainda delicadíssimos frutos e doces que Marie jamais vira e, com as diminutas mãos branquinhas, começaram a espremer frutas, a amassar os temperos, a ralar amêndoas, enfim, a trabalhar na cozinha de tal maneira que ela logo pôde constatar que eram habilidosas na cozinha e ficou imaginando a delícia da comida. Bem no íntimo do coração ela desejava do mesmo modo ser capaz de fazer todas aquelas coisas a fim de trabalhar com as princesinhas. A mais bonita das irmãs de Quebra-Nozes, parecendo adivinhar o sonho secreto da menina, ofereceu-lhe um almofariz e pediu:

— Oh, querida amiga, cara salvadora de meu irmão, você pode por gentileza triturar um pouco o açúcar-cande?

Enquanto Marie batia, solícita e bem disposta no almofariz, e o ruído soava ritmado e ameno como bonita cantiga, Quebra-Nozes principiou a contar às irmãs em detalhes a estória sobre a terrível batalha entre suas tropas e a do Rei dos Camundongos, a covardia do exército que quase lhe custara a vida, o modo como então o assustador Rei dos Camundongos quisera mordê-lo e como Marie, por isso mesmo, precisara sacrificar vários súditos ao buscar ajuda... e assim por diante.

Para Marie, que ouvia aquela estória de Quebra-Nozes, era como se as palavras dele e inclusive as batidas no almofariz soassem cada vez mais distantes e indistintas, depois ela viu um gás prateado semelhante a névoa ascendendo e no meio flutuavam princesas, pajens, Quebra-Nozes e ela mesma — então percebeu um estranho canto e um zumbido, um zunido esvaindo-se ao longe, bem longe, e Marie subia, subia em ondas altas, bem altas, cada vez mais altas.

Fim

Prrr-pa! Foi o barulho! Marie caiu de uma altura incrível! Que tombo! Mas logo abriu os olhos e lá estava deitada ela em sua caminha, o dia estava claro, e a mãe dizia:

— Como você pôde dormir tanto? O café da manhã está servido, filha.

O respeitável público naturalmente compreende que Marie, encantada vendo tantos prodígios, acabou adormecendo no castelo de marzipã, e os mouros, ou pajens, ou mesmo as princesas tiveram de levá-la para casa e colocá-la na cama.

— Mamãe, querida mamãe! Você não pode imaginar por onde o jovem Drosselmeyer me levou, que coisas belas eu vi!

E pôs-se a relatar tudo, quase como eu acabei de contar para vocês, e a mãe ficou olhando para ela bastante surpresa. Quando Marie terminou, a mãe comentou:

— Você teve um longo e muito belo sonho, querida Marie, mas agora procure tirar isso da cabeça.

A filha, teimosa, insistia em afirmar que não sonhara, porém vira tudo bem real. A mãe a levou até o armário e apontou o Quebra-Nozes guardado como sempre na terceira prateleira:

— Como você pode acreditar, menina ingênua, que esse boneco de Nürnberg pode ter vida e movimento?

— Mas, querida mamãe — interveio Marie —, eu sei que o pequeno Quebra-Nozes é o senhor Drosselmeyer de Nürnberg, sobrinho do Padrinho Drosselmeyer!

Aí o senhor e a senhora Stahlbaum caíram na gargalhada.

— Ah! — prosseguiu a menina quase chorando. — O senhor não deveria ficar rindo do Quebra-Nozes, querido papai, pois ao chegarmos ao castelo de marzipã, quando ele me apresentava às irmãs, às princesinhas, ele falou muito bem do senhor: o chamou de médico respeitável.

Cada vez mais eufóricas eram as risadas dos pais, aos quais logo se juntaram Luise e até Fritz. Marie correu ao outro quarto de dormir, retirou da caixinha as sete coroas do Rei dos Camundongos e as deu à mãe:

— Veja, querida mamãe, eis aqui as sete coroas do Rei dos Camundongos, que ontem à noite me foram presenteadas pelo jovem Drosselmeyer como troféu da vitória.

Muito impressionada, a mãe contemplou as delicadas coroinhas de metal reluzente desconhecido, mas trabalhadas tão habilmente como mãos humanas jamais poderiam ter sido capazes.

O senhor Stahlbaum também não se cansava de examinar as coroinhas, e ambos, o pai e a mãe, pediram muito a Marie para que confessasse de onde as havia tirado. A filha, por sua vez, só podia francamente continuar afirmando a história verdadeira. E por não acreditarem nela o pai, severo, a chamou de mentirosa, ela começou a chorar e a se queixar:

— Pobre de mim, pobre criança! Não tenho mais nada para dizer!

Nesse mesmo instante a porta se abriu e o magistrado veio entrando e perguntando:

— O que foi? O que é isso? Por que minha afilhada está chorando e soluçando?

O médico repetiu ao amigo toda a estória sobre o Quebra-Nozes e mostrou-lhe as coroinhas. Mal colocou os olhos nas coroas e o magistrado pôs-se imediatamente a rir e a entender tudo:

— Bobagem, bobagem! Essas coroinhas que usei há muitos anos na corrente do relógio eu acabei dando de presente à Marie no aniversário de dois anos. Vocês se esqueceram disso?

Nem o senhor Stahlbaum nem a esposa se lembravam daquele episódio, mas quando Marie notou o cenho desanuviado do pai, saiu correndo e pulou ao pescoço do padrinho:

— Você sabe de tudo, Padrinho Drosselmeyer, admita que Quebra-Nozes é seu sobrinho, o jovem Drosselmeyer de Nürnberg, e como ele me presenteou com as coroinhas!

Franzindo a testa, o magistrado, porém, se recusava:

— Que coisa mais boba, Marie!

E o pai puxou a criança para junto de si e falou bem sério:

— Ouça, Marie, agora deixe de fantasias e de mimos, e se você continuar afirmando que o mal-ajambrado Quebra-Nozes é o sobrinho do Senhor Magistrado, nesse caso eu jogarei pela janela não somente o Quebra-Nozes como também todas as bonecas, inclusive a Clara.

Depois disso, nada mais podia fazer a pobre Marie a não ser calar sobre o assunto que lhe inebriava a alma, pois vocês mesmos podem imaginar como era difícil esquecer as belezas e as maravilhas que vira.

Até mesmo Fritz, querido leitor ou ouvinte, até mesmo o camarada Fritz Stahlbaum lhe virou as costas quando ela quis contar do reino encantado, onde fora feliz. Ele chegou por vezes a sussurrar entredentes:

— Gansa simplória!

Custa-me muito acreditar nisso, conhecendo as virtudes daquele menino; mas realmente certo é que, não acreditando mais numa só palavra de Marie, desagravou formalmente os hussardos da ofensa que lhe haviam feito com uma parada. Pregou-lhes, em vez do estandarte, pompons de pluma de ganso e permitiu-lhes novamente tocar a marcha de guarda. Pois bem! Nós sabemos como foram corajosos os hussardos quando receberam sobre as jaquetas rosadas as bordoadas e manchas das balas maldosas!

Obviamente Marie não devia falar sobre a aventura; mas as imagens do encantador reino de fadas a circundavam com sons angelicais e tons gentis; seus pensamentos se voltavam sem cessar para lá e ela revia todas as cenas. De tal modo que a partir daí acontecia às vezes que, em vez de brincar como sempre fizera, distraía-se profundamente ensimesmada, e passaram a chamá-la de sonhadora de olhos abertos.

Certo dia, enquanto o magistrado encontrava-se por ali consertando um dos relógios da casa, Marie permanecia sentada observando o pequeno Quebra-Nozes através do vidro transparente do armário envidraçado, e muito perdida em pensamentos saiu-se com essa:

— Ah, querido senhor Drosselmeyer! Se o senhor vivesse de fato, eu não faria como fez a Princesa Pirlipat, desdenhá-lo só porque de uma hora para a outra deixou de ser um jovem garboso!

— Ei, ei! Que tolice é essa? — perguntou o magistrado.

Mas, logo em seguida, porém, o banco oscilou, um estrondo ecoou e Marie caiu desmaiada no chão. Ela foi-se restabelecendo do susto e a mãe, cercando-a de cuidados, estranhou:

— Como é que pode uma menina tão grande cair sem mais nem menos da cadeira? Olhe, venha conhecer o jovem sobrinho do senhor Drosselmeyer, recém-chegado de Nürnberg — seja gentil, filha!

Marie viu que o magistrado havia colocado a peruca e o casaco amarelo novamente e sorria satisfeito. Em sua mão ele trazia um pequenino mas já crescido jovem, cujas faces eram como leite e sangue. O mocinho vestia traje vermelho com pespontos dourados, meias brancas de seda e sapatos. Do jabô pendia um ramalhete de flores, e ele estava muito bem arrumado e penteado, tendo atrás caindo às costas uma bela trança. Presa de um lado, a espadinha cinzelada com pedras preciosas brilhava, e a bainha que a sustinha sob o braço era tecida com fios de seda.

O jovem demonstrou modos gentis trazendo a Marie uma infinidade de brinquedos, mas principalmente belos bonequinhos de marzipã e as mesmas figuras de goma adraganta[115] que o Rei dos Camundongos comera. A Fritz deu um sabre. À mesa, quebrou nozes com bastante desenvoltura para toda a família: nem mesmo as mais duras resistiam: com a mão direita colocava as nozes entre os dentes, com a esquerda levantava a trança e — crec — as cascas desfaziam-se em pedaços!

Marie ficara rubra de vergonha ao ver um rapazinho tão cortês, mas enrubescera ainda mais quando o jovem Drosselmeyer após a refeição convidou-a a acompanhá-lo à sala de estar perto do armário de vidro.

— Brinquem tranquilos, queridos filhos — disse o magistrado.
— Como todos os relógios estão funcionando devidamente, nada se opõe.

Mal se encontrou sozinho com Marie, o jovem Drosselmeyer inclinou-se sobre um joelho e dirigiu a ela as seguintes palavras:

— Oh, minha primorosa Senhorita Stahlbaum! Eis aos seus pés o feliz Drosselmeyer, cuja vida você salvou neste exato local! Com muita bondade, você expressou outrora que jamais me desprezaria tal qual a Princesa Pirlipat se eu por sua causa me tornasse feio. Naquele instante deixei de ser um vulgar Quebra-Nozes e recuperei novamente minha figura anterior não de toda desagradável.

— Oh, primorosa *Demoiselle*! Faça-me feliz concedendo-me sua mão, partilhe comigo reino e coroa, reine comigo no Castelo de Marzipã, pois agora lá sou rei!

Marie ajudou-o a erguer-se e falou baixinho:

— Oh, senhor Drosselmeyer! O senhor é muito amável e bondoso. Como, além disso, seu reino é simpático e os súditos alegres e divertidos, eu o aceito como prometido!

---

115. Figuras de goma (adraganta ou alcatira): *Dragantpuppen*, a goma adraganta é extraída de arbustos da família dos astrálagos; a goma alcatira provém de um arbusto da família das leguminosas, de cujo caule se extrai a goma homônima. Na Alemanha, a tradição confeiteira das figuras de goma é bem antiga, mas teve seu apogeu nos séculos XVIII e XIX.

A partir daquele momento, Marie tornou-se noiva de Drosselmeyer. Dizem que ele veio buscá-la um ano mais tarde com carruagem de ouro puxada por cavalos prateados. Nas bodas bailaram 22 mil personagens enfeitadas com pérolas e diamantes. Após o casório Marie tornou-se rainha daquele reino onde é possível ver cintilantes bosques de Natal, transparentes castelos de marzipã, enfim, todas as coisas mais maravilhosas, desde que se tenham olhos para enxergar. Essa é a estória do Quebra-Nozes e o Rei dos Camundongos.

Sobre a organizadora

Maria Aparecida Barbosa é doutora em Teoria Literária pela Universidade Federal de Santa Catarina (UFSC) e possui pós-doutorado em Modernismo e Movimentos Históricos de Vanguarda pela WWU--Münster. Atualmente, é professora de Literatura na UFSC. Entre outros trabalhos, traduziu *Cartas natalinas à mãe*, de Rainer Maria Rilke (Globo Livros, 2013), *Feitiço de amor e outros contos*, de Ludwig Tieck (com Karin Volobuef, Hedra, 2009), *A janela de esquina do meu primo* e *Reflexões do gato Murr*, de E.T.A. Hoffmann (respectivamente Cosac Naify, 2010, e Estação Liberdade, 2013), *Contos Mércio*, de Kurt Schwitters (EdUFSC, 2013) e algumas das *Novelas insólitas*, de Stefan Zweig (Zahar, 2014).

CLÁSSICOS DA LITERATURA MUNDIAL NA ESTAÇÃO LIBERDADE

HONORÉ DE BALZAC
Eugénie Grandet
Ilusões perdidas
A mulher de trinta anos
O pai Goriot
Tratados da vida moderna

A. VON CHAMISSO
A história maravilhosa de Peter Schlemihl

CHARLES DICKENS
Um conto de duas cidades

GUSTAVE FLAUBERT
Bouvard e Pécuchet

THEODOR FONTANE
Effi Briest

J. W. GOETHE
Os sofrimentos do jovem Werther
Divã ocidento-oriental

E.T.A. HOFFMANN
Reflexões do Gato Murr

VICTOR HUGO
O Homem que Ri
Notre-Dame de Paris
O último dia de um condenado

RESTIF DE LA BRETONNE
As noites revolucionárias

XAVIER DE MAISTRE
    Viagem à roda do meu quarto

GUY MAUPASSANT
    Bel-Ami

STENDHAL (HENRI BEYLE)
    Armance

MIGUEL DE UNAMUNO
    Névoa

ÉMILE ZOLA
    Germinal
    O Paraíso das Damas
    Thérèse Raquin

ESTE LIVRO FOI COMPOSTO EM GATINEAU 10
POR 14 E IMPRESSO SOBRE PAPEL OFF-SET 75 g/m^2
NAS OFICINAS DA MUNDIAL GRÁFICA, SÃO PAULO — SP,
EM NOVEMBRO DE 2021